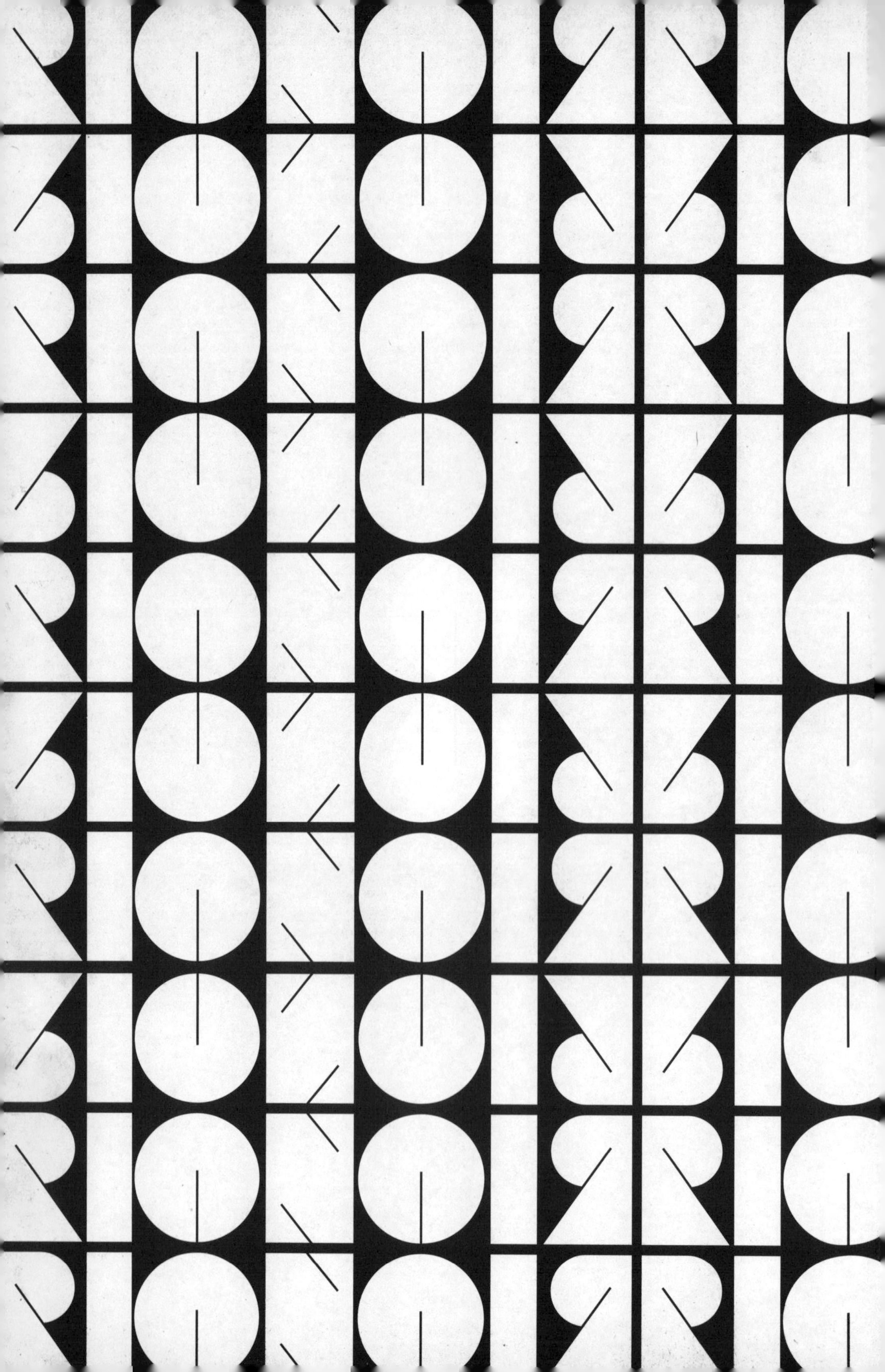

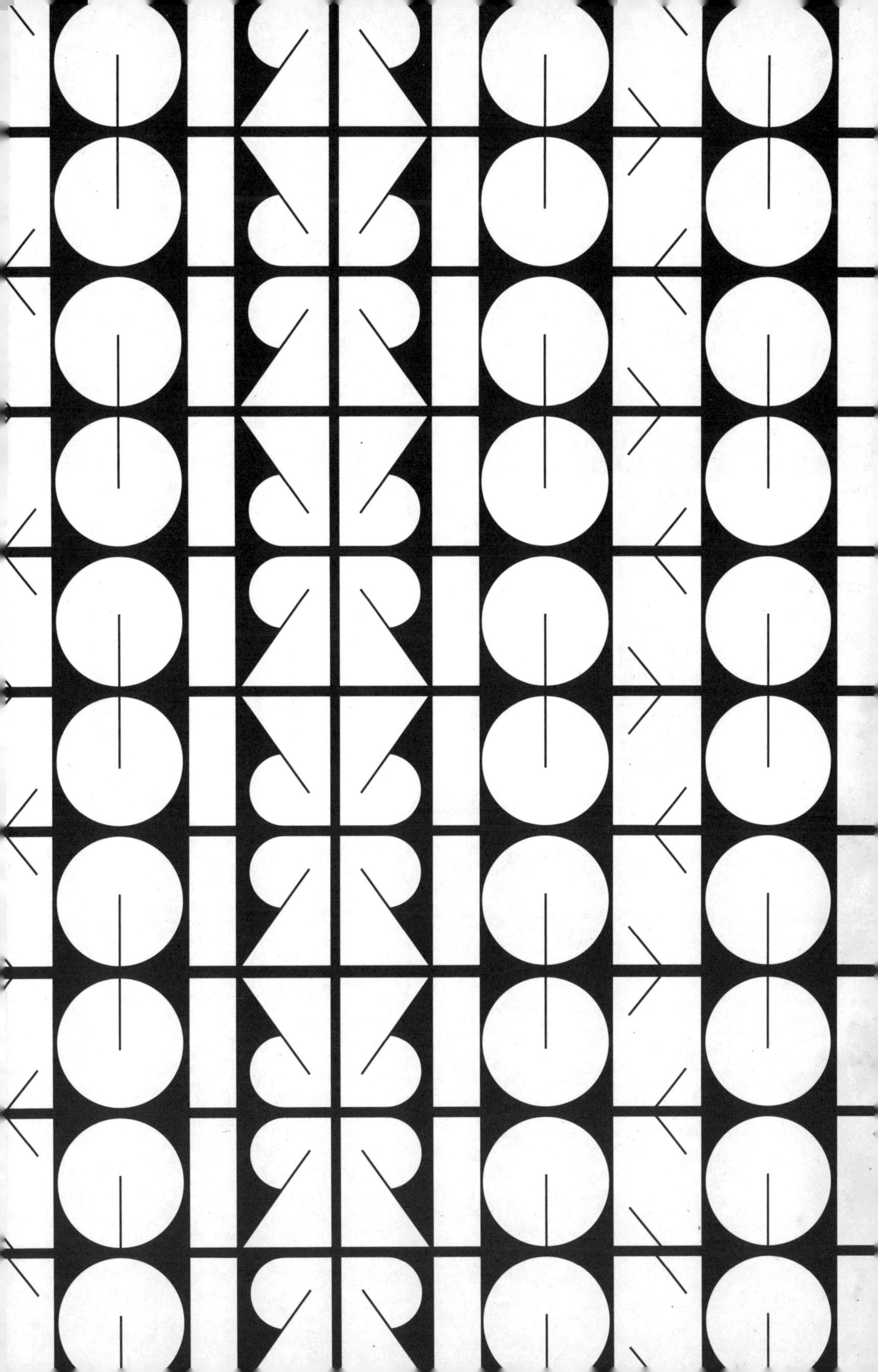

A cidade não é o que se
vê do Pão de Açúcar.
Rubem Fonseca

RIO DE JANEIRO

PURGATÓRIO DA BELEZA E DO CAOS
PARTE 3

RIO BABILÔNIA
PARTE 4

INTRODUÇÃO

As imagens do Rio de Janeiro são conhecidas: construções entrincheiradas entre praias de areia branca, mar azul, lagoas de água doce e florestas exuberantes que se estendem por sinuosas montanhas de pedra; o Pão de Açúcar conectado ao solo por bondinhos em hipnótico vai e vem; asas-deltas cruzando os céus em voo sem destino; o Cristo Redentor de braços abertos a abençoar um povo alegre, miscigenado e cordial, sempre disposto a cair no samba ou a abrir um sorriso hospitaleiro aos turistas que transitam pelas ruas a admirar belas mulheres requebrando nuas sobre carros alegóricos nos desfiles de carnaval... Opa!

Este não é um guia turístico. A cidade que se descortina no livro que o leitor tem em mãos é um outro Rio.

Ainda que nas páginas deste *Rio noir* as famosas paisagens estejam presentes, o que se revela aqui é um mundo de vultos, sangue, intriga, violência, desvãos e mistério (e também de humor, é claro, como só poderia ser num empreendimento em que cariocas estejam envolvidos).

Há muito o Rio deixou de ser uma idílica cidade de encantos turísticos, e as cenas de crimes protagonizadas por traficantes selvagens, policiais violentos e políticos corruptos atestam o fato com assustadora regularidade em noticiários por todo o planeta. Nos dias de hoje, a imagem da cidade de lindas praias, mulheres sensuais, gays animados e malandros simpáticos está inapelavelmente atrelada a tiroteios e disputas sangrentas entre facções criminosas. A cidade partida, fraturada entre uma classe média cosmopolita e uma população desassistida em comunidades miseráveis, tornou-se o retrato mais expressivo de um país de enorme desigualdade social e gritante violência.

O que não deixa de ser muito excitante quando se trata de matéria bruta para histórias de crime!

A conclusão é paradoxal e um pouco chocante, admito, mas existirá cidade mais paradoxal do que o Rio de Janeiro?

Capital do Brasil de 1763 a 1960 – e de todo o Império português durante as guerras napoleônicas –, símbolo internacional do país, principal destino turístico do hemisfério sul, cidade sede dos Jogos Olímpicos de 2016, detentora de altíssimos índices de violência e miséria, a cidade do Rio é muito mais do que mostram imagens de cartões-postais, tabelas de indicadores socioeconômicos e notícias chocantes em páginas de jornais.

A cidade é antes de tudo um enigma em busca de uma decifração.

Talvez eu soe tendencioso ao afirmar que ninguém melhor para decifrar enigmas do que escritores de histórias policiais. Mas por que histórias policiais?, pergunta-se George Pelecanos, escritor norte-americano. Porque, entre outras funções, a ficção noir permite explorar aspectos sociais, forças e fragilidades humanas que compõem o dia a dia de qualquer grande cidade.

Foi com o intuito de tentar decifrar esse enigma que convidei Luiz Alfredo Garcia-Roza, Luiz Eduardo Soares, MV Bill, Guilherme Fiuza, Arthur Dapieve, Victoria Saramago, Arnaldo Bloch, Adriana Lisboa, Alexandre Fraga, Marcelo Ferroni, Flávio Carneiro, Raphael Montes e Luis Fernando Verissimo a partilharem comigo a feitura do livro que o leitor agora manuseia (não sem algum risco de manchar as mãos de sangue, advirto!).

Escolher esses autores foi como escalar o Pão de Açúcar pelo simples prazer de, depois de esgueirar-me verticalmente pela pedra bruta, vislumbrar um horizonte a perder de vista. Aqui se reúnem escritoras e escritores que transitam com desenvoltura por atividades díspares como ficção de diferentes matizes, jornalismo de variadas tendências, edição de livros, humor, horror, filosofia, segurança pública, psicanálise, rock, rap, ativismo cultural, participação social, política e magistério. Mesmo aqueles que nunca tinham se exercitado pela ficção noir se animaram a contar histórias que, de formas e sinuosidades distintas, montam um quebra-cabeça que ousa desafiar os limites do gênero. Se conseguimos decifrar algum enigma com os dramas de nossos proxenetas, cartomantes, coronéis, policiais, traficantes, socialites, favelados, estelionatários, turistas, corretores, detetives, jornalistas, políticos, assassinos, editores, bandidos, viajantes, golpistas, escritores, amantes e cidadãos comuns, não sei. Com certeza adicionamos uma grande sombra à paisagem ensolarada da cidade maravilhosa.

Tony Bellotto

CIDADE PARTIDA

RIO NOIR

FILM

O BUTIM

LUIZ ALFREDO GARCIA-ROZA

LAPA

Era conhecido como Rato. Baixo, magro, a cabeça com forma semelhante à de um roedor. As pessoas o achavam repulsivo. Nada a ver com roupas que usava ou com a higiene pessoal. Vestia sempre terno e gravata, ambos de segunda mão e bastante usados, mas de boa qualidade. Os sapatos e as roupas haviam passado por várias reformas, algumas feitas por ele mesmo, e os conservava limpos e pretendia mantê-los em uso o maior tempo possível. Até recentemente usava chapéu de feltro de aba larga, presente de um frequentador da Cinelândia. Era um bonito chapéu, mas Rato acabou se convencendo de que ele o tornava ainda menor do que era, embora tivesse a vantagem de esconder o rosto, este sim repulsivo devido aos dentes finos, pontiagudos e separados. Essa aparência geral fez com que desde cedo procurasse lugares sombrios e pouco iluminados, o que nem sempre é fácil em uma cidade solar como o Rio, a menos que se tornasse um tipo solitário e noturno. O que de fato aconteceu, não por causa de sua aparência repulsiva, mas por causa da polícia. Foi quando ainda vivia no centro da cidade, mais precisamente na região que vai da Cinelândia à Lapa. Durante o dia circulava pela Cinelândia e pelas ruas estreitas, quase becos, que saem da praça em direção à Lapa. Durante a noite frequentava os bares da Lapa. Na Cinelândia gerenciava e dava proteção a menores que praticavam pequenos furtos a transeuntes; na Lapa ele igualmente gerenciava e dava proteção às prostitutas, não todas, é claro, mas a um número suficiente para manter seu estilo de vida. Nesses dois negócios, ele mesmo fazia a contabilidade, era bom nisso. Havia também Japa, um advogado inteligente e astucioso, que resolvia suas dificuldades com a lei, apesar de ser um alcoólatra incorrigível, mas mesmo assim funcionava a contento. Além deles dois, havia três seguranças que se revezavam na manutenção da ordem e na proteção contra os alemães. Finalmente, havia uma rede de olheiros, menores de idade, que funcionavam como radares de curto alcance, mas bastante eficientes. Rato nunca lidara com drogas e traficantes, considerava-os gente muito violenta e com o inconveniente de atrair polícia. Também não tinha nem fazia uso de armas. Costumava dizer que suas armas eram sua pequena estatura, seus dentes afiados e a capacidade de desaparecer quase instantaneamente quando se fazia necessário. Sempre se considerou um empreendedor. Os garotos seus protegidos eram obrigados a frequentar escola, caso contrário não podiam fazer parte de sua equipe; as mulheres tinham aulas regulares de inglês básico, o que facilitava o contato com os turistas estrangeiros. E tanto os meninos como as mulheres eram encaminhados por ele, quando necessário, a um serviço de atendimento médico ambulatorial que recebia uma contribuição mensal da dupla de sócios a título de auxílio por serviços prestados à população desassistida do Centro.

As coisas caminhavam bem, sem maiores conflitos internos e sem problemas com a lei e a ordem, até o dia em que a polícia percebeu que tudo caminhava bem demais com ele e seu sócio advogado e que ela, polícia, até então não tirara proveito nenhum disso.

– Proxenetismo, aliciamento e corrupção de menores, formação de quadrilha... Crimes graves, sendo que o segundo é considerado crime hediondo e inafiançável. Você sabe o que significa isso, seu Ratinho de merda? Significa que você vai passar o resto de sua vida atrás das grades, igual a seus irmãos animais que servem de cobaias nos laboratórios de pesquisa. Com a diferença de que nem de longe você terá o mesmo tratamento que eles.

Os pesquisadores que vão cuidar de você serão os seus colegas de cela, e eles não terão a delicadeza dos cientistas dos laboratórios de pesquisa. Pela natureza dos seus crimes, posso levar você direto daqui para a cadeia. Nem sonhar em pagar fiança e voltar para tomar seu chope. Seu crime é inafiançável. Rato é como te chamam e como você mesmo se chama. Você vai ter inveja dos ratos que vão passar por cima do seu corpo enquanto estiver dormindo... Se você conseguir dormir algum dia.

Esse foi o discurso feito pelo policial, que pelo físico deveria pertencer a alguma tropa de choque, que foi falar com Rato à noite, numa rua da Lapa, quando não tinha ninguém por perto para ele pedir ajuda.

– O que nós podemos fazer para nada disso acontecer? – perguntou Rato com voz miúda.

– Nós, não. Aqui você é o rato, eu sou o gato. Espero você, amanhã, nessa mesma hora, munido de cinquenta por cento do ganho de vocês no mês passado. Preste atenção, não estou exigindo tal ou qual quantia, estou exigindo uma percentagem, cinquenta por cento, a metade do dinheiro arrecadado no último mês... que será de fato seu último mês, caso você tente me enganar. Se tiver alguma dúvida quanto à possibilidade de eu te transformar em um rato de laboratório, pergunte ao seu sócio e advogado, que, por sinal, deveria se chamar Gambá.

Rato não pretendia voltar na noite seguinte com a metade do que tinham arrecadado no mês anterior para entregar nas mãos daquele policial. Mas também não pretendia continuar flanando na Cinelândia ou na Lapa. Nunca teve vocação para rato de laboratório. A única solução era sumir. Levando com ele a parte do dinheiro arrecadado no mês anterior, naturalmente. O policial acertara na quantia, "metade do dinheiro arrecadado no último mês", a outra metade Rato colocou dentro de um envelope de papel pardo bem resistente, passou fita gomada em volta dele todo e entregou ao seu sócio. A partir de então, tornou-se um fugitivo, pelo menos no seu modo de pensar. Não estava sendo caçado "vivo ou morto" por toda a polícia da cidade, mas bastava a existência daquele gorila e de seus comparsas para o fazerem desaparecer feito fumaça. Na manhã seguinte, ao amanhecer, ainda estava escuro quando deixou seu chapéu de feltro sobre o banco onde costumava se sentar na praça Floriano, na Cinelândia. Lembrança do Rato, para os que ficavam.

O dia já tinha clareado quando saiu da estação Siqueira Campos do metrô, em Copacabana, único bairro que conhecia tão bem como o centro da cidade, embora não conhecesse ninguém. Como um rato, conhecia a geografia do bairro, não propriamente a geografia de superfície e seus habitantes diurnos, mas sim a geografia subterrânea e alguns dos seus moradores noturnos eventuais. Por precaução, e por medo do policial e de sua turma, passou a se mover no verdadeiro submundo de Copacabana. A baixa estatura e a magreza facilitavam seu rápido desaparecimento e deslocamento pela trama de galerias pluviais do subsolo de Copacabana. Para isso, teve que se livrar do terno e do sapato – tudo o que pôde trazer na fuga – e arranjar uma roupa usada de trabalhador da prefeitura. O passo seguinte foi alugar um quarto numa pensão de quinta categoria na ladeira dos Tabajaras. Na verdade, não era bem um quarto, mas a metade de um quarto dividido ao meio por um tapume de compensado. Em cada metade, cabiam apenas uma cama de solteiro e, debaixo da cama, um pequeno baú com cadeado para a guarda da roupa e dos pertences do inquilino.

O tapume de compensado que separava o quarto em duas metades não ia até o teto, mas até a altura da porta de entrada onde ele se bifurcava, permitindo a entrada para as duas metades do quarto. Mas, para quem se deslocava pelas galerias de águas pluviais e passava a primeira parte do dia na entrada das galerias, aquele meio-quarto era um hotel de pelo menos uma estrela.

Passaram-se dois meses sem que tivesse notícias do policial e de sua turma. Rato achava que eles não atuavam na Zona Sul, área de atuação dos policiais mais protegidos. Felizmente, ainda não tinha sido notado por nenhum deles. Verdade que durante o dia só andava vestido com o macacão de funcionário da prefeitura, e seu medo atual era o de ser parado por algum carro da prefeitura e que pedissem sua identidade. Claro que não tinha identidade nenhuma da prefeitura. Antes de se ocupar em arranjar uma identidade, coisa que custava algum dinheiro, precisava ampliar sua equipe de trabalho. Tinha duas mulheres que cuidavam dele e ele cuidava delas, mesmo esquema da Cinelândia, e tinha também alguns garotos que conseguiam alguns trocados com objetos subtraídos dos turistas estrangeiros, objetos que ele cuidava de passar adiante. Os dois meses de hospedagem foram pagos adiantado e não passava fome. Rato é assim, pensava ele. No horóscopo chinês está escrito que o rato sempre se sai bem nos labirintos da vida. Não sabia se era exatamente isso que estava escrito, mas era parecido.

Uma noite em que já tinha tirado o macacão da prefeitura, tomado banho e vestido o terno noturno, as duas meninas que já trabalhavam com ele trouxeram uma terceira. Jovem como elas. Tinha jeito de quem já rodara o suficiente para ficar estampado na face e no corpo que não era filha de Maria. Tinha a mesma altura que ele, o que era raro, o corpo bem-feito, apesar de algumas marcas de percurso, e olhos atentos, expressivos e inteligentes. Quando falava com ele, a voz se fazia melodiosa.

– Muito prazer, Seu Rato – disse, assim que foi apresentada.

– Minha querida, quem se chama Rato não pode ter "Seu", "Senhor" ou "Doutor" antes do nome. Me chame de Rato. É assim que me chamam. E você, como te chamam?

– Rita.

– Rita! Vejam só, Rita e Rato. Feitos um para o outro.

Rita sorriu. Juntos, lado a lado, pareciam uma dupla de irmãos circenses: mesma altura, mesmo tipo físico, mesma cor de cabelo, só não eram parecidos nas feições. Rita não tinha cara de rato.

Passaram-se mais quatro meses – seis ao todo desde que saíra da Cinelândia –, e Rita não saía de junto de Rato. Era observadora, atenta a quem se aproximava, e tinha uma inteligência que surpreendia Rato a cada dia. Sem que ele pedisse, Rita começou a tomar conta dele, não apenas afetivamente, mas também fisicamente, apesar de não dispor de físico de guarda-costas, embora suas duas amigas garantirem que Rita tinha suas táticas de ataque e defesa, se fosse necessário.

Rato queria levar Rita para conhecer o Centro. Ele próprio começava a sentir saudades da praça, da Lapa, dos amigos que lá ficaram sem que ele tivesse tempo de se despedir. O policial certamente continuava tomando conta da área, era onde conseguia dinheiro e alimentava sua fama de valente. Rato tinha certeza de que se ele o pegasse duas coisas podiam acontecer: o corpo dele amanhecer boiando na baía de Guanabara ou acordar trancafiado numa cela depois de ter passado a noite num hospital. De uma coisa tinha certeza: o policial não se esqueceria dele, e ele era fácil de ser lembrado. Antes de arriscar a vida aparecendo na Cinelândia, o melhor que tinha a fazer era entrar em contato com seu amigo Japa para saber como estavam as coisas.

Na noite de quarta-feira, tempo bom, temperatura agradável, chegou à Lapa pela rua mais cheia de gente, vestindo a roupa de Rita e maquiado sem exagero para esconder a sombra da barba, usando um gorro feminino com aba, óculos de grau e tênis. Não estava de chamar atenção como mulher, mas o que importava era não chamar atenção como homem. Ligou da rua para Japa. O telefone tocou até desligar automaticamente. Passou pelo bar que frequentavam e perguntou ao garçom conhecido onde poderia encontrar Japa.

O garçom demorou um pouco para dar a resposta:

– Pelo que dizem, no cemitério, Rato.

– Matado?

– É o que dizem.

– Quem foi?

– Só sei que mataram. Como ou quem foi, eu não sei.

– Quando foi?

– Logo depois que você sumiu. Pensamos que você também...

– Cuide para que continuem pensando. – Deu uma boa gratificação para o garçom e tratou de desaparecer da região.

Para não correr o risco de encontrar o policial, andou até a estação Glória, em lugar de pegar o metrô na Cinelândia a uma quadra de onde ele estava.

Chegou à pensão bem antes do esperado. Livrou-se do vestido da Rita e dos acessórios, vestiu o macacão de funcionário da prefeitura e ficou esperando Rita voltar, coisa que dependia da sorte e da capacidade de sedução dela no seu trabalho na avenida Atlântica. Aprendera com o tempo a viver aquela espera cheia de conflitos e aprendera também por quê os cafetões batiam com frequência nas suas mulheres. Não era porque não gostavam delas, mas porque gostavam. Esses pensamentos corriam ao mesmo tempo que a lembrança do Japa. Um cara superlegal, inteligente, amigo... O policial deve ter batido muito no Japa para saber onde ele estava. E nem o próprio Rato seria capaz de dizer... Não estava em lugar nenhum, ou melhor, estava em um não lugar. Além do mais, o filho da puta do policial tinha matado o Japa. Se Rato não tivesse fugido, embora tivesse avisado ao amigo, o policial não teria motivo para fazer o que fez. Mas vida de bandido é isso mesmo. Uma coisa era certa, o policial decretou terminado o prazo de vida de Rato na Terra. Daquela data em diante ele poderia ser morto sem nenhum aviso-prévio. Pelo mesmo motivo o Japa, havia tempo, vivia em permanente estado de anestesia alcoólica. Rita chegou quando Rato já estava dormindo. Ele acordou e bateu nela sem fazer barulho. Não queria acordar quem estivesse dormindo do outro lado do tapume. E também não queria machucá-la. Rita pediu a ele para não fazer mais aquilo, "não é necessário", disse ela, "estarei ao seu lado sempre que você quiser".

Vida de merda. Tinha que dar o fora da cidade. Não tinha como se esconder indefinidamente. Qualquer pessoa que o tivesse visto uma única vez seria capaz de reconhecê-lo no meio da multidão. Tinha que mudar de cidade ou mesmo de estado. A poupança que mantinha junto com o Japa na Caixa Econômica, e que agora era só dele, devia dar para recomeçar a vida em algum lugar onde não tivesse que viver escondido durante o dia e sair apenas à noite. Não era morcego, pensava, apesar de dizerem que morcego e rato são parentes. Se forem, ele pelo menos tinha ficado com o lado melhor. Não voava, mas também não era cego.

Na manhã seguinte, depois de se reconciliar com Rita, decidiu sair para verificar como estava a conta bancária que tinha com Japa. A agência era na rua do Catete, quatro estações depois da Siqueira Campos. Foi de banho tomado, terno limpo e passado, camisa social e gravata, carteira de identidade e cartão da Caixa. Desceu a ladeira dos Tabajaras como se fosse pegar o carro estacionado na Siqueira Campos, mas em lugar de carro, que nunca teve, entrou na estação do metrô, comprou um bilhete ida-volta e em poucos minutos descia na estação Catete. Dependendo do saldo total, se fosse alto ou se fosse baixo, iria para São Paulo ou para Vitória. Não sabia dizer por que uma ou outra. Talvez o número de habitantes, a quantidade de gente na rua, o modo de agir da polícia...

– Senhor? – Era o guarda segurando a catraca para ele pegar a senha de atendimento.

– Quero verificar o saldo da minha poupança.

– Para isso não precisa de senha, o senhor pode consultar o caixa eletrônico. O que estiver vago. Ali, naquela fileira de caixas. Basta usar o cartão.

Tirou o cartão do bolso, conferiu a senha num pedacinho de papel que guardava dentro da carteira e postou-se frente à máquina disponível mais próxima. Escolheu as opções que lhe serviam, digitou as duas senhas que a máquina pedira e retirou o impresso com o saldo. Não entendeu de imediato o que estava escrito. Retirou outro impresso, procurou o funcionário que estava orientando os clientes e perguntou o que significava aquilo que estava escrito na folhinha de papel amarelo.

– O que o senhor deseja saber? – perguntou o funcionário.

– Quero saber o meu saldo.

O funcionário pegou o papel. Olhou durante alguns segundos e disse:

– O seu saldo é zero, senhor. Sua conta poupança foi fechada.

– Saldo zero? Fechada? Eu nunca fechei conta nenhuma. Para onde foi o meu dinheiro?

– É melhor o senhor falar com o gerente. Eu apenas oriento os clientes no uso dos caixas eletrônicos.

Era um apartamento no térreo, de fundos, com as janelas dando para coisa nenhuma a não ser um muro caindo aos pedaços a dois metros de distância da janela da sala. A porta do apartamento nunca tinha visto uma tinta e a campainha era dependurada fora do buraco onde deveria estar embutida. Pelo menos, funcionava. Ao segundo toque, uma mulher de meia-idade abriu a porta pela metade e ficou segurando a maçaneta com uma das mãos enquanto com a outra regulava o vão de abertura.

– Boa noite, meu nome é Rita, sou...

– Sei quem você é – disse a mulher de um modo claramente antipático. – Veio em busca do butim ou do seu homem?

– Quem é você?

– Você, não. Senhora. Sou irmã do sócio do Rato. E repito a pergunta: você veio em busca do butim ou do Rato?

– Você sabe onde ele está?

– Claro. No mesmo lugar para onde ele mandou meu irmão.

– Ele está preso?

– Não. Está morto.

Fez-se silêncio. As duas mulheres ainda estavam na soleira da porta, uma do lado de dentro, segurando a maçaneta e a porta, e a outra do lado de fora, os braços soltos ao longo do corpo. Nenhum ruído vinha de dentro do apartamento; um ruído indistinto vinha da rua, como se ela fosse muito distante.

– Morto?

– Ou desaparecido, o que é a mesma coisa.

– E essa outra coisa que você perguntou se vim buscar?

– O butim? Você não sabe o que é? É aquilo que se rouba dos derrotados, produto de trabalho ilícito, roubo. Ou você acha que o que Rato fazia era trabalho legal?

– Você disse que seu irmão e ele eram sócios.

– Meu irmão era advogado. O que ele fazia era tirar seu homem da cadeia ou evitar que ele fosse preso. Rato pagava meu irmão pelo trabalho de advogado. Eles não faziam a mesma coisa.

– Não sei o seu nome.

– Zilda.

– Não sei por que você está falando comigo dessa maneira. Não conheci o seu irmão nem você ou a senhora, como você quer. Vim aqui porque Rato disse que, qualquer problema, eu procurasse o sócio dele, e me deu esse endereço. Não vim para brigar nem para pedir nada a ninguém. Só queria que alguém me dissesse o que fizeram com Rato.

– Já disse. Provavelmente a mesma coisa que fizeram com meu irmão. Bateram nele até matar, depois jogaram o corpo num buraco qualquer.

Rita ficou olhando para Zilda sem saber o que dizer. Esperou que a outra dissesse ou fizesse alguma coisa, mas ela continuava segurando a maçaneta da porta com as duas mãos. Como nada aconteceu, Rita girou o corpo e saiu em direção à portaria do prédio.

Morto. A cada dia que passava aquela palavra significava as mais variadas coisas. Algumas vezes significava até o seu oposto, vida, mas esta também perdia valor, para significar apenas "não morto". A cabeça de Rita não fora alimentada o bastante com ideias capazes de preencher o quanto de vazio ela sentia desde que Rato desaparecera... ou morrera, como dissera Zilda sem nenhuma delicadeza, sem nenhuma diferença do irmão "que morrera da mesma maneira que Rato". Ela sequer fizera distinção da morte de Rato e da morte do irmão. Eram mortes baratas, mortes de segunda classe, sem cerimônias ou emoções. Tão pobres que nenhum dos dois portava um nome. Um se dizia Rato e o outro era chamado Japa.

Rita não sabia o que dizer e tinha dificuldade de saber como expressar seus sentimentos, como se houvesse para as classes privilegiadas catálogos de sentimentos, um para cada situação, e ela não tivesse referências pessoais ou literárias para orientá-la nesses momentos. Então não sofria, por vergonha de sofrer errado. Rato era sua única referência para situações como essa.

Saiu andando sem saber qual caminho tomar. Rato falava muito na Cinelândia, como também falava do movimento da Lapa. Rita não gostou da Lapa, ou não gostou da irmã do Japa que morava na Lapa e estendeu o desgosto ao resto do bairro que nem chegara a ver direito. Perguntou qual o caminho mais curto para chegar à Cinelândia e seguiu a indicação, esperançosa de encontrar Rato ou algum traço dele. Não estava vestida "a trabalho", e seu tipo mignon e a ausência de pintura faziam dela uma jovem recém-saída da adolescência e curiosa pela vida adulta. Disseram a ela que aquela era a noite mais movimentada e mais animada da Lapa e adjacências. Mas ela não estava interessada na animação do lugar, queria apenas poder se movimentar no meio da multidão sem ser notada. Era como Rato fazia. E por isso ela não entendia como Rato tinha sido pego. Desde que tinha saído da Cinelândia ele era extremamente cuidadoso; além disso, sabia se disfarçar. Mesmo com tipo físico e fisionomia peculiares, ele conseguia passar despercebido junto a pessoas que o conheciam de longa data. Como teria sido pego? Enquanto procurava a entrada do metrô, Rita tentou se colocar no lugar de Rato e pensar o que ele pensaria se fosse pego.

Para ela Rato só seria pego se fosse vítima de uma armadilha resultado de uma delação, foi a primeira coisa que pensou. Por distração ele não seria pego. E quem seria capaz de armar essa armadilha? Ele não tinha amigos, não andava em rodinhas, falava apenas o necessário, poucas pessoas sabiam da vida dele e de seus hábitos. E apenas algumas poucas poderiam armar-lhe uma cilada. A primeira dessas pessoas era Japa, pensara Rita, pela proximidade e por conhecer intimamente Rato, além de sócio nos negócios e seu advogado. A segunda era Zilda, irmã e cuidadora de Japa, conhecia Rato tanto quanto o irmão. A terceira era ela própria, Rita, que morava e dormia com Rato, mas para quem Rato era ainda um mistério. E, por fim, as duas amigas que a apresentaram ao Rato e que eram protegidas por ele e sabiam onde ele morava. Essas eram as cinco pessoas que poderiam ter armado uma cilada para Rato ou funcionado como delatoras para a polícia.

A primeira das cinco a ser eliminada era ela própria, a menos que estivesse louca, e se estivesse louca não teria capacidade para montar uma armadilha para um sujeito inteligente e ardiloso como Rato, além do que, não estaria se ocupando em descobrir quem armara a cilada. As duas amigas e protegidas de Rato poderiam ser no máximo alcaguetes, e, mesmo assim, só teriam a perder, além de não terem inteligência para armar um esquema de delação com a polícia. Sobravam, então, Japa e sua irmã, exatamente os dois mais próximos tanto fisicamente quanto historicamente. Mas Japa também só teria a perder; ele se mantinha e sustentava a irmã apenas pela divisão da féria obtida através do esquema montado e mantido graças à atividade de Rato; além do mais, os dois eram amigos íntimos desde adolescentes, sendo que Japa cada vez menos podia contar com o pouco de tempo que ficava sóbrio a cada dia. Sobrava Zilda. Zeladora do irmão alcoólatra, ressentida e raivosa, mas que também nada tinha a ganhar... A não ser boa parte do butim... que ela tinha sido a única a mencionar.

O esforço de Rita para articular o que para ela eram elementos distintos e desencontrados na busca de um sentido foi feito dentro do metrô no percurso de volta para casa. Se não podia ter a presença física de Rato, podia pensar nele e tentar decifrar o que tinha acontecido.

Desaparecimento ou morte eram a mesma coisa, segundo Zilda. E ela podia saber do desaparecimento de Rato pelo simples fato de ele não ser mais visto no bairro, mas como poderia saber que ele havia morrido? E se havia um butim ou dinheiro – ela fora a única a mencionar que havia –, quem tinha ficado com ele? Finalmente, como ela podia dizer, ao abrir a porta, que já sabia quem ela era, se só tinha aparecido na vida de Rato dois meses depois de ele ter saído da Cinelândia?

O metrô chegou à estação Siqueira Campos. A subida da ladeira dos Tabajaras era um pouco acentuada, mas Rita estava de tal modo envolvida com o que estava pensando que iniciou a subida da ladeira como se estivesse caminhando no plano. O fato é que já tinha levantado algumas questões para as quais não encontrara resposta, e, antes de completar a subida, já tinha decidido voltar ao apartamento de Zilda para resolver as dúvidas que restaram. Dentre elas, a dúvida sobre o dinheiro de Rato que haviam retirado da Caixa – o butim que Zilda perguntara se ela tinha ido buscar. Finalmente, como Zilda podia saber quem ela era?

Na manhã seguinte, saiu de casa antes de o dia clarear, queria pegar Zilda ainda dormindo.

Já tinha perdido Rato. Não tinha mais nada a perder.

RIONOIS

5A
→6
→6A

O RETORNO

MV BILL

CIDADE DE DEUS

Através do rádio, Bolha passou a ordem aos seus gerentes:

– Se liguem aí! É um malote para a patamo do sargento Gonçalves, dois para a do cabo Tenório, e os fogos, só se vocês não conhecerem a viatura, tá ligado? – recomendou Bolha, de forma enérgica.

Achava engraçado o pessoal no asfalto se referir a "bote" como algo positivo, tipo bote salva-vidas. Na favela era diferente. Um bote jamais salvava a vida de alguém. Um bote da polícia então, só afundava ainda mais o sujeito. E afundar não estava nos planos de Bolha. Ingressara no tráfico pela porta da frente, aos 14 anos, como sucessor do irmão mais velho, após vê-lo cair para nunca mais se levantar, com o fuzil cruzado no peito.

Desde que era moleque, os traficantes mais velhos o observavam com atenção, como se já enxergassem nele algum potencial. Apreciavam a disposição do garoto nas brigas por pipa e sua habilidade com as armas. Anos mais tarde, já como gerente de boca de fumo, era cruel com os desafetos e muito bom na contabilidade. Aos 18 anos, já se lançava na conquista por outros pontos, sempre na Cidade de Deus, é claro, sua comunidade de origem.

O carisma e a coragem de Bolha refletiam positivamente nos negócios do tráfico. Por todos esses talentos, não houve qualquer oposição ao seu nome quando cogitado para assumir o pomposo cargo de chefe do Tráfico da Cidade de Deus. E a comunidade assinou embaixo. Ninguém jamais ousaria reclamar porque Bolha investia dinheiro pesado nas obras das igrejas, chegava junto na cerveja do baile funk, bancava as famílias mais necessitadas de remédios e era generoso na distribuição de presentes de Natal. "Cuide bem da criança de hoje, pois ela será o seu soldado amanhã", era o seu lema. Assumia uma postura de rei, um benfeitor da favela. O assistencialismo regular que tão bem havia aprendido com os traficantes das antigas.

Naquela noite de sexta-feira, o movimento prometia. A endolação rolava a todo vapor. Dezenas e mais dezenas de pessoas comprometidas na insólita tarefa de clarear e pesar a droga nas balanças de precisão, para que estivessem prontas para a venda no varejo durante toda a madrugada.

As noites de sexta na Cidade de Deus eram famosas no mundo inteiro!

E, com o cair das horas, a favela efervescia. Mulheres seminuas, playboys do asfalto e viciados se misturavam nas vielas, ao som do funk, sob o efeito da droga, do álcool e de um permanente estado de tensão, como se a qualquer momento tudo aquilo pudesse mudar.

Diante de tanto sucesso, só uma coisa perturbava Bolha: a decisão do Batalhão de trocar a guarnição responsável pela ronda da favela, pois os novos policiais, liderados pelo sargento Gonçalves, não toparam o esquema do arrego e os botes foram ficando cada vez mais frequentes. Com eles, também os tiroteios sangrentos e o prejuízo das armas e drogas apreendidas. Para complicar, as fontes secaram. Seus contatos dentro do quartel haviam sido afastados, de lá não saía mais a lista das guarnições de serviço. Sem essa informação era impossível se planejar.

A sorte de Bolha era poder contar com o deputado Saci. Aliás, sorte não só de Bolha, mas de todo o tráfico do país. É que o deputado Saci tinha umas articulações na Colômbia e facilitava um esquema de abastecimento de armas e drogas que nunca deixava o tráfico na mão. Dizia que as armas vinham das FARC, mas ninguém sabia se essa porra era verdade.

Verdade mesmo é que o deputado Saci era bom de papo. Um negão sorridente, sempre bem-vestido, só usava linho. Diziam que, na infância, ele sofrera um acidente de carro e usava uma perna mecânica. Bolha nunca tivera coragem de perguntar, mas já passara horas a fio reparando a perna do deputado e nunca notara qualquer diferença. *Deve ser boato essa porra*, pensava. *Como a história das armas que ele traz das FARC.*

Bolha nem sequer teve tempo de finalizar a comunicação com as bocas de fumo. No momento em que ia informar sobre o funcionamento das "contenções" da noite, ouviu o estrondo da primeira rajada. Com um fuzil encaixado no vão da janela, uma pistola na mão e os bolsos cheios de munição, Bolha se armou em posição de sentido. Ficou observando o confronto lá fora, da luneta de seu AR-15. Com os olhos extasiados, assistiu a um de seus soldados, um adolescente franzino ainda, descarregar toda a munição de seu fuzil sobre um PM. Que orgulho!, sentiu. Menos um verme no mundo.

Sem perder tempo, Bolha subiu até a laje e, escorado na caixa-d'água, enquadrou a mira do fuzil na cabeça de sua primeira presa, um policial que se protegia atrás do poste. Foi engraçado ver a cabeça do cara explodir e tingir o ar de vermelho, observou Bolha. Dois mil metros num segundo!, ele se lembrou das palavras do deputado Saci quando lhe vendera aquela preciosidade. Que beleza! Sabe viver bem esse pessoal das FARC.

Mas a alegria durou pouco.

Entre a adrenalina do momento e a graça do corpo sem cabeça serpenteando no chão, Bolha observou seus soldados em debandada, favela adentro. Os que ainda portavam alguma arma disparavam para o alto, a esmo, desorientados, sem qualquer mira. A maioria simplesmente corria em pânico e largava as armas no chão, como quem se livra do flagrante. Atrás, vinha a polícia, recolhendo a preciosidade abandonada no meio do caminho. Um considerável reforço bélico para a próxima investida dos predadores.

Fodeu!, Bolha pensou rápido, *tô sozinho nessa porra!*

Há tempos sabia que era preocupante não ter mais a propina dos PMs na sua folha de pagamento. Suicídio continuar operando a favela sem um contato dentro do Batalhão. E nessa de um pensamento que leva a outro, foi uma surpresa quando, do nada, Bolha desceu da laje e deu de cara com o deputado Saci.

– Tá fazendo o que aqui, deputado?

– O PC me ligou, disse que você estava precisando de apoio – explicou o deputado, tentando falar mais alto que o barulho dos tiros. – Mas eu não sabia que ia ter operação aqui na Cidade de Deus. A polícia tá toda aí fora, Bolha!

– Tô ligado! – disse Bolha, confuso. Andava de um lado para outro, sem saber o que fazer.

– Você precisa de reforços!

– Pois é. Eu não sei quantos ainda estão comigo... Minha segurança estava toda lá na frente – esclareceu o traficante, preocupado. – Vi uma porrada dos meus homens correndo, apavorados! Já não sei mais de nada.

– Quanto é que você tem pra perder agora?

– Agora? – Bolha repetiu a pergunta como se assim ganhasse mais tempo para responder. – Sei lá! Talvez uns...

Antes que Bolha completasse o cálculo, o corpo do deputado estremeceu. Automaticamente, ele arregalou os olhos, levou as mãos ao peito e, sob elas, uma imensa mancha tingiu de vermelho sua camisa.

– Porra, tomei um tiro, Bolha! – gritou o deputado Saci. – Me tira daqui!

A favela estava completamente cercada pela polícia. Sair com o deputado dali era o mesmo que se entregar. Bolha tentou pensar numa saída, mas era difícil encontrar qualquer vestígio de lucidez disponível em seu cérebro.

– Meu carro... meu carro... – balbuciou o deputado com a voz embargada – no meu carro eles não vão desconfiar!

Durante toda a vida, Bolha já tinha visto milhares de pessoas morrerem. E a enorme quantidade de sangue que jorrava do peito do deputado não deixava dúvidas. Ele não ia durar muito. Uma hora, se muito.

O problema é que sua morte gerava um grande problema para Bolha, não apenas porque se tratava de uma pessoa pública, mas também porque o deputado era uma figura muito querida no mundo do tráfico. Se, de alguma forma, a morte dele fosse associada à Cidade de Deus, todo mundo ia querer a cabeça de Bolha. Até mesmo os milicianos, se bobeasse. O deputado Saci era a maior representação do mundo do crime no governo do país. Ninguém, nem os amigos de facção, perdoariam Bolha por isso.

– Calma, deputado! – disse Bolha. "Calma", muito mais para convencer a si mesmo do que o deputado. – Eu vou tirar a gente da favela!

Buscando forças sabe-se Deus de onde, Bolha botou o deputado nos ombros e o carregou até o carro, enfrentando o fogo cruzado. A favela era um túmulo. Nem uma viva alma nas ruas. Todos abrigados em algum canto, fugindo da morte que andava louca por ali.

Ao chegar ao carro, Bolha abriu o porta-malas, enfiou o deputado e prometeu que faria o melhor para ajudá-lo, muito embora soubesse que nem o melhor seria o bastante para salvá-lo.

– Olha, aconteça o que acontecer... – Faltou fôlego e o deputado Saci não conseguiu terminar.

Quando alguém diz "aconteça o que acontecer" é porque com certeza vai acontecer alguma coisa. Quase sempre uma coisa ruim. Era melhor tirar o deputado dali o quanto antes, afinal, quem daria conta da morte dele na Cidade de Deus? Algum inocente, na certa. Para uma confusão que não ia chegar a lugar nenhum, aquela já tinha ido longe demais.

Bolha bateu o porta-malas, entrou no carro e andou a esmo. Àquela altura um hospital já não adiantava mais nada. Bolha sabia que no porta-malas, o que carregava, na verdade, era apenas o corpo do deputado.

Apesar da noite úmida, Bolha esfregou a mão na testa e enxugou o suor. Passou pela Barra, pelo Recreio, e só em Grumari encontrou o que tanto buscava: um terreno baldio, coberto de mato. Nenhuma casa por perto, nenhum sinal de civilização. O lugar perfeito para quem precisa desovar um corpo.

Bolha deixou o farol baixo aceso e foi até a mala do carro. Já havia visto milhares de cadáveres em sua vida, mas o corpo do deputado todo revirado ali dentro o fez estremecer. Com muita dificuldade, conseguiu puxá-lo pelas pernas e botar metade do cadáver para fora da mala.

Foi quando algo estarrecedor aconteceu.

A perna direita simplesmente se desprendeu do corpo do deputado. Bolha caiu para trás com a perna nas mãos, enquanto o corpo do deputado jazia perneta no porta-malas.

– Arg! – Bolha serrou os dentes e sentiu a bílis subir de seu esôfago, ou estômago, um desses. Não vomitou porque era cabra-macho. Mas, passados quinze segundos de pânico, compreendeu: o deputado Saci tinha mesmo uma perna mecânica.

Bolha examinou a perna de plástico em suas mãos, jamais vira uma daquela antes. E, com os olhos arregalados de surpresa, notou: havia um pequeno cartão preso no buraco de encaixe da perna. Bolha esfregou a unha na fita durex que prendia o cartão e largou a perna no matagal. Era um cartão magnético branco, parecido com um cartão de crédito, só que no lugar do chip havia um código de barras e a inscrição H.L.S.201. Bolha inclinou a cabeça e cerrou os olhos. Estava diante de um enigma, sabia. Só que sem a menor ideia de como decifrá-lo. Bolha não podia perder mais tempo. Precisava, na verdade, se livrar do corpo do deputado e decidir o que fazer da própria vida. Para a Cidade de Deus já não podia voltar. Não naquelas condições, pobre e sem moral. Precisava de um milagre, uma grande ideia que fosse. Era nisso que precisava se concentrar.

Então, sem tempo para o mistério naquele momento, Bolha enfiou o cartão no bolso da calça jeans e foi tratar da desova do corpo. Faria o que devia ser feito afinal. Conferiu os bolsos do deputado, pegou o relógio, o cordão de ouro e a carteira do defunto. Quatrocentos e trinta e sete reais e uns trocados.

Quanto aos documentos, ficou na dúvida se deixava ou não. Alguém podia aparecer antes da polícia e roubá-los. Mas quem apareceria ali naquele fim de mundo?

Pelo sim, pelo não, decidiu deixar a carteira de identidade do deputado. Os demais documentos, preferiu levar consigo.

Ato contínuo, enfiou as mãos sob as axilas do morto e arrastou-o até uma árvore. Teve o cuidado de encaixar a perna mecânica por dentro da calça de linho para que, quando a imprensa chegasse, o deputado não fosse fotografado perneta. Vaidoso como só, certamente ele ficaria chateado. Depois, Bolha fez uma oração que inventou na hora e, quando achou que já não havia nada mais a ser feito, entrou no carro e partiu para longe, rumo à sua segunda missão: se livrar do carro do deputado.

Bolha olhou as horas, no relógio do deputado quase três da manhã. Achou um ótimo horário para estacionar o carro na praia do Recreio e observar o mar. Sentia-se, de certa forma, aliviado com a desova, mas não conseguia tirar do pensamento o cartão que descobrira na perna mecânica do deputado. Aquilo devia ter algum valor, algum significado importante, afinal ninguém esconderia uma coisa dessas no próprio corpo se não fosse algo relevante.

H.L.S.201, Bolha tirou o cartão do bolso da calça jeans e leu mais uma vez a inscrição, forçando seus neurônios para encontrar uma explicação. Lembrou-se apenas de um filme policial que vira com o irmão mais velho, na única vez em que fora ao cinema. Com 32 anos, Bolha não vira o tempo passar. Pressão, medo e revolta ocupavam a mente, de maneira que não lhe restava tempo para alegrias e diversões. A não ser aquelas relacionadas ao tráfico: mulheres, baile funk e drogas.

Quando o dia amanheceu, Bolha deu um mergulho no mar. Há anos não ia à praia. Havia se esquecido da força das ondas e de como a água salgada ardia nos olhos. Teria ficado ali mais tempo se o dia não tivesse clareado, trazendo os primeiros trabalhadores dos quiosques e as primeiras grã-finas passeando com seus poodles no calçadão.

Então, Bolha dirigiu até um shopping na Barra e desovou o carro do deputado no estacionamento. Depois parou numa banca de jornal e se juntou ao grupo de trabalhadores que lia as manchetes, enquanto aguardava o ônibus. "Sob forte tiroteio a polícia retoma a Cidade de Deus" era a manchete de um grande jornal. Outro, mais debochado, dizia: "Desbancado o Tráfico da Cidade de Deus."

Doeu ler aquilo.

Mas, embora todos os jornais mencionassem o seu nome, nenhum deles trazia sua foto. O mais perto disso era um retrato falado tão malfeito que arrancou uma risada de Bolha. Achou o desenho muito mais parecido com o Ronaldinho Gaúcho do que com ele próprio. *Só rindo*, pensou, entre vitorioso e abalado.

Mas se a segurança do anonimato lhe tranquilizava, nada de animador havia em sair humilhado da própria comunidade. Porra, tinha feito tanto pela Cidade de Deus, sido tão cauteloso, cuidado tanto para que as batalhas sanguinolentas da favela passassem longe do conhecimento da imprensa, e agora nem sequer podia voltar para casa. De chefão do tráfico fora resumido a um sem-teto fodido. Tudo o que tinha eram os 437 reais, os pertences do deputado e o tal cartão magnético branco que nem sequer sabia o que era.

Sem armas, dinheiro e prestígio ele não passava de um qualquer. E àquela altura ele não tinha nenhum parceiro em quem pudesse confiar. Com a morte do deputado Saci vindo à tona, todo mundo ia querer sua cabeça. Era fato.

Sem um plano bem-definido em mente, Bolha entrou numa loja e comprou umas roupas. Por segurança, comprou também um chapéu. Achava bonito quando via na televisão os cantores de pagode usando chapéu-panamá. Por um breve momento, achou legal ser um homem livre e poder usar chapéu. Mas o mistério do cartão branco e a inscrição H.L.S.201 voltaram à sua mente como fantasminhas perturbadores.

Foi então que ele olhou para o lado, viu um cibercafé e teve a ideia.

– Vai querer quanto tempo? – perguntou a mocinha desinteressada, do outro lado do balcão, mexendo no celular.

– Uma hora – respondeu.

– Três reais.

Bolha não titubeou. Na internet, com certeza, faria algum avanço. Então, se aprumou na cadeira, botou os fones nos ouvidos e iniciou as buscas com o mesmo afinco que James Bond empreendera a investigação no filme que assistira. Primeiro tentou H.L.S.201, depois 201H.L.S., com espaço, sem espaço, com ponto, sem ponto... Foi só quando tentou H. L. S. que as coisas clarearam.

Hotel Lavradio Star surgiu em letras garrafais como o primeiro resultado da busca.

– Claro! – Bolha concluiu, pensando alto. – Hotel Lavradio Star, apartamento 201. É isso!

Uma chave era, na verdade, o que Bolha tinha nas mãos. A chave de um quarto de hotel, e ele não teve dúvidas. Com as mãos titubeantes pelo êxtase da descoberta, tomou nota do endereço e saiu porta afora, com o cartão no bolso e a ideia fixa na cabeça. Ia descobrir o que o deputado Saci guardava tão escondido em sua perna mecânica, nem que isso custasse a própria vida.

Tirando o engarrafamento no caminho, não foi difícil chegar ao Centro. O Hotel Lavradio Star ficava numa praça e, embora se chamasse Lavradio, o estabelecimento ficava na rua da Constituição.

Sem ser notado, Bolha adentrou o hotel com decisão como se fosse um hóspede qualquer. Balançou a cabeça para a recepcionista, mas ela não tirou os olhos do computador. Os vigias também não deram muita importância, e Bolha seguiu confiante pela escadaria de madeira. Sabia que qualquer atitude em falso poderia lhe custar a vida ou, pior, a liberdade, com anos perdidos num desses presídios de segurança máxima do Mato Grosso.

No segundo andar, notou que o quarto 201 ficava no fim do corredor, mas, até chegar lá, já havia corrido os olhos nas fechaduras das outras portas. Sabia exatamente como inserir o cartão para abri-la.

E foi o que fez.

No fim do corredor, de frente para o apartamento 201, inseriu o cartão magnético na porta e automaticamente uma luzinha verde acendeu. Internamente, Bolha sorriu. Nunca fora tão fácil. Olhou para os lados, certificando-se de que não havia ninguém por perto. Então, sentindo seu corpo jorrar litros de adrenalina na corrente sanguínea, Bolha girou a maçaneta com cuidado.

A grandeza do que viu não coube em seus olhos.

Bolha perdeu o fôlego.

Abriu e fechou os olhos.

Boquiaberto, conseguiu buscar um pouco de ar nos pulmões e exclamou para si mesmo:

– Valeu, meu São Jorge!

Ali estava o paiol particular do deputado. Armas, munição e explosivos de todos os tipos. Era impossível quantificar num primeiro olhar, mas, num relance rápido, o deputado mantinha ali, num quartinho de hotel chinfrim, verdadeiros mimos. Metralhadoras, escopetas, espingardas, pistolas, carabinas, fuzis M16, AK-47, ParaFal 7,62mm.

Bolha riu.

Bolha se ajoelhou.

Gargalhou de felicidade.

Com todo aquele arsenal, a Cidade de Deus só não voltava para as suas mãos se ele não quisesse.

FIM DE SEMANA EM SÃO CONRADO

LUIZ EDUARDO SOARES

SÃO CONRADO

Nove horas da manhã de sábado, 20 de agosto de 2010. A terra treme em São Conrado, bairro sofisticado do Rio de Janeiro, onde está localizada a maior favela da América Latina. Talvez fosse mais realista dizer o contrário: a terra treme em torno da Rocinha, em cujas margens aglomeram-se prédios sofisticados e casarões elegantes. Pneus em chamas fecham as bocas dos túneis. Motoristas em pânico abandonam os carros na autoestrada Lagoa-Barra. Bandos em fuga ostentam armas de guerra. Helicópteros sobrevoam o hotel internacional e recuam para o oceano, tomando fôlego para outro rasante sobre a área conflagrada. Banhistas procuram abrigo. Pedestres atiram-se ao chão. O tráfego sempre lento na via expressa é agora uma espécie de apocalíptico estacionamento. O panorama visto do alto da comunidade sugere uma instalação estética em grande escala, uma intervenção crítica nas rotinas da cidade, dramatizando a degradação da vida urbana.

Oito horas da manhã. Sem saber o que o espera, Otto Mursa tenta relaxar e concentrar-se no piso de lajotas verdes da pequena sala que a academia do condomínio cede ao acupunturista. Fixa-se nas variações de cor mais ou menos sutis, inspeciona as ondulações granuladas, conta os riscos negros do lado direito, os afluentes cinzentos do lado esquerdo, soma uns aos outros, divide pelo número de sessões já pagas e multiplica pelo preço de cada uma. Não lhe restam muitas alternativas, nem para passar o tempo e evitar a coceira nervosa na ponta do nariz, nem para gastar o salário modesto de inspetor da polícia civil do Estado do Rio de Janeiro. A saúde é boa, mas as costas, um martírio recorrente: duas hérnias de disco e outros contenciosos antigos com a coluna. Herança dos esportes radicais. Deitado de bruços na maca, rosto enfiado no buraco anatômico, dorso espetado por vinte e quatro agulhas, sente-se um animal abatido, marinando para o churrasco.

Toda semana, Écio Nakano recebe Otto vestindo avental branco. Metódico, cumpre a mesma liturgia: perguntas, exame e a tomada prolongada do pulso. Identifica os pontos com precisão milimétrica, dos pés à cabeça, e planta as agulhas em dois movimentos, a picada e a leve pancada que as enterra mais fundo. Não é propriamente agradável, o ritual. Mas os efeitos, assombrosos. Em seguida, Nakano sai da sala, enquanto o paciente, na penumbra, absorve a energia das agulhas embalado pelos arpejos hipnóticos das cítaras, inebriado pela névoa do incenso.

A rigor, Otto não poderia estar ali. O condomínio só autoriza aos moradores o acesso à área de ginástica e fisioterapia. Por sorte, o apartamento de São Conrado coube à sua namorada, na partilha de bens com o ex-marido. As noites de sexta vazam a madrugada e a terapia matinal compensa os excessos. E lhe servem de álibi. Basta descer até o playground como um condômino qualquer, toalha pendurada no ombro, jornal debaixo do braço, chinelos e o ar *blasé*, marca de classe e distinção. Ninguém questionaria sua presença, nem estranharia a pochete presa à bermuda ou o bolso estufado pelo celular. Adereço de rico não é *kitsch*, é exótico, traço de personalidade. Aquele endereço promove, automaticamente, Otto Mursa a um status que não é o seu, ao qual nunca ambicionara. Futilidade não é a sua. Ao contrário, o convívio com a elite lhe causa engulhos.

Entre a maior favela da América Latina e a Barra da Tijuca, pátria cafona dos novos ricos, São Conrado é um vale com poucos quilômetros de praia, uma ou duas faixas de prédios, a autoestrada que corta o bairro de uma ponta a outra e divide os dois lados, mar e montanha. Nas encostas, casas e mansões escalam a Floresta da Tijuca até o Alto. No extremo oposto à algazarra vertical da Rocinha, a pedra da Gávea, solene, cala. No meio do caminho, rasgando em cruz a paisagem, o clube de golfe – exclusivo, aristocrático. Visto de cima, dir-se-ia que o bairro lhe serve de moldura e adorno. O Global Golf Club não se situa no bairro; é este que lhe borda a silhueta.

São oito horas e nove minutos. Lá está Otto, oscilando entre o sono e a tensão, exorcizando a expectativa incômoda de que o nariz vai coçar, o espirro será inevitável, alguma coisa vai tornar sua sobrevivência absolutamente inconciliável com aquela posição ridícula. Imagina-se porco-espinho, imobilizado por alguma chantagem moral apenas inteligível ao espírito de porco-espinho. Volta a fixar a vista no piso verde, nas estrias escuras. Às oito e dez, disparos de fuzil estremecem corpo e alma, tronco e membros, maca e piso. Mais que isso. Os estampidos explodem próximos a ponto de fazerem o prédio vibrar. Paredes parecem tremer. As agulhas dão choque como se estivessem eletrificadas. Na mente de Otto, disputam o comando dois instintos: do policial provocado e do paciente espetado. Impulsos cerebrais antagônicos projetam Otto para cima e para baixo, ao mesmo tempo, convocando-o à ação e o obrigando à imobilidade. Põe-se de joelhos na maca e chama Nakano aos berros. Puxa as agulhas acessíveis, mas sente que outras se afundam na carne quando se move. O acupunturista acende a luz e lhe ordena que espere. Os tiros estão cada vez mais perto. Agora ouvem-se gritos. Mesmo acostumado aos confrontos que são rotina no Rio de Janeiro, Otto tangencia o descontrole. A guerra está fora de contexto. Sábado de manhã, as crianças correm por toda parte. Sua enteada descera cedo para brincar. Rafaela tem 7 anos. Otto arranca a pistola da pochete, veste a bermuda e salta descalço para a escada. Pisando os últimos degraus, os petardos continuam, ensurdecedores. Otto conhece aquela experiência: têm-se a impressão de que os disparos vibram dentro do corpo e ressoam no interior da caixa craniana. O policial rasteja da escada para a portaria. Porteiros e serventes deitaram-se atrás de tudo o que lhes servisse de escudo. Respiram com ansiedade e mantêm-se no chão, alguns minutos depois da última rajada. Perguntam uns aos outros se o bando já passou. Otto é o único de pé, vasculhando as imediações, arma em punho, a carótida pulsando, suor queimando os olhos, boca seca.

O espaço entre os prédios do condomínio está silencioso; homens, mulheres e crianças assustados demais para gritar. Não querem chamar a atenção. Veem-se aqui e ali novelos de poeira ainda rodopiando, provavelmente aquecidos por fragmentos de pólvora. Cápsulas de projéteis por toda parte. Há perfurações nas paredes laterais de dois prédios e vidraças estilhaçadas. Alguns carros estacionados ao lado do portão de entrada do condomínio sofreram bastante. Ninguém está ferido. Quase um milagre, considerando-se a quantidade de tiros e de pessoas vulneráveis, e o tipo de arma empregada. Otto descobre Rafaela e duas amigas abraçadas na relva, ao lado de bicicletas tombadas, atrás das amendoeiras que separam as quadras de tênis das piscinas. Respira, relaxa, enfim. Sente vontade de chorar com elas e abraçá-las. Lentamente, a pressão arterial declina para níveis toleráveis. É preciso tranquilizar Francisca.

"Corre pra casa, Rafa, avisa sua mãe que está tudo bem. Vocês também." A menina detesta que a chamem de Rafa, porque esse nome é de homem, ela diz, mas não censura o padrasto dessa vez. Todos os neurônios estão ocupados em nascer de novo e pular no colo da mãe.

Porteiros e moradores começam a perambular, claudicantes. Lançam uns aos outros gritos de conforto e falam sem parar, repetindo em coro o que todos testemunharam como se relatassem pela primeira vez a uma plateia incrédula e atônita uma história inverossímil: a fuga da infantaria criminosa que atravessou o condomínio em direção à Rocinha, atirando com seus fuzis em alvos que ficaram para trás, indiferentes aos moradores e às circunstâncias.

O vozerio nervoso e o relampejar do choro infantil anunciam o fim da cena de terror, cujo sentido não demora a deslindar-se no emaranhado dos relatos. Francisca desceu de elevador com os poucos vizinhos para os quais o desespero dissipou a consciência dos riscos. Recebe Rafa das mãos de Otto. Esse é um daqueles momentos.

Com cautela, aos poucos, cabecinhas despontam nas janelas das torres de vinte andares. Otto identifica-se. Recomenda que todos voltem para seus apartamentos e evitem as janelas. Orienta os funcionários do condomínio a retornar às áreas internas e providenciar as fitas das câmeras de segurança. Liga para Harley:

– Desculpa, cara, você deve estar dormindo, ontem foi seu plantão, mas isso aqui parece o ensaio geral do fim do mundo e não cheira nada bem.

As unidades policiais da região, civis e militares, têm de ser alertadas com urgência. O detetive Harley Davidson da Silva é seu único amigo de infância que não está preso, morto, nem passou para o outro lado.

Os porteiros confidenciam o que, para eles, moradores de bairros populares e favelas, inclusive da Rocinha, é óbvio: policiais quiseram aumentar o preço do "arrego", a propina paga para que o tráfico de drogas e armas não seja incomodado. Como o líder do tráfico não aceitou o aumento, os policiais envolvidos na negociação decidiram fazer o que nunca haviam feito: "Bater de frente com o bonde que vinha pesado do Vidigal." A frase de um dos funcionários ouvidos por Otto, informalmente, queria dizer o seguinte: todo sábado de madrugada ou de manhã cedo, a cúpula do tráfico da Rocinha voltava para casa, depois de passar a noite no baile promovido por seus sócios da favela do Vidigal, situada entre o Leblon e São Conrado. Conforme a praxe, os traficantes da Rocinha vinham juntos, em duas ou três vans, armados de fuzis e granadas, justamente para dissuadir qualquer veleidade repressiva, ainda que os cuidados fossem pouco rigorosos, uma vez que o trajeto, a data e o horário aproximado eram amplamente conhecidos. Naquela manhã, policiais frustrados com a recusa do aumento do valor da propina resolveram dar um susto nos traficantes, sem intenção real de realizar prisões e dominar sua previsível reação armada, porque isso exigiria um aparato superior ao disponível e implicaria riscos que não estavam dispostos a correr. Aguardaram as vans dos traficantes numa esquina próxima ao condomínio e encenaram um início de confronto, ao qual não deram sequência, satisfazendo-se com a dispersão que provocaram. A emboscada, se fosse a sério, jamais ocorreria na manhã de um sábado de sol, numa área de classe média alta, entre dezenas de senhoras e crianças. Conforme previsto no roteiro da farsa, os traficantes fugiram e os policiais recuaram. Era o bastante. O recado fora dado. Se o novo valor não fosse aceito, os traficantes teriam problemas.

A comunicação interna entre as portarias do condomínio e a narrativa dos pedestres que buscam abrigo nos espaços fechados compõem o quadro que um telefonema de Harley Davidson da Silva confirma: reforço policial não tem como chegar porque os traficantes fecharam os túneis que conectam São Conrado aos bairros contíguos. Bloquearam também as vias alternativas pela Floresta da Tijuca e a orla. Até que a primeira tropa consiga romper o cerco, o líder do tráfico e seus principais asseclas já terão escapado. Tudo indica que impedir a prisão seja o único motivo de suas ações. A sequência dos acontecimentos comprovará a hipótese. Os túneis permanecem bloqueados, tropas policiais demoram para liberar a pista e chegar a São Conrado, o trânsito é interrompido e motoristas abandonam os automóveis na autoestrada.

Carros abandonados, pessoas em fuga, tudo conspira para o clima de terror que contagia o bairro. As rádios interrompem as transmissões usuais para informar que seus repórteres não conseguem chegar a São Conrado e que as polícias ainda não têm o que dizer. Entrevistam moradores por telefone. O tom emocional dos depoimentos ao vivo não ajuda a serenar os ânimos. O que Otto sabe até o momento é que traficantes que se deslocavam do Vidigal para a Rocinha foram emboscados por policiais e escaparam, dividindo-se. Um grupo, no qual estava o líder, correu em direção à Rocinha, cortando caminho pelo condomínio e atravessando a autoestrada. Outro grupo fugiu para o lado oposto, provavelmente para confundir os policiais e atraí-los, facilitando a fuga do líder. Essa turma invadiu o hotel internacional, localizado entre o condomínio e um shopping center, e fez reféns entre os hóspedes. A sequência de acontecimentos demonstraria que a intenção era mesmo provocar a concentração dos esforços policiais nas negociações para a libertação dos turistas até que o líder estivesse bem longe, em segurança. A polícia rompeu as barreiras de pneus em chamas nas bocas dos túneis e não teve muito trabalho para obter a rendição dos homens que invadiram o hotel. Entregaram-se sem resistência. Sacrificaram-se pelo chefe. Cumpriram a missão. No dia seguinte, o ataque ao hotel cinco estrelas, repleto de turistas estrangeiros, no coração do Rio de Janeiro rico e cosmopolita, seria manchete na mídia mundial. O Rio violento e provinciano ganhava mais uma batalha contra a construção simbólica da cidade olímpica, polo de negócios e entretenimento.

Otto volta à sala da fisioterapia, veste a camiseta, calça as sandálias, sobe ao apartamento de Francisca para certificar-se de que ela e Rafa estão bem e cancela os planos para o sábado – praia, feijoada, teatro infantil no shopping e a noite frugal com filmes na TV. Impossível prever quando voltaria. Mesmo estando de folga, julga ser sua obrigação auxiliar os colegas nas ações ainda em curso no hotel. Isso ele diz à namorada. O que omite é mais importante. Aproveitaria o encontro com os policiais para levantar informações a respeito da tal emboscada irresponsável. Que unidade da polícia militar havia feito aquilo? Quem estava no comando? O adjetivo correto que lhe ocorre não é irresponsável. Não tem palavras para qualificar uma emboscada que poderia ter resultado na morte de dezenas de pessoas inocentes, incluindo crianças, incluindo Rafa. Ele adora aquela menina, *mas isso não vem ao caso*, ele pensa. A ação policial foi criminosa, ainda que a motivação tivesse sido justa. Os porteiros não acreditavam na virtude da motivação. Nem ele. Otto conhecia muito bem as instituições policiais, tanto a militar quanto a dele, a civil. Vivia intensamente a angústia dilacerante de ser e não ser parte de uma corporação que se degradava a cada dia, drenando para o esgoto o sangue que tantos profissionais honrados derramaram no cumprimento do dever. Afinal, a morte heroica de seu pai não poderia ter sido em vão. Se as instituições policiais e seu trabalho deixarem de fazer sentido, o que restará da memória de Elton Mursa? Elton será lembrado como um idiota que acreditou nas ilusões do Estado democrático de direito? Um pobre coitado ingênuo que se orgulhava de seu ofício, cuja definição trazia na ponta da língua: garantir os direitos dos cidadãos, prestando um serviço público de primeira necessidade? Um democrata iludido, que se resignava com o salário aviltante, recusava suborno e repelia os padrões usuais da brutalidade policial? Elton era negro, militante antirracista, e Otto fazia questão de se identificar como negro, apesar da pele branca, legado da família materna. Contudo, sabia que sua aparência era um passaporte para a livre circulação nos ambientes frequentados pela classe média e as elites cariocas. Seu pai lhe ensinou desde cedo como era ardiloso e perverso o racismo brasileiro.

No hotel, não descobre muita coisa. Todos estão empenhados em libertar os reféns e evitar uma tragédia. Chega-lhe a notícia de que uma jovem morrera na troca de tiros. Ela faria parte do bando criminoso. Nem por isso a notícia é menos lamentável. Pelo contrário, o fato só aumenta a carga de culpa de quem concebeu e conduziu a emboscada. Duas perguntas estão no ar: por que policiais agiram daquele modo? E por que não tomaram providências para prender os traficantes, em particular o chefe, se data, hora e percurso do bonde eram consabidos e se repetiam, semanalmente? Parece óbvio que a interpretação dos porteiros é a única razoável, embora as autoridades, desempenhando o papel melancólico que lhes cabe, refiram-se a encontro inesperado e surpreendente entre o bonde do tráfico e a patrulha da PM, cuja consequência havia sido o confronto – indesejável, porém incontornável. No primeiro pronunciamento oficial, o porta-voz da polícia falara em emboscada. A repercussão foi tão negativa que o profissional desapareceu, levando consigo a explicação original, logo substituída pela fábula do encontro acidental.

A farsa mistura o que há de pior na polícia e em suas relações promíscuas com a política: irresponsabilidade extrema com o sofrimento das pessoas, aquele tipo de irresponsabilidade com potencial para pôr vidas em risco, e a mais despudorada corrupção. Tudo isso contrastando com a retórica chapa-branca que encobre a delinquência policial sob o pretexto de que é necessário preservar a imagem da instituição, mesmo que se investiguem e punam os culpados, como se ainda houvesse imagem a proteger e como se a punição a culpados individuais resolvesse a epidemia moral. Contemplando o circo montado para a mídia, Otto entra em ebulição. Encara o embuste como ofensa pessoal.

– Harley, acorda, cara, vem pra cá. Essa merda não vai ficar por isso mesmo.

O parceiro é mais fleumático do que o capitão Nemo e tão refinado quanto David Niven no papel de embaixador do Império britânico. É negro, magro e alto. Os dois amigos planejam comemorar juntos os 40 anos. Para alguma coisa servia terem nascido no mesmo dia. O par era um prato cheio para as piadas homofóbicas na delegacia. A relação era simbiótica, sim, mas Otto nunca se sentira atraído por homens, nem o perturbava a orientação homoafetiva de Harley, que sabia separar muito bem trabalho e vida amorosa.

– Otto, em respeito a você, a décadas de amizade, ao apreço de meu pai pelo seu, ao sábado maravilhoso que abre as asas sobre nós e, *last but not least*, em homenagem a um querido amigo com quem compartilho o café da manhã glorioso, omito o palavrão. Basta ou quer mais?

Otto é o mais prático dos homens:

– Tu não tem noção, cara. Tá em casa ou no motel? Se estiver em casa, liga a TV. Meu celular vai ficar desocupado esperando seu chamado. Liga a TV.

Harley não perde a paciência:

– Eu e você estamos lotados em Del Castilho. Nossa delegacia não tem autoridade para atuar em São Conrado. Além disso, nobre colega, nossa delegacia é distrital, não especializada. Sequestro não é conosco. Tráfico tampouco. Você pediu licença ao nosso delegado? O Cyrano de Bergerac do subúrbio carioca, venerando doutor Costinha, sabe que o inquieto espírito do inspetor Otto está cogitando a hipótese de meter o nariz onde não foi chamado?

Otto encerra a conversa:

– Liga a TV. Estou te esperando.

Duas da tarde. No alto da Rocinha reina a paz. Observado lá de cima, o panorama pacífico sugere que nada aconteceu. Mas a comunidade está sobressaltada. A tensão está no ar, disputando com as pipas no braço de ferro do cerol, em meio às antenas e aos emaranhados de fios, desviando a luz sem registro.

Otto e Harley estão recostados na mureta do terraço da casa de Hamilton, um nordestino arretado, criado na comunidade. No vocabulário local, a pequena plataforma projetada sobre o abismo chama-se laje e se destaca da casa como tantos outros puxadinhos engenhosos, obra da arquitetura labiríntica inventada pelo gênio popular. Ali o barroco não é estilo, mas resultado involuntário do aproveitamento máximo do espaço. Os três homens dividem uma cerveja e rememoram as tardes de futebol na adolescência. Hamilton faz frete, isto é, transporta tudo o que sua velha Kombi consegue carregar. Conhece a favela de cima a baixo. Convive com todo tipo de gente, inclusive os donos do morro, os traficantes. Por outro lado, como é inevitável, sabe quem é quem entre os policiais, porque o pagamento de propina e os acordos são celebrados à luz do dia. O "arrego", o acordo entre traficantes e policiais, instalou-se no imaginário coletivo como uma instituição, parte da tradição carioca, honorável como o ilegal e onipresente jogo do bicho. Hamilton aprendeu que é preciso tutano para sobreviver. Entre as virtudes sintetizadas na esperteza sobressai a discrição. "Quem dá com a língua nos dentes acaba com a boca cheia de formiga, vestindo paletó de madeira: vai pra vala." Nenhum pecado é mais grave e perigoso do que a delação. Por isso, ser informante – X9, na linguagem corrente – é fatal. Não há categoria de acusação mais grave. X9 é quem trabalha para a polícia, infiltrando-se entre os suspeitos. Identificado, é sumariamente condenado à morte pelos traficantes. Mas não é diferente do outro lado. Se alguém sem respaldo – leia-se, pobre, morador de periferia ou favela – denunciar um policial, corre sério risco de ser justiçado, ou seja, assassinado. Portanto, a prudência e o instinto de sobrevivência recomendam silêncio obsequioso. A regra da favela assim se resume: ninguém viu, ouviu, nem sabe nada sobre coisa alguma.

Harley e Otto nunca aceitaram envolver-se com informantes. Além de alvos prováveis da violência, parecem imantados por uma maldição moral que a todos contagia. Quando o policial paga o X9 e se beneficia de suas informações, no fundo, sente repugnância por esse personagem que lhe serve. Além disso, não o considera confiável. É um agente duplo em potencial. Tudo se passa como se a traição fosse um vício, uma obsessão doentia e irresistível. Otto e Harley preferiam manter-se distantes dessas figuras tão frequentes no universo policial. Por isso, sempre que precisam de informações, contatam pessoas conhecidas e confiáveis, das quais merecem crédito suficiente para compartilhar o que sabem. Amigos desse calibre, sobretudo bem-informados sobre territórios conflagrados, representam um patrimônio extraordinário para investigadores. É importante não abusar, porque a sensação de ser usado não conforta. Temem perder, excedendo-se, fontes preciosas. E demonstram absoluta lealdade em todas as oportunidades.

Hamilton é um desses parceiros. Como Otto e Harley não são conhecidos na Rocinha, não veem problema em ir à residência do amigo. Antes de lhe fazer a pergunta que os levara a visitá-lo, conversam sobre as respectivas famílias e o futebol, língua franca entre os brasileiros. Depois da segunda garrafa, não escapam à amargura do anfitrião:

– Quando a segurança no bairro vira manchete, a reação do governo é só uma questão de tempo e quem paga o pato é a favela. A invasão bélica costuma ser a resposta política à cobrança da mídia. E numa incursão, quando as paredes são frágeis e as armas, de guerra, ninguém está seguro, nem dentro de casa.

Otto concorda, e completa:

– Se uma operação dessas ocorresse uma única vez numa área nobre da cidade, caía todo mundo: secretário de Segurança, comandante da polícia militar, chefe da polícia civil e até governador.

O velho Mursa repetia a mesma frase em casa, na mesa de jantar. Ele não educou o filho para ser policial. Apesar do amor pela instituição, rendeu-se ao ceticismo. Esperava que o fim da ditadura e a nova Constituição, em 1988, mudassem as polícias, a mentalidade, as abordagens, as prioridades, as práticas. Morreu frustrado, uma década depois. Foi assassinado por criminosos que se vingavam de execuções extrajudiciais. Ironia trágica. Não havia opositor mais radical do que Elton Mursa à brutalidade das polícias. Otto herdou o ceticismo e nunca superou inteiramente o desejo de vingança, seja contra os assassinos de seu pai, seja contra os colegas que agiram como criminosos e acabaram provocando a morte de Elton.

Harley pergunta a Hamilton se tem ideia do que aconteceu, e ele faz o mesmo relato que Otto ouvira dos porteiros pela manhã. Para não deixar dúvida, diz que ouviu a explicação de um dos líderes do tráfico. A Kombi ficou presa no engarrafamento e havia uma entrega a fazer, serviço de responsabilidade. Viu o sujeito passar com um grupo fortemente armado e perguntou se a pista seria liberada em breve. Foi quando ouviu a história, ainda que rapidamente, sem detalhes. O policial que inflacionou o suborno e comandou a falsa emboscada é um cabo muito conhecido na Rocinha, um tal de Vito Florada, vulgo Mindinho, com uma folha corrida de dar inveja ao mais perverso homicida. Dirige uma milícia famosa pela violência em alguma favela da Zona Oeste. A Rocinha é quase um bico para Mindinho. Ele faz muito mais dinheiro por intermédio de sua máfia miliciana, extorquindo comerciantes. A Rocinha só interessa pelos contatos que proporciona.

Esticam um pouco mais a conversa para curtir o visual e diluir a impressão de visita profissional, mas já têm o que buscam.

O celular de Otto vibra e ele desce da laje até um platô mais baixo para atender com privacidade. O nome Francisca brilha na tela.

– Não aguento mais. Cheguei ao meu limite. Você precisava ver a Rafa. É de dar dó. Não quero mais ficar aqui. Ninguém pode viver desse jeito. Ela não quer ir ao teatro, não quer sair pra brincar, diz que nunca mais vai à escola. Vou vender esse apartamento. Sei que não é momento pra vender. Quem vai comprar um imóvel que fica no meio do fogo cruzado? Ano passado era uma facção contra a outra, tentando invadir a Rocinha. Tiro pra todo lado, a gente rastejando dentro de casa. Vendo pelo que pagarem, Otto. Pego o que conseguir e vou embora. Confesso que se pudesse iria embora do Rio. Isso é o que eu queria. Mas tem o emprego, a Rafaela, não posso fazer o que me dá na telha. O jeito é procurar um lugar mais tranquilo, um bairro sem favela, sem tiroteio. Um lugar decente pra viver e criar minha filha.

Otto diz que ela não deve tomar nenhuma decisão precipitada, que os episódios violentos são casos isolados, que ela e Rafa têm razão em se sentir mal, mas não vai demorar até as coisas voltarem ao normal. Francisca não gosta do tom paternal do namorado e acha que ele subestima a inteligência dela e a gravidade do que ocorreu, porque não quer admitir que as polícias faliram no Rio e que o trabalho ao qual se dedica não tem mais sentido nem vai fazer a diferença.

– Você deveria estar aqui comigo, se pretendia ser útil. Não me venha com a babaquice de que está cumprindo seu dever e pensando na coletividade. Você está pensando em você. Pra variar.

Otto sobe para a laje mais pesado do que desceu. Não se deslumbra com o mar, as montanhas, o céu azul coalhado de asas-deltas. Recusa mais um copo de cerveja e despede-se de Hamilton. Os dois descem pela via principal da comunidade, driblando as dezenas de lambretas, vespas e moto-táxis. Harley percebe a mudança de astral:

– Que bicho te mordeu?

– Francisca não está bem. Quer sair do bairro, vender o apartamento, agora, na baixa, quando todo mundo vai ter a mesma ideia e derrubar os preços. Está disposta a se desfazer do imóvel por qualquer merreca. Pelo menos é o que ela diz. Não sei se é teatro, chantagem pra eu me sentir culpado, largar o trabalho e voltar pra casa. Está histérica.

– Não é pra menos, Otto. Você deveria mesmo ir pra casa, ficar com ela e com Rafa. Deixa que eu...

Otto não responde mas olha para Harley do jeito que ele olha para Harley quando está profundamente irritado.

Seguem calados ladeira abaixo. Harley já está convencido de que vale a pena meterem-se onde não foram chamados, a despeito dos riscos. Compartilha com Otto a repugnância pelo que está acontecendo em ambas as polícias, militar e civil. Concorda quanto à necessidade de agir, nem que seja a última coisa que façam antes de serem expulsos ou pedirem demissão e mudar de vida.

"Ou a gente muda essa merda ou vira cinza", Otto repetiu a frase como um mantra até persuadir o parceiro. "Tem razão, meu caro, essas máquinas de morte vão triturar a gente e acabar com o que a gente acha que é até não sobrar nada, nem memória, nem desejo."

Decidiram investigar clandestinamente, em paralelo à investigação das corregedorias, nas quais não acreditam. Se obtiverem provas, as passarão a um jornalista sério e respeitado, ex-namorado de Harley, e o escândalo da corrupção policial, pondo em risco a vida de crianças no coração do Rio de Janeiro turístico, afetando a imagem internacional da cidade, provocaria alguma transformação. Talvez não. Outros escândalos eclodiram e não produziram mudanças. Talvez estejam iludidos. De todo modo, seria um passo. Provavelmente, suficiente para que os dois amigos adiem a saída da polícia. Gostam tanto do que fazem que não se imaginam em outra profissão. E o sonho de uma polícia que mereça esse nome vale a pena. "Pelo menos em homenagem ao saudoso Elton", diz Harley. "Pelo menos em homenagem ao velho", murmura Otto.

– Próximo passo?

– Levantar o máximo de informações possível sobre Mindinho.

– Isso eu sei, Otto. A pergunta é sobre o modo de levantar o máximo de informações sobre o cabo da PM Vito Florada em pleno sábado de sol, às três da tarde.

– Torturra.

– Quem é Torturra?

– Como, quem é Torturra? O deputado. Torturra.

– Ângelo Torturra?

– Tem outro deputado com esse sobrenome?

– Posso imaginar o que a Francisca passa a teu lado. Não é fácil te aturar. Não sabia que você tinha intimidade com o deputado a ponto de invadir a privacidade da família dele no fim de semana. Eu ficaria constrangido se fosse você. Por mais que ele me desse liberdade para procurá-lo, eu ficaria hiperconstrangido.

– Não vou sentir nem um pingo de constrangimento.

– Por quê?

– Porque não vou procurar o cara.

– Não?

– Negativo.

– Otto, você não disse que o próximo passo seria procurar o deputado?

– Disse.

– Então, como é que agora diz que não vai procurar o homem?

– Não vou. Você vai.

– Você está louco, Otto. Não vou mesmo.

– Enquanto você vai à casa dele, vou descobrir quem está chefiando a equipe de perícia que fez o local, esta manhã. Quero saber se tem alguma coisa fora de lugar nessa história. Ela está certinha demais. Tudo se encaixa.

– Nisso você está certo. Tenho a mesma intuição. Alguma coisa não bate quando tudo se encaixa no quebra-cabeça. O desafio é identificar o que falta, o que ficou de fora sem que a gente percebesse.

– Ou o que sobra, qual é o resíduo, o excesso. Nesse caso, apostaria no excesso, Harley. Tem coisa demais se encaixando e se encaixando bem demais e rápido demais.

– O próprio evento foi excessivo, Otto. Você tem razão. Sinto que há algo por aí.

– Verdade. Excessivo. Tiros de fuzil entre crianças e jardins na vitrine internacional da cidade, num sábado de sol, pela manhã.

– Outro detalhe, Otto. Pode ser bobagem, não sei, mas, vá lá, *brainstorming*, ok? O Nelson, meu ex, me ensinou muita coisa sobre o funcionamento da mídia. O jornal mais importante é a edição de domingo, é a mais lida. E a edição de domingo fecha na véspera.

– Toda edição fecha na véspera.

– A dominical fecha ao meio-dia de sábado, porque começa a ser distribuída na tarde do próprio sábado. Ou foi uma puta coincidência, ou quem planejou o espetáculo fez bem direitinho pra alcançar a maior repercussão possível.

– Você acha que tem a ver com política?

– Não tem pinta, não.

– De qualquer forma, o reajuste do preço do suborno não explica tudo.

– Certamente aconteceu, Otto, mas, de fato, não dá conta de toda a verdade.

Às cinco da tarde, Harley está sentado no escritório abarrotado de livros e documentos do apartamento de Ângelo Torturra, no bairro de São Francisco, cidade de Niterói, separada do Rio de Janeiro pelo oceano e ligada por uma ponte que até hoje leva o nome de um general-presidente, décadas depois do fim da ditadura militar.

– Esse é o Brasil, inspetor, esse é o nosso país. Trata os crimes da ditadura com eufemismos e punhos de renda. Os caras torturam, matam, o escambau, e os governos democráticos, derrotada a ditadura, fazem cara de paisagem e piscam pra plateia. As elites sempre se entendem. Acabam se entendendo. Quem se fode é o povo.

Harley agradece a gentileza do deputado. Afinal, ser recebido, num sábado, em casa, era sim uma gentileza. Torturra elogia Otto, a quem é grato por tê-lo ajudado nas investigações conduzidas pela Comissão Parlamentar de Inquérito, cuja relatoria lhe coubera. Concluíra com o indiciamento de mais de duzentos milicianos – policiais e ex-policiais organizados à moda de máfias locais.

– Pedido do Otto é uma ordem pra mim.

Harley explica o motivo da visita. Conversam sobre o episódio da manhã, em São Conrado. Justifica a ausência do parceiro: dividiram as tarefas porque era necessário acompanhar de perto o trabalho dos peritos, e essa é uma especialidade de Otto Mursa. Harley gostaria de ter acesso ao resultado das investigações sobre o cabo Vito Florada. Sabe que o material é público e pode ser pesquisado nos arquivos da Assembleia Legislativa do Estado do Rio de Janeiro e no banco de dados eletrônico, mas não há tempo, nem pessoal disponível para um investimento de fôlego. As justificativas são interrompidas pela ansiedade do deputado. Ângelo Torturra não resiste a uma oportunidade de falar sobre a CPI. Lembra-se de Vito, o Mindinho, claro. Abre com agilidade o arquivo no notebook e não poupa o interlocutor de nenhum detalhe.

Dez horas da noite de sábado, Otto e Harley avaliam o que coletaram, sentados lado a lado na areia da praia deserta, à luz da lua e da iluminação metálica da orla de São Conrado. Nada de mais, na perícia. Muitos dados, na visita a Torturra. Otto reclama de dores nas costas e deita, apoiando a cabeça na mochila de Harley. A chave parece estar nos contatos estranhos de Mindinho. Contatos íntimos com personagens muito distantes da Rocinha e do universo miserável da Zona Oeste. Alguma coisa existe além ou aquém de tráfico e milícias. Os personagens não foram identificados pela investigação de Torturra, que esbarrou em barreiras legais impostas pela Justiça. O deputado não tem certeza, mas acredita que um escritório poderoso de advocacia tenha atuado, indiretamente, protegendo Vito e, sobretudo, sua rede de relações. Não sabe o que isso significa, nem teve como demonstrar a relevância judicial de estender a investigação até esses contatos do Vito. Até porque, de fato, nada indicava que essas pessoas tivessem qualquer relação com crimes. O deputado foi obrigado a resignar-se e suspender as investigações.

Depois de ouvir em silêncio o relato de Harley, Otto admite que está exausto e perdido. Prestes a jogar a toalha. Não sabe qual poderia ser o alvo, o que estaria em jogo, nem como avançar. Seu parceiro tem uma ideia. É a vez de Harley injetar adrenalina e mudar o astral:

– O deputado disse uma coisa que me tocou. Ele fez uma exposição longa, interessante mas interminável, e eu já não conseguia seguir seu raciocínio, os nomes eram tantos, os crimes, as idas e vindas da investigação, até que ele mencionou o Global Golf Club.

Otto senta-se. Harley continua:

– Mindinho frequenta o Global Golf Club.

– Como é que é?

Harley não responde.

– Impossível. Deve haver um engano. Tem certeza? O Torturra tem certeza? Aquele lugar é um bunker aristocrata. Sabe quanto se paga pra ser sócio? Um milhão de dólares. E tem mais. O sujeito paga essa fortuna pra provar que é milionário, mas isso não basta. Os sócios têm de aprovar cada novo postulante. Voto secreto, campanha, o diabo. Isso é monarquia, rapaz.

– Plutocracia.

– Ele não é sócio. Não pode ser. Se frequenta, tem amigo lá, tem respaldo de alguém muito poderoso. Por quê? Amizade mais esquisita.

– Se a gente conseguisse identificar o amigo, seria meio caminho andado. Quem sabe você aproveita o domingo de sol e dá um jeito de visitar o clube? Se o Mindinho é um visitante assíduo e se há alguma ligação entre os eventos de hoje e esses contatos estranhos, ele não vai desperdiçar o domingo. Amanhã vai fazer sol. Você poderia chegar lá com Francisca e Rafa, como quem não quer nada.

– Impossível. Ninguém entra lá.

Otto dá um pulo. Harley leva um susto e o acompanha. De pé, olhando o mar, ele continua:

– Só tem um jeito. Lembra do Fábio?

As próximas duas horas são dedicadas ao planejamento do dia seguinte.

Domingo, 21 de agosto. Oito horas da manhã. Toca o celular de Harley:

– Adivinha onde eu estou? A vida de policial tem seus encantos. Tem ou não tem? Que maravilha. Adivinha.

– A vida de policial, Otto, é uma merda. Cheguei às seis horas da manhã nas cercanias da mansão do crápula. O cabo Vito Florada mora numa mansão. Sem exagero. Um horror, esteticamente desprezível. Nunca vi nada tão cafona. Parece motel da avenida Brasil. O sujeito sequer se dá ao trabalho de disfarçar o luxo. Passei horas com a bunda nesse carrinho vagabundo que comprei com meu salário vil, sem comer nada, sem tomar um café e superatento, porque o sujeito tem seus capangas. Verdade, ele anda acompanhado de seguranças. Se ele for para São Conrado, duvido que os meganhas entrem no clube com ele. Aposto que vão segui-lo até a entrada e, de lá, vão pra Rocinha beber, extorquir traficante, sabe-se lá.

Nove horas e vinte minutos. Toca o celular de Otto. O nome Harley brilha no visor:

– A caminho. Acho que a direção é mesmo São Conrado.

Nove horas, trinta e cinco minutos. Mais uma chamada de Harley. Otto atende:

– Confirmado. Pode se preparar.

– Estou preparado desde cedo.

– Você gosta.

– Adoro.

Nove horas e cinquenta e cinco minutos. Harley volta a ligar para Otto:

– Alvo entrando no clube. Nenhuma dificuldade no posto de recepção. Levantaram a cancela rapidinho. É conhecido ali. Deve mesmo frequentar o clube. Entrou dirigindo o própio carro, sozinho. Os capangas ficaram no carro de apoio e foram embora, na direção prevista. Placas frias, as duas. Agora, é com você.

Otto faz a Fábio o sinal longamente esperado. Mal dormira, antecipando o momento.

“Você sabe o que fazer. Quem foi craque nunca esquece”, Fábio proclama bem alto para todo mundo próximo da rampa ouvir.

É uma espécie de homenagem ao velho companheiro de tantas jornadas. Otto sorri orgulhoso, amarra o cinto, confere mais uma vez o equipamento. No passado, voava sozinho ou levava alguém. É a primeira vez que será levado. Fábio ganha a vida conduzindo turistas da Pedra Bonita, no alto de São Conrado, à praia, com direito a passeios mais longos, os quais dependem dos ventos, do clima e da negociação do preço do passeio. Já foi ao Corcovado, sobrevoou a Lagoa Rodrigo de Freitas, os circuitos variavam. Naquela manhã fará o voo na amizade. O trajeto será curto, mas exigirá precisão.

Fábio corre para a ponta extrema da rampa, puxando com vigor a estrutura da asa e se projeta no vazio, arrastando Otto na carona. A asa-delta afunda e levita, o oceano aberto à frente, a Floresta da Tijuca, à esquerda, a pedra da Gávea, à direita. Otto dedicaria as próximas semanas a descrever para Rafa a sensação daquele salto. Desistiria logo de reconquistar a atenção de Francisca e Harley, menos tolerantes com a redundância. Seguindo as instruções de Otto, Fábio mantém-se na altura suficiente para que o voo sobre o campo de golfe não seja percebido. Há várias asas-deltas circundando a região. Não é difícil misturar-se à paisagem. A câmera é eficiente. Otto estudara à noite, na internet, as feições de Mindinho, e o localiza com facilidade. Focaliza o grupo com o qual ele parece interagir com desenvoltura. Não demora a afastar-se com um homem mais velho. Nos quinze minutos seguintes, o cabo conversa e caminha, lentamente. Mindinho despede-se. Não há dúvida de que o miliciano não fora ao clube jogar golfe ou beber com amigos. De sua parte, Otto registra com nitidez as imagens, inclusive o rosto do principal interlocutor de Vito Florada. Em tom de lamúria, Otto avisa a Fábio que está pronto para descer.

Harley os espera na faixa de areia dedicada ao pouso das asas-deltas, bebericando água de coco. Fábio recebe a gratidão de Otto sob a forma de um abraço apertado e a promessa de uma feijoada. Harley fotografa a despedida, posta em sua conta Instagram e a envia aos dois amigos. Ajudam Fábio a dobrar a asa, formando um canudo comprido, e a levá-la à pequena sede dos voadores profissionais, no largo ao lado da areia.

Afastam-se do piloto, estendendo as saudações efusivas, e sentam-se em um quiosque à beira da praia, especializado em comida baiana. São onze e meia. Cedo para o almoço apimentado. Harley abre o notebook. Atendendo a seu pedido, um amigo da polícia federal lhe passou, meia hora antes, o pendrive com a lista dos sócios do clube de golfe. Lance de pura sorte, sem o qual não há conquistas no amor, no jogo e na literatura. A PF havia feito um levantamento dos clubes de elite quando surgiram suspeitas sobre a vinda para o Rio de dinheiro sujo de procedência diversa, em grande quantidade. Nada foi encontrado no Global Golf Club, mas o banco de dados estava feito e era recente. Para algum fim haveria de servir, foi o que o investigador federal confidenciou a Harley, desejando-lhe sucesso. Otto está ansioso. Apodera-se do teclado e aciona o comando para abrir a pasta, cujo título é explícito: GGC. Escolhe o arquivo de imagens e chega ao álbum de fotos. Liga sua câmera no modo exibição e seleciona a imagem do rosto em close do interlocutor de Mindinho. O zoom poderoso permite visualizar com nitidez o semblante tranquilo. O homem é idoso, embora saudável, quase atlético, corpulento, alto e charmoso. A tela do computador e o visor da câmera permitem a comparação. Em pouco tempo, identificam o personagem. O homem é um portento no setor imobiliário. Nenhuma acusação macula sua biografia. E agora?

Mastigam camarões ao alho e óleo com pãozinho francês cortado em rodelas. O notebook está fechado no colo de Harley. Cuidadosamente, Otto guarda a câmera, sonho de consumo que Francisca tornou realidade no aniversário de 2009. Rendem-se ao desânimo. Depois de tanta expectativa, a desaceleração deprime. Dois dias bipolares, altos e baixos extremos. Entusiasmos e decepções sucessivos. Sustos e a redenção adiada. Olham o mar, calados.

Pagam a conta e caminham em direção ao condomínio. Otto corta o silêncio:

– Você tinha razão. Não era excesso, era falta. O que há de estranho é a falta de um elo. Não consigo imaginar o que é que liga esses dois sujeitos.

– A conexão é improvável, Otto, soa inverossímil, parece absurda, mas existe.

– O que torna qualquer hipótese possível e nenhuma consistente. Voltamos à estaca zero.

Harley para, subitamente. Ele é dado a essas freadas bruscas quando caminha. Faz isso quando tem uma ideia. Otto vira-se para trás e se surpreende com o semblante alegre do parceiro:

– O quê?

– Lembra o telefonema de Francisca, ontem, quando a gente estava na Rocinha? Você até comentou comigo que ela estava histérica.

– Ela estava histérica.

– O que é que ela te disse?

– Que queria sair daqui.

– Ela te disse que queria se mudar de São Conrado porque não aguentava mais a violência, não foi?

– E daí?

– Pelo que você disse, ela estaria disposta a torrar o apartamento, vender pelo que conseguisse, por pior que fosse o momento pra vender, porque o importante era sair logo com Rafa.

Os dois compartilham um silêncio denso, vibrante, emocionado. Harley aponta para cima:

– Olha.

Estão na calçada da praia, à sombra da maior torre do litoral do Rio de Janeiro, com 34 andares na forma de tubo, construída em 1972. Projeto do célebre Oscar Niemeyer, jardins suspensos concebidos pelo paisagista Burle Marx, centro de convenções para

2.800 pessoas, teatro para 1.400 espectadores, no pedaço mais cobiçado da cidade. O prédio foi tombado pelo patrimônio histórico em 1998. O hotel falira três anos antes. Depois de demorada disputa nos tribunais, acabou transferido a uma autarquia federal, subordinada ao Ministério da Fazenda, que se prepara para leiloá-lo. Otto e Harley conhecem essa história e a recordam toda vez que passam por ali, perplexos com a imagem do imóvel mais valioso da cidade abandonado, janelas quebradas, devorado pela maresia, apodrecendo.

Não precisam dizer nada. Durante alguns minutos contemplam boquiabertos a torre suja e sórdida, que milhares de morcegos invadem ao anoitecer. Harley sussurra, como se estivesse confidenciando um segredo:

– Tudo esteve o tempo todo na nossa cara.

Otto murmura:

– Só tem uma coisa, Harley: isso muda a escala do problema. Tráfico e milícia são brincadeira de criança perto disso. Essa é a joia da coroa, mas a especulação vai fazer a festa. Não tem limite. O cara vai engolir o bairro inteiro.

– No fim das contas, o problema era mesmo o excesso, não era falta. Você estava certo: era excesso de evidência, era a magnitude do valor em jogo, era a dimensão do risco. O que será de nós, meu irmão? Onde vamos pedir exílio? Sério, Otto, falo sério. Mesmo calados, passamos a ser uma ameaça a nós mesmos.

– A gente vai precisar de muita calma e muito sangue-frio.

Otto e Harley andam até a beira do mar, molham os pés na espuma gelada e tentam manter a calma. Uma sessão emergencial com Écio Nakano talvez seja indispensável.

– Não quer experimentar, Harley?

RJ-171

GUILHERME FIUZA

LEBLON

Faltavam cerca de 100 metros para chegarem ao topo do morro. Narguilê levava nas costas dois fuzis que tinham quase a metade do peso do seu corpo. Já vinha ofegante e agora começava a bufar, chamando a atenção de Lagarto, que marchava firme uns dez passos à frente. Lagarto parou e virou-se, irritado:

– Que porra é essa, Narguilê?! Tá morrendo?!

O companheiro não encontrou ar para responder. Continuou galgando o morro, quase se arrastando, movido apenas pela consciência de que dar sinal de fraqueza, no posto que ele ocupava, era fatal. Lagarto resolveu esperá-lo. Apoiando seus fuzis numa pedra grande, tirou alguma coisa do bolso do colete. Narguilê chegou trôpego até o colega e fez menção de pousar suas armas na mesma pedra, mas Lagarto o deteve:

– Não larga, não, que depois tu não pega mais. Toma aqui um pouco de oxigênio.

Estendeu-lhe um canudo de prata, e com a outra mão levou um caco de vidro próximo ao seu rosto. De uma emborcada, Narguilê aspirou todo o "oxigênio" e abriu um sorriso veterano na cara de criança. Devolveu o canudo e saiu pisando forte ladeira acima, agora com fôlego até para falar:

– Bora, Lagarto! Tu tá muito mole.

Dali para cima só dava para avançar com lanterna, a escuridão era total. E a dupla tinha lanternas potentes – de primeiro mundo, como os fuzis. Em frente a uma enorme jaqueira, que marcava exatos 50 metros de distância para o topo do morro, os dois pararam de novo. Agora, para um protocolo militar. De outro bolso do colete de Lagarto saiu um rádio:

– Robocop na escuta?

Pronta resposta do outro lado: "Positivo."

– Aqui Lagarto e Narguilê pedindo autorização pra entrar na zona de segurança.

Rádio: "Calma aí. É só os dois só?"

– E o nosso Pai Todo-Poderoso no Coração.

Ao ouvir a senha, Robocop liberou imediatamente a subida. Ainda assim, ao chegarem ao topo estavam na reta de duas metralhadoras com mira a laser, que só deixaram de apontar para eles quando Robocop piscou sobre seus rostos o holofote de segurança – roubado do Maracanã durante as obras da Copa. Narguilê já estava bufando de novo, e, embora tentasse disfarçar, não passaria despercebido aos homens do Estado-Maior. Mulato muito forte, de cabeça raspada e rosto sereno, Robocop tinha mira a laser nos olhos. Nada lhe escapava.

– O soldado tá cansado? – perguntou Robocop.

Lagarto respondeu no lugar de Narguilê, porque sabia que o colega não conseguiria falar:

– Os alemão apareceu de surpresa lá no pé do morro. Narguilê teve que trocar sozinho com os cara, depois vazou lá pra grota...

– Como é que eu não ouvi tiro aqui de cima? – duvidou Robocop.

– É que foi bem na hora que tinha uma britadeira furando a laje do MacDonald, eles não para de consertar aquilo – arriscou Lagarto.

Robocop não alterou a expressão serena:

– Vou lembrar vocês, que não custa nada: soldado cansado é soldado morto.

Narguilê engoliu em seco e seguiu Lagarto, que seguiu Robocop, que tinha feito o alerta já batendo em retirada, sem nem olhar para os dois.

Por uma passagem estreita que obrigava o chefe da segurança a virar o corpanzil de lado para entrar, os três se enfiaram no que parecia um bunker – agora descendo uma escada comprida escavada na pedra, finalmente uma trégua para os pulmões sofridos de Narguilê. Depois de atravessarem um corredor rústico que mais parecia uma ruína, chegaram a um salão luxuoso, imenso. Home theater, iluminação cenográfica, móveis novos e bem-estofados, uma grande mesa de mármore com cadeiras detalhadas em ouro, parede móvel de vidro revelando um deque com piscina, da qual brotava um forte brilho azul, como se houvesse urânio debaixo d'água.

Robocop e os dois soldados franzinos pararam diante da grande mesa, quase em posição de sentido, juntando-se a outros três jovens armados que já estavam no local. Ninguém trocou uma palavra, nem se cumprimentou com o olhar. Em dois minutos adentrou o salão um homem magro e forte, estatura média, mais para moreno que para mulato, nariz e lábios finos, olhos grandes esverdeados. Fez um sinal com a cabeça e todos se sentaram em volta da mesa.

– São dois assuntos – falou baixo o chefe enquanto se sentava na cabeceira, fazendo balançar o cordão de ouro com as letras do seu nome de guerra, Zéu, saltando sobre a camisa de seda lilás. – O primeiro é que a polícia decidiu invadir o morro. Não é pra mineirar, é pra tomar. Vai ter guerra.

Os soldados de Zéu ouviram a informação impassíveis, até porque o chefe não gostava de ser interrompido – nem por palavra, nem por gesto. O único que se moveu foi Lagarto, pousando seu fuzil sobre a mesa, no que ouviu falar em guerra. Zéu parou de falar, levantou-se e caminhou em silêncio em volta da mesa.

Ao chegar atrás de Lagarto, deu-lhe um tapa no ouvido com tal violência que o soldado foi ao chão, com cadeira e tudo. O chefe voltou silencioso até a cabeceira, sentou-se e voltou a falar baixo:

– Já expliquei que é falta de educação botar arma em cima da mesa.

Zéu retomou o assunto anterior, mas foi interrompido de novo. Agora por um súbito ruído externo que fez todos olharem através da parede de vidro. Uma pessoa tinha se jogado dentro da piscina. O sobressalto da tropa foi inevitável, o chefe também pareceu surpreendido. Por um instante todos levaram os dedos aos gatilhos, até enxergarem a figura emergir do mergulho. Era uma mulher, bela e nua da cintura para cima.

Cada soldado sentiu, em fração de segundo, que o deleite da visão corresponderia a um castigo cruel. Não se olhava para namorada do chefe, muito menos com os seios à mostra. A tropa toda voltou rapidamente os olhos para o chão, sabendo que aquele front poderia ser mais sangrento que o da guerra com a polícia.

Mas Zéu surpreendeu a todos:

– Tranquilo, essa aí pode olhar. Não vale nada, não.

O alívio colossal de todos não foi suficiente para que tirassem os olhos do chão. Ninguém queria arriscar. Mas teriam que ver a moça mais de perto, porque ela saiu da piscina, enrolou uma pequena toalha na altura do busto, moveu a parede de vidro e adentrou o salão, ainda pingando. Era uma mulher branca, de pele bem-cuidada e maneiras afetadas – uma perua do Leblon. Foi direto até Zéu e tascou-lhe um beijo na boca, emendando um comentário desconcertante sobre a tropa armada:

– Que legal, Zéu! Então esse é o seu bando?

O traficante, que não gostava nem de ser chamado de traficante, engoliu o ódio. Era contra os seus princípios ser rude com mulheres. Disse a ela que fosse se trocar no quarto dele, enquanto providenciava sua descida para o asfalto. Ela perguntou ao bandido quando eles se veriam de novo. Aí Zéu foi menos cordial:

– Sei lá. Combina com o teu marido.

No que a mulher se retirou, o chefe passou um rádio mandando "deixar a esposa do juiz na Delfim Moreira" e retomou a pauta da reunião.

– Vou meter logo o segundo assunto, depois a gente volta pra invasão da polícia. É o seguinte: mandei trazer aqui em cima o Roma. Deve tá chegando aí. Vou interrogar, e quero a cara dele na mira de vocês, que assim ele não mente muito. Acho que o Roma tá lavando roupa pra fora.

Robocop fez um sinal sutil com a mão pedindo autorização para falar. Consentida.

– Zéu, o Roma inventou uma parada aí de banda de música. O Narguilê foi ontem lá ver, porque ele toca surdo, mas foi barrado. O Roma mandou ele voltar desarmado.

O chefe explodiu:

– "Mandou"?! Quem "mandou", seu Robocop de merda?! Quem é que manda na porra dessa favela?!

Robocop baixou a cabeça:

– Desculpa, chefe. Claro que o Roma não manda porra nenhuma, mas é que ele é metido a mandar...

Foi interrompido por Zéu, que já lançava seu temido olhar de peixe morto na direção de outro soldado:

– E tu voltou no circo desse babaca sem fuzil, Narguilê?

Lagarto sabia que o amigo tinha voltado lá desarmado, e passara horas cheirando pó e tocando surdo na banda de Roma. Agora Narguilê estava de novo ofegante ao seu lado, suando frio. Lagarto tentou manobrar:

– Se tu quiser, Zéu, a gente vai lá e fecha de uma vez esse pagode do Roma.

O chefe não caiu na finta:

– Cala a boca, Lagarto! Responde, Narguilê: tu voltou naquela porra desarmado?!

Narguilê respondeu desviando o olhar do chefe:

– Voltei não, Zéu. Fui dormir, que eu tava com tosse...

O olhar de peixe morto voltou-se para Robocop, que captou a sentença.

– Leva o Narguilê lá atrás pra tomar um xarope – ordenou Zéu.

Robocop levantou-se e disse ao soldado franzino para segui-lo. Narguilê ainda disse que já tinha melhorado e não precisava de xarope, segurando o choro. Zéu se levantou e disse que nesse caso ele o levaria pessoalmente. Narguilê então aceitou seguir Robocop, já chorando muito. Menos de cinco minutos depois, a tropa ouviu dois tiros de fuzil na laje do bunker. Lagarto baixou a cabeça. Ninguém disse nada.

Zéu esperou a volta de Robocop – que se sentou com a mesma expressão serena de sempre – para retomar o discurso. Começou com uma rápida mensagem sobre a eliminação sumária de Narguilê:

– Soldado cansado é soldado morto. Se fica vivo, acaba caindo na mão da polícia e contando o que não deve. O cara que é da guarda principal e vai pra batucada desarmado já perdeu.

Na parede atrás do chefe, emoldurando a sua filosofia, um quadro do conquistador medieval Gengis Khan esmagando um inimigo com as patas do seu cavalo. Narguilê morrera porque, no dicionário de Zéu, aliado fraco virava inimigo. Mas o traficante estava impaciente, parecia já ter esquecido o assassinato de cinco minutos atrás:

– Cadê o Roma, porra!

– Calma, Zéu. Tô aqui.

Trazido por mais dois soldados do tráfico, Roma adentrou o salão exatamente no momento em que o chefão pronunciara seu nome. Apesar da situação tensa, ele tinha o semblante descontraído.

– Pô, tá bonito isso aqui, hein? Tu prosperou mesmo, Zéu. Posso sentar?

– Não. Fica em pé. É o seguinte, Romário, eu tô sabendo de umas parada podre aí e tu vai ter que explicar...

– Caraca, há quanto tempo ninguém falava o meu nome! Fiquei até importante agora...

– Vai tomar no cu, Romário.

– Pô, aí já estragou, Zéu. Tinha começado tão bem...

– Tá me sacaneando, porra?!

– Claro que não. Sou maluco, mas não sou suicida.

A tropa estava visivelmente perturbada com a presença petulante de Roma. Moreno forte, olhos puxados e sorriso largo, 27 anos – mesma idade de Zéu –, ele nascera no dia da estreia de Romário no Vasco. O pai não teve dúvidas para batizá-lo, dizendo que seu filho também ia ser artilheiro. Mas Roma cresceu ruim de bola, e também não se alistou na artilharia do tráfico. Era um cara diferente. Foi ele mesmo quem tocou a conversa adiante:

– Bom... E aí, Zéu? Tu me mandou subir essa ribanceira e nem sentar eu posso. Então diz aí: que que tá pegando?

– Tu sabe.

– Não sei, não.

– Porra, Roma! Tu quer que o Robocop e o Lagarto te encham de porrada?!

– Não, obrigado.

– Tu tá muito abusado, mané. Fala logo: que merda é essa de ficar desenrolando com os alemão, e andando com neguinho do Leblon? Meus araponga disseram que tu andou falando com a polícia.

– Com a polícia, não. Com o chefe de polícia.

A resposta de Roma paralisou Zéu. A afirmação era tão grave que parecia não ser assimilável pelo bandido. Sabendo que estava diante de um sujeito inteligente, ficou encarando-o – com um olhar mais de curioso do que de peixe morto –, como se esperasse Roma decodificar a barbaridade. O interrogado prosseguiu:

– Porra, Zéu. Tu sabe que eu não sou traíra. Se tem um cara nesse morro que nunca te traiu, sou eu. A polícia sequestra soldado teu e te cobra resgate. Esses que dançam são os que não te aturam mais, tão com a cabeça fudida. O que eu tô fazendo é pegar esses caras pra mim. Boto pra tocar na minha banda, e fiz acordo com a polícia, sim: nesses eles não botam a mão, não podem sequestrar nem interrogar. Sabe por quê?

Zéu fica calado.

– Porque o governador gosta do meu projeto. Diz que é uma "ação sociocultural". Eu quero que se foda o que ele diz que é. O que eu sei é que a polícia tá respeitando os "meus" ex-traficantes. Aliás, queria te dizer que aquele Narguilê, soldado teu, tá variando, maluquinho. É um puta músico, tô pegando ele pra mim. Pode deixar que os homem não vão tocar nele.

– Narguilê já era – interrompe Zéu.

Agora é Roma quem fica estático. Olha para Robocop, que não o encara. Olha de novo para o traficante.

– Não acredito que tu fez isso, Zéu.

O bandido se irrita:

– Tu tem os teus métodos, eu tenho os meus. Não fode!

Roma faz menção de responder, mas agora Zéu fala por cima:

– E é o seguinte: os polícia, teus amiguinho, tão com um plano de invadir a favela. Não é pra empurrar a gente aqui pra cima e sair no jornal. Eles querem tomar o morro.

Roma interrompe:

– Eu sei.

Robocop agora o encara furioso, revoltado com o nível de informação que Roma tem do lado da polícia. Zéu sente o mesmo, mas procura ser frio:

– Tu sabe, ótimo. Então tu deve saber também que vai ter guerra. E a partir de agora ninguém mais aqui na comunidade fala com polícia – nem comerciante, nem moto-táxi, nem dono de banda, de ONG, nem o caralho a quatro! Tu conhece o nosso esquema todo aqui em cima, na hora da porrada os cara vão te esfolar e tu entrega tudo.

Agora é Roma quem não encara ninguém. Fala olhando para o chão, com a voz abafada:

– Não tenho como te garantir isso. Não posso parar de falar com o chefe de polícia.

Robocop perde de vez a serenidade:

– Vamo queimar esse cara agora, Zéu! É X9 esse filha da puta! Tá lavando roupa pra fora! Vamo sumir com esse babaca logo aqui em cima, antes que foda tudo!

Dessa vez Zéu não enquadra Robocop, apesar do tom exasperado do soldado, que o chefe só tolera porque sua adrenalina também bateu no teto. O olhar de peixe morto prenuncia a ordem em voz baixa:

– Mata ele.

O atendente do room service foi checar com a copa se a garrafa de champanhe Don Pérignon já tinha subido para o apartamento 901. Recebeu o ok e confirmou com a hóspede que aguardava no telefone. Mas ela respondeu aos berros que o atendente era um idiota. Depois de certo esforço, o rapaz compreendeu que a senhora não reclamava a garrafa que já tinha subido, mas a outra, que ainda não tinha chegado – mais precisamente a terceira, pedida menos de duas horas depois da primeira.

– Eu bebo e vocês é que perdem a conta, porra? – esculhambou a hóspede.

Quando o garçom chegou ao 901 com a nova garrafa, ninguém atendeu a porta. O funcionário notou gritos femininos vindos de dentro do apartamento. Pensou em chamar a gerência. Aí ouviu risadinhas entre os gritos, e deu meia-volta.

Alta e esbelta aos 43 anos, com preenchimento de seios e lábios um pouco exagerado, mas ainda assim elegante, Laura Guimarães Furtado era um furacão. Figurinha fácil em sites de fofoca, a socialite carioca ofuscava muita atriz de TV. Um grande editor de jornal chegara a dizer que lamentava o fim das colunas sociais só por causa da Laurinha: "As aventuras dela sustentariam sozinhas a coluna do Zózimo", murmurava o velho editor, citando o papa do colunismo social carioca nos anos 70 e 80. Agora Laurinha Furtado estava desacordada no chão de uma suíte do Sheraton.

Ao ser recolocada na cama, ela abriu os olhos e falou, ainda nos braços do jovem amante:

– Ué, você tá aí ainda?

O parceiro ficou um pouco confuso:

– Tô... Não era pra tá?

– Era. Sei lá. É que eu apaguei, e você já tinha me comido... A maioria vai embora quando isso acontece.

O amante respondeu meio sem jeito:

– É que eu ainda tenho uma parada pra falar contigo.

– Uma "parada"? Que bonitinho... Vamos pedir aquela garrafa de champanhe que ficou faltando, e você me conta a sua parada.

– É sério, dona Laura.

Laura tem um acesso de riso nervoso.

– "Dona Laura"?? Você quer que eu me jogue do nono andar agora ou só depois do brinde?

– Desculpa, Laura. Isso é coisa da minha família lá na favela. A gente se acostumou a chamar mulher casada de "dona".

– Ah, foi ótimo você me lembrar que eu sou casada. Aliás, dá licença que eu preciso dar uma ligadinha pro meu marido, tá? É rápido.

– É sobre ele mesmo que eu quero falar com você.

Laura se surpreende com o comentário do amante:

– Ah, não! Três é demais. E o meu marido não topa. Aliás, ele me mata!

– Não é nada disso! Já te falei que a parada é séria. Teu marido não é quente com o governador?

– Meu marido manda no governador.

Ao dizer isso, Laurinha viu brilharem os olhos do parceiro – tanto ou mais do que quando ela se despiu para ele. Chegou a sentir ciúmes do marido com o amante, o que era uma inversão louca da situação. O rapaz então pediu a ela que conseguisse para ele uma audiência com o governador. Irritada, a socialite encerrou:

– Impossível! Quem é você, garoto, pra querer ser recebido pelo governador?!

O jovem da favela estava obstinado, e disse que o governador o conhecia. Laura Furtado naturalmente não acreditou, e tratou de enquadrar o malandro:

– Vocês do morro são engraçados. Descem aqui pro asfalto, e só porque são gostosinhos já começam a se achar donos do pedaço, como se o Leblon fosse a periferia da Grande Rocinha. Baixa a bola, moleque.

O rapaz achou graça naquela história de "Grande Rocinha", e entrou no jogo:

– Vocês aqui da periferia são muito preconceituosos... Por que o governador não pode me conhecer?

– Em primeiro lugar, eu falei que vocês acham que *o Leblon* é a periferia. E aqui é São Conrado.

– Ah... Leblon, São Conrado... Dá no mesmo. É tudo Grande Rocinha – devolveu, com um sorriso sacana.

O charme espirituoso do moreno parrudo derreteu as defesas de Laurinha, que deu uma risada e puxou-o bruscamente para cima dela. As línguas se enroscaram, mas o hábil negociador se afastou e usou seu trunfo:

– Pera aí. Primeiro vamos resolver o assunto do governador.

Laurinha ficou furiosa com a chantagem:

– Governador é o cacete! Se enxerga, ô pé-rapado! Se você entrar no palácio, é capaz de sair de lá preso!

O jovem não se melindrou com a ofensa. Sabia o que queria. Manteve a serenidade, e convenceu a socialite de que o governador realmente sabia quem ele era, e admirava seu trabalho sociocultural na banda de música que formara com ex-traficantes – a "RJ-171". Laurinha também era fã da banda, e conhecera o amante num show que ele dera numa festa de ricos na Delfim Moreira. Mesmo assim, se manteve irredutível:

– Não dá, Roma. Se eu pedir ao meu marido pra te levar ao governador, ele vai ficar desconfiado.

Romário sentiu que estava na hora de tirar a carta da manga:

– E se eu conseguir pra você um encontro com o Zéu?

O temido chefe da Rocinha era o terror das peruas da Zona Sul carioca. Com o acirramento do confronto com a polícia, porém, uma visita amorosa ao bunker de Zéu no topo do morro poderia virar um trem-fantasma – e o próprio traficante passara a evitar esse tipo de operação. Mas Laurinha sabia que Roma conhecia a geopolítica da favela, e que seria capaz de levá-la em segurança ao encontro do bandido.

O que a socialite não sabia era que Romário a prometera a Zéu em troca da sua própria vida. Assim escapara de ser fuzilado. Ele sabia que o chefe do morro era louco por Laurinha, apesar de conhecê-la só de Google e YouTube. Um segundo antes de

Robocop apertar o gatilho, Roma jurara ao chefão que, se ele não o matasse, a socialite fatal seria dele.

Zéu ia matar Romário mais por vício do que por tática. Roma afrontara a Nova Ordem (contato zero com a polícia), mas o dono do morro não acreditava que o líder da banda RJ-171 fosse falar demais com o inimigo. E quando ele lhe prometeu Laurinha Furtado, Robocop foi instruído a baixar a arma imediatamente. Roma conseguira o que no território de Zéu era quase um milagre: negociação. O traficante sabia que Romário conhecia Laurinha, já tinha até visto foto dos dois juntos depois de um show. Não imaginava quão profundamente os dois se conheciam – se não era capaz de ter passado fogo nele só por ciúme.

O bandido topou o acordo. A partir do momento em que Laura Guimarães Furtado estivesse nua em sua cama, a vida de Roma estaria salva. Mas se a promessa falhasse, era fim da linha. Só que, nessa hipótese, Robocop seria autorizado a praticar seu hobby predileto: matar devagar.

Na suíte do Sheraton, a socialite hiperativa se encontrava estática pela primeira vez. A oferta do encontro com Zéu fizera seus olhos brilharem mais do que em qualquer outro momento seu com Roma. Mas nunca um amante se sentiu tão bem em segundo plano. O brilho nos olhos de Laurinha prometia êxito à dupla jogada de mestre de Romário: salvar sua pele e chegar ao governador. Mas a dondoca era tinhosa:

– Por que você quer tanto se encontrar com o governador?

Usando suas últimas reservas de sangue-frio, o maestro do batuque resumiu:

– Porque eu quero poder.

Laurinha gargalhou:

– Poder?! Você quer poder?! Você não sabe o que é o poder, meu gostosinho! Você desceu da favela outro dia com a sua bandinha 171, e já quer sentar na janela?!

Romário continuou impávido:

– O 171 da minha banda é só uma paródia do crime. Mas o 171 da empreiteira do teu marido não é paródia.

Laurinha ameaçou retrucar ofendida, mas Roma dessa vez não a deixou falar:

– Não precisa defender a honra da família. Aqui entre quatro paredes nós dois sabemos qual é o papo. Eu quero grana e poder, mas eu tenho um projeto pra essa cidade. E o governador vai se render a mim.

– Tá bom. Então vai lá tocar a campainha do governador, porque eu não vou botar no palácio um mané que ataca o meu marido e quer a ajuda dele.

– Tudo bem. Pelo visto, você não faz questão mesmo de conhecer o Zéu...

Era o último blefe que restava a Romário. Se a perua soubesse que ele estava marcado para morrer e ela era sua salvação, trocaria uma coisa pela outra, e adeus audiência com o governador. Mas Laurinha achou mesmo que ia ficar sem o programa com o traficante, e o apetite falou mais alto:

– Ok, gatinho. Vou te botar na fita com o governador. Mas primeiro você marca minha audiência com o sultão do amor...

Roma concordou. Laura mandou fechar a conta. A terceira garrafa de Don Pérignon já chegara e seria cobrada, sem ter sido aberta. A socialite nem notou. Tirou da bolsa um maço de dinheiro – jeito certo de pagar contrabando – e pediu ao parceiro que fizesse o *checkout*. Ela desceria direto para a garagem. Ele sairia do Sheraton a pé (com uma garrafa de champanhe na mão).

No que começou a descer a avenida Niemeyer em direção ao Leblon, um carro da polícia parou ao seu lado para abordá-lo. Um moreno quase mulato saindo do Sheraton a pé com uma garrafa de Don Pérignon já era, por definição, um suspeito. Ia começar o questionário, mas Roma se antecipou:

– Olha, eu ia tomar isso com o governador. Mas acho que vocês estão com mais sede que ele – encerrou, enfiando a garrafa no carro da polícia e batendo em retirada sem olhar para trás.

Os policiais não reclamaram do presente. O diplomata da Grande Rocinha conhecia o povo do seu território.

Agora só faltava conquistar o palácio e escapar da pena de morte.

Os dois tapas na cara de Lagarto estalaram tão alto que Zéu escutou de dentro do seu quarto, com ar-condicionado ligado. Saiu e encontrou na sala de jogos Robocop com a expressão gelada de sempre, e Lagarto com cara de pânico.

– Tá batendo no soldado por que, Robocop?

– Peguei o filha da puta conversando com a polícia, Zéu. Isso é execução sumária, né?

Zéu coçou a cabeça, ainda meio sonolento:

– É. Quer dizer... Vamo interrogar primeiro. Deixa eu tomar a porra de um café, que tu me traz problema essa hora da manhã e não dá nem pra raciocinar.

Nesse momento saiu do quarto do chefão uma mulata escultural, se espreguiçando ainda de camisola. Ao ver a cena foi logo dizendo:

– Ah, Robocop... Solta o Lagartinho. Que mania vocês têm de perseguir as pessoas...

Zéu não gostou:

– Cala a boca, Adelaide! Já falei pra tu não se meter com assunto militar.

Lagarto correu na direção de Adelaide, beijando sua mão e jurando inocência. Zéu arremessou-o sobre a mesa de sinuca.

– Larga ela, ô traíra! Quer morrer devagar?!

O chefão sentou-se à mesa do salão diante da piscina, tomou café preto com ovos mexidos, olhou as notícias num iPad, acendeu um Marlboro e mandou chamar Robocop. Iniciado o interrogatório, Lagarto disse que só conversara com um cabo da PM porque o policial o abordara na entrada do McDonald's:

– O cara queria vender informação, Zéu. Eu respondi que com polícia não tinha papo, mas aí já chegou o Robocop me pegando pelo pescoço...

– Mentira! – interrompeu Robocop. – Lagarto tava conversando com aquele cabo Saraiva, que cobra pedágio de carga nossa pra subir o morro. Lagarto é sócio do alemão, Zéu! Vamo mandar esse babaca logo pra debaixo da terra!

Lagarto implorou que não o matassem, vendo Robocop já com o dedo coçando no gatilho. Zéu tinha uma última questão:

– Ok. Tu tá dizendo que o cabo Saraiva queria te vender informação. Então eu quero comprar essa informação.

Lagarto ficou confuso:

– Tu vai comprar informação de polícia, Zéu?

– É teatro desse moleque! – espumou Robocop.

– Se for teatro eu vou saber logo. Quanto o alemão quer pela informação dele?

– Disse que quer uma virgem bonita aqui do morro... – murmurou Lagarto.

– Então tá. Que idade tem aquela tua irmã caçula, Lagarto?

– Não, Zéu, pelo amor de Deus...

– Deus é o caralho! Que idade tem essa piranha?! Já deu pra alguém?

Lagarto olhou para o chão:

– Doze anos. É virgem ainda.

– Ótimo. Robocop, junta amanhã de noite a garota, o polícia e o Lagarto no quartinho em cima do bar do Jacaré. Me avisa quando tiver todo mundo lá. Agora liga praquele merda do

Romário. E tu, Lagarto, já sabe: se sumir do morro, tua família morre, e eu mando te caçar na puta que o pariu.

Após duas tentativas, Robocop informou ao chefe que o celular de Roma estava desligado. Levou um tapa na cara mais estalado do que os que dera em Lagarto – sendo que Zéu precisara se esticar para bater no rosto do gigante.

– Quantas vezes já te falei que não quero saber das coisas que você *não* consegue, seu robô idiota?! Acha o Roma e me bota na linha com ele.

Robocop teria evitado o tapa humilhante se tivesse dito logo ao chefe o que ele queria saber: falara mais cedo com Roma, e este dissera que o encontro com a socialite Laura Furtado estava confirmado para sexta-feira, dali a dois dias, às 16 horas, no bunker de Zéu.

No que recebeu essa informação, o traficante virou uma flor. Disse a Robocop que ele era "bom pra caralho", e que estava convidado para ver o jogo do Mengão logo mais à noite em seu home theater. O escudeiro aceitou sorridente, ainda com a bochecha vermelha do tabefe.

O cabo Saraiva chegou sem farda e todo perfumado ao encontro marcado com a virgem e o traficante no bar do Jacaré. Robocop encaminhou-o à laje superior, onde já estavam Lagarto e sua irmã pré-adolescente Keitte. Em seguida chegou Zéu, olhando de viés para Lagarto, que ali era réu – suspeito de traição e, talvez, de emboscada.

O chefão não cumprimentou o policial e foi logo perguntando qual era a informação que ele tinha para vender.

– Calma, Zéu. Com pressa não se faz nada direito – respondeu o cabo Saraiva, canastrão. – Primeiro eu quero a garota.

Keitte era uma índia, com a mesma boca grande e proeminente que rendera ao irmão o apelido de Lagarto, com a sutil diferença de que ele era medonho e ela era linda. Estava assustada, mas quem chorava era o irmão.

– Tu vai ter a garota. Robocop, leva ela ali pro quarto do Jacaré, tranca e dá a chave pro cabo – ordenou Zéu.

O gigante pegou pela mão a menina, que passou a chorar baixinho, mas não reagiu. O cabo Saraiva recebeu com um largo sorriso a chave que guardava a sua prenda. Enfiou-a no bolso da calça apertada, sobre a qual se projetava a barriga inchada, e pigarreou:

– Bom, agora a gente pode começar a conversar... É o seguinte, meu camarada: já sei o dia e a hora da invasão da favela.

Zéu olhou para Lagarto, num primeiro gesto de reconhecimento da sua inocência. Robocop olhou para o chão. O traficante encarou o cabo Saraiva, indicando que ele completasse a informação. O policial continuou, solene:

– Te prepara, imperador. A polícia vai invadir o morro depois de amanhã, sexta-feira, à meia-noite.

E se dirigiu a Lagarto, apontando sorridente para o quarto onde estava sua irmã:

– Não deixa a minha gatinha ir no baile sexta-feira, tá legal? Pode ser perigoso...

Zéu apontou o olhar de peixe morto para Robocop e falou sem levantar a voz:

– Mata esse verme.

O cabo Saraiva sacou rapidamente a sua pistola, mas não pôde usá-la. O fuzil do gigante já tinha estourado a sua cabeça.

Dando meia-volta e se dirigindo à escada para ir embora, Zéu comentou a rapidez do tiro:

– Tu andou treinando, hein, Robocop? Esse aí nem sabe que morreu... Lagarto, leva tua irmã pra casa.

Na saída do Palácio Guanabara, um carro da polícia abordou o homem que ia deixando a sede do governo a pé. Romário virou-se e reconheceu a mesma dupla de policiais que o abordara rispidamente na saída do Sheraton. Dessa vez, porém, eles transbordavam gentileza:

– O governador mandou levarmos o senhor para onde o senhor quiser ir.

Roma não parou de andar.

– Obrigado, amigos. Mas o lugar aonde eu vou é perigoso pra vocês.

Espichado num colchão de plástico boiando na piscina de águas cristalinas, Zéu tinha o sol da tarde na cara e nem viu Roma chegando. Só notou-o ao ouvir sua voz ofegante:

– Porra, Zéu. Com esse dinheiro todo tu podia botar um teleférico nessa pirambeira, né? Da próxima vez vamo falar por telefone, que subir isso aqui faz mal pro coração, tá ligado?

O traficante continuou boiando sem mover um músculo:

– A invasão vai ser amanhã à meia-noite.

Roma engoliu em seco. Tirou os tênis e sentou-se na borda da piscina, com os pés dentro d'água.

– Que papo é esse, Zéu? Ninguém tá sabendo o dia dessa invasão... Tu soube como?

– Um amigo me contou.

– Que amigo, rapá?! Tu não tem amigo! Teu único amigo sou eu.

– É só pra te lembrar que se a Laura Furtado não estiver aqui amanhã às quatro da tarde, tu morre.

– Que merda, Zéu! Que mania chata tu tem de ficar ameaçando as pessoas! Já sei disso, porra. Tu me chamou aqui pra repetir essa merda?

– Não. Te chamei aqui pra dizer que a Laurinha sobe o morro, mas não desce.

– Que isso?? Tu tá de onda, maluco! A mulé é esposa do Fernando Furtado, o maior empreiteiro do estado! Os caras botam Exército, Marinha e Aeronáutica aqui dentro!

– Não botam. A perua vai ser meu escudo. Duas horas antes da invasão, tu vai ligar pros teus amiguinho no governo e vai dizer que a mulher do empreiteiro tá aqui em cima. E que ela só desce viva se a invasão for combinada comigo, como sempre foi: boto dois fuzil velho na mão dos polícia, mais meia dúzia de sacolé do preto e do branco pra eles tirar foto pro jornal, e fim de papo. Tu vai dizer pra eles que se a invasão for de verdade, como tão dizendo, a perua morre.

Romário olhou dentro dos óculos escuros de Zéu:

– Não vou dizer porra nenhuma. Não vou ligar pra ninguém.

Robocop, que ouvia a conversa, deu um passo à frente com a mão no fuzil. O chefão fez sinal com a cabeça para ele se afastar. Roma notou o gesto e resolveu falar:

– Sabe da onde eu tô vindo agora? Do gabinete do governador. A RJ-171 não é mais uma banda. É uma ONG. Eu já tenho aval do governo pra receber verba. E aí entrou uma multinacional pra me bancar também. Tenho show marcado na Suíça. Tenho o telefone pessoal do governador. Ele me recebeu na casa dele no Leblon, e sabe que eu cresci contigo, Zéu. E que eu entro na tua casa. Sabe o que ele me perguntou de você? Nada. Sabe o que eu falei de você pra ele? Nada.

Romário molhou o rosto tostado pelo sol com água da piscina.

– Tu trata bem dessa água, Zéu. Tá limpinha... Vou cumprir meu acordo contigo: amanhã a perua tá aqui. E aí não te devo mais nada.

Saiu andando com os tênis na mão, e Robocop segurou-o pelo braço. Mas Zéu intercedeu:

– Deixa ele.

No dia seguinte, sexta-feira, às quinze para as quatro da tarde, Romário recebeu uma ligação urgente. Era Nareba, irmão de Narguilê e funcionário da RJ-171, que levava Laurinha Furtado para o encontro com o traficante. A notícia era péssima: o policiamento estava reforçado nas entradas da Rocinha, todo mundo que passava era revistado. Não dava para a socialite correr esse risco.

E Roma não podia correr o risco de não entregar Laurinha para Zéu. Era morte certa. Poderia abortar o plano e torcer para Zéu ser morto na invasão. Mas ele não queria que Zéu fosse morto. E também não queria trair a porra-louca que lhe abrira a porta do governador. Assim era Roma – cheio de códigos, como lhe dizia carinhosamente sua mãe, ou cheio de viadagem, como lhe diziam carinhosamente os colegas da favela.

Romário mandou seu emissário abandonar o carro da socialite e subir com ela a pé. No meio do caminho pegariam um moto-táxi. Para passar despercebida pela polícia, ela teria que se disfarçar de lavadeira – vestindo roupa velha e carregando uma trouxa na cabeça. Roma rezou para a perua topar o plano. Ela não só topou, como ficou mais excitada ainda. Nareba avisou Robocop que Laurinha ia atrasar um pouco – ou talvez muito.

A tarde já caía quando a socialite chegou, suada e descabelada, ao bunker de Zéu. Mas o sultão do amor estava em momento de general, montando com a tropa a resistência à invasão – que Laurinha nem sabia que ocorreria. Foi recebida cordialmente por Robocop, sendo informada de que o chefe poderia vê-la em meia hora. Fascinada com a imponência do gladiador, ela perguntou se ele poderia fazer-lhe uma massagem, que a subida tinha sido exaustiva. Robocop suou frio só de imaginar o que lhe aconteceria se fizesse aquilo – e encaminhou Laurinha para a sauna.

Quando o traficante entrou em seus aposentos, a socialite já estava na cama, com um robe de seda que lhe realçava as formas e uma taça de champanhe na mão. Zéu se despiu sem dizer nada. Quando ia tocá-la, ouviu um barulho de helicóptero, seguido de uma rajada de fuzil. A polícia apenas esperara anoitecer para iniciar a tomada da favela.

– Informante de merda! – rugiu o traficante, vestindo a calça e voando em busca de Robocop.

Com as rajadas de fuzil se sobrepondo aos gritos de Laurinha, o gigante irrompeu no quarto e seguiu as ordens do chefe: arrastou a socialite agora sem nenhuma cordialidade para um cubículo, onde a trancou logo após orientá-la a não chorar demais, para economizar oxigênio.

Apesar da munição pesada dos homens de Zéu, o cerco não demorou a se fechar no topo do morro. O Exército estava dando cobertura ao batalhão de elite da polícia. Ou seja, dessa vez a coisa era mesmo séria.

Zéu engatilhou sua bala de prata: ligou para Roma.

– É o seguinte, Romário: eu tô cercado, mas a mulé do empreiteiro tá aqui na mira. Eu entrego ela inteirinha se o governador me der a fuga. Se tu não quiser falar com ele, tudo bem. Mas aí a dama vai morrer aqui comigo, e não sou nem eu que vou matar.

Seguiram-se alguns segundos de silêncio, até que Roma respondeu:

– Eu vou ligar pro governador.

Meia hora depois, ao lado do cadáver de Robocop dilacerado por um tiro de bazuca, Zéu atendeu a ligação de Roma:

– Zéu, falei com o governador. E ele falou pessoalmente com o doutor Furtado, marido da Laurinha. O filha da puta disse pro governador que não precisa dar nada em troca da mulher dele não. E que se tu quiser pode ficar com ela.

Zéu desligou o telefone sem dizer nada. Caminhou até o cubículo, destrancou a socialite e lhe disse:

– Se manda por essa mata aqui atrás. Se os alemão me filmar saindo, eles me fuzila. Mas tu de repente escapa. Se ficar aqui, tu vai morrer.

Laura Guimarães Furtado deu um beijo na boca do traficante e correu em direção à mata.

Roma negociou com o governador a rendição de Zéu, e salvou-lhe a vida. Argumentou que era melhor tê-lo preso do que morto: "O crime sempre vai existir, e é melhor a gente conhecer a cara dele", filosofou Romário. O governador fingiu que não entendeu, mas concordou.

Um mês depois, Zéu foi assassinado no presídio. Seu lugar no comando foi assumido por um pastor evangélico bem mais violento e obscuro, e a ONG RJ-171 passou a sofrer atentados.

A sede da ONG teve que se mudar da Rocinha para o Leblon. "Tudo bem, agora estamos na Grande Rocinha", declarou Roma, arrancando gargalhadas de Laurinha Furtado, que entrou para a RJ-171 e se casou com um ex-traficante (cujo único defeito, segundo ela, era não ter mais pó).

Lagarto e sua irmã Keitte também foram trabalhar na ONG, como malabarista e bailarina.

Dizendo-se ameaçado de morte, Roma passou a presidência para Nareba e foi morar em Los Angeles com uma executiva do banco que o patrocinava. Entre outras coisas, descobriu que Los Angeles também fica na Grande Rocinha.

FONTES MURMURANTES

RIO NOIR

→2A
→3
→3A

TÁXI ARGEN-TINO

ARTHUR DAPIEVE

COSME VELHO

Lá embaixo por enquanto só há sujeira, trevas e frio. Ainda falta uma hora, meia hora no mínimo, para o sol, dissipando a bruma, lavar a noite embora, banhar em luz prédios ora invisíveis, aquecer esta rocha. Às vezes o vento bate, e vejo um trecho da ponte sobre a baía. Às vezes sou envolvido pelas nuvens que encobrem a cabeça e os braços abertos da estátua às minhas costas. O céu está silencioso, vazio.

Cheguei antes de todo mundo. Vim no meu carro, pareceu-me mais lógico. O plantão estava nas últimas quando telefonou um chapa meu, vigia do monumento. No lusco-fusco, o vento soprara mais forte, ele se aproximara da murada, olhara para baixo esperando ver a lagoa e vira o corpo. Mulher, loura, entre 30 e 40 anos. A localização indicava uma queda nem tão curta que só a deixasse ferida, nem tão longa que a matasse na hora. Quando cheguei, meu chapa disse que "o vento tinha sufocado os gemidos". Bonita imagem para um troço feio paca. Fico esperando a dona dar o ar da sua desgraça.

Mais pessoas do que se imagina sobem esta montanha para praticar salto livre, em especial fora do verão, para diminuir as chances de que alguma alma caridosa as agarre e acorrente a esta grande pedra cruel. A imprensa não noticia nada para não ficar dando ideia a maluco e para não melindrar a igreja. Imagina a manchete "Adolescente virgem se suicida no Cristo"? Blasfêmia? Coisa do demo? Não, o cara não acredita mais em porra nenhuma, nem no demo, para pular do alto de mais de setecentos metros. Na minha profissão, ou o sujeito acredita em tudo ou não acredita em porra nenhuma. Meu *modus operandi* seria uma bala na cabeça. No ângulo certo, não tem erro. Babau.

O vento fica me sacaneando, abrindo buracos nas nuvens só nos lugares errados. Outro pedaço da baía. O morro lá adiante. Um conjunto de prédios sem alma. Até uma quadra do cemitério. Corpo, que é bom, nada. Não sou perito, mas examino a murada na falta do que fazer. Não há nenhuma marca a sugerir que alguém tenha ficado em pé ali antes de pular. Se ela usasse sapatos de salto alto deveria tê-los tirado antes de consumar o ato? Eles poderiam estar por aqui, logo além da murada. O nevoeiro não permite dizer que não estejam aqui. Talvez estejam ocultos, jogados numa moita. Ou, então, ela pulou sem tirar os sapatos. Nesse caso, eles teriam se soltado no ar? Eles necessariamente teriam de ser baixos? Que tipo de mulher usa sapatos baixos? Uma mulher muito alta?

Então, como se tivessem grampeado meus pensamentos, as nuvens dão uma trégua. Estico o pescoço e avisto o corpo. Mesmo a 20, 25 metros posso ver que, sim, ela *era* muito alta. Ossatura larga. Grandona mesmo. A visão se interrompe antes que eu consiga compreender o que me parece errado na posição dela. Já dá para sacar, porém, que alguma coisa dera muito errado. Além, claro, de todas as outras coisas que tinham dado errado antes e empurrado a criatura para fora deste mundo. Em vez de despencar, o corpo batera contra a pedra, talvez pela força de uma rajada de vento, e ficara preso na vegetação baixa de um ressalto que se projeta do paredão quase vertical.

Continuo olhando para baixo, com pesar, durante uns dez minutos, mesmo depois de a cerração ter se recomposto. Lamento ter esquecido os óculos escuros na gaveta. O sol baixo me ofusca. Eu deveria ter me feito de morto e deixado a ocorrência para o colega da manhã. O que custava, cacete? Ainda dá tempo de sair de fininho? Não, não dá mais tempo. O Aguiar, da perícia, um sujeito magro com um bigode ridículo, se materializa ao meu lado, dá um tapinha no meu ombro e pergunta:

– Muito cedo ou muito tarde?

– Tarde demais. Já era para eu estar em casa, tomando banho, botando a cabeça no travesseiro, ali – digo isso e faço um gesto vago com o queixo.

– Azar.

– Não tanto quanto a moça lá embaixo.

Ele olha para além da murada. Funga.

– Não dá para ver picas. Tem certeza que é uma moça?

Claro que não. À noite, todos os gatos são pardos. Não amanheceu direito no nevoeiro. O corpo jaz num purgatório entre o ontem e o hoje. A moça, ou o que quer que aquilo tivesse sido, não viu o sol nascer do outro lado do oceano.

– Claro. Loura. Vestidinho preto.

– Você acabou de me descrever um táxi argentino.

– Ou vestidinho marrom, azul-escuro, sei lá. Seria demais a essa distância e nessa luminosidade...

– Táxi argentino! – ele riu.

– Ok, Aguiar, qual a graça? E se for mesmo táxi argentino? Tu sabe que 90% das mulheres desta cidade pintam o cabelo de louro, porra. Por que esta também não seria amarela em cima e preta embaixo? Até as crioulas ficaram louras, tipo Beyoncé.

– Dei o quê?

– Uma marca de tintura de cabelo – desconverso, sem ânimo.

O pessoal da perícia vive numa bolha de sangue, onde não chega Beyoncé, Kelly Key, gostosa nenhuma. Minto. De vez em quando, eles acham jeitosa uma defuntinha fresca, uma pobre coitada assassinada na cama em pose constrangedora, a xoxota arreganhada, e ficam perguntando "fazia, no estado?" uns aos outros.

Nenhum deles nunca dispensa a defuntinha. "É uma inglesa!", riem. Senso de humor estranho.

– Anos atrás, eu cheguei na cena de crime mais nojenta que já vi – começo a lembrar, mais para mim mesmo do que para o Aguiar. – Alguém tinha esquartejado um solteirão de meia-idade com um facão grande, quadrado, tipo açougue, e uma tesoura para destrinchar aves. Qualquer açougueiro ou cirurgião estava *a priori* excluído da lista de suspeitos. O negócio tinha sido realmente porco, uma porrada de golpes incertos que ignoraram as juntas do corpo e praticamente procuraram os ossos mais difíceis de partir ao meio. Aquela cozinha na Soares Cabral, puta merda... Não havia um único azulejo que não estivesse sujo de sangue. Ou coisa mais fedorenta.

Aguiar dá uma risada baixa. Como queríamos demonstrar.

– O falecido tinha se borrado e mijado todo, provavelmente quando recebeu o primeiro golpe fundo na parte de trás do pescoço – prossigo. – Foram três golpes. E ele só deve ter morrido no último, o que afinal separou a cabeça do corpo. Depois, o assassino foi dando facadas meio a esmo até se fartar da brincadeira, às vezes usando a tesoura para cortar um tendão mais resistente. É provável que tenha comido pedaços do corpo. Nem a tua turma nem a turma do IML conseguiu localizar algumas coisinhas básicas, tipo os rins. Não dá para alguém viver sem os dois rins, dá?

Aguiar faz que não com a cabeça.

– Para confirmar a tese, boiavam em manteiga na frigideira, meio tostados, mas ainda inteiros, o pau e o saco do cidadão. Me afastei para não vomitar, mas teus colegas no local, o Ramiro e o falecido Fontes, estavam disputando um torneio de trocadilhos infames com salsicha e ovos. Riam como se fossem claque de seriado americano de TV. No dia seguinte, o redator de um tabloide popular iria botar os dois no chinelo. Cravou a manchete "Fritura causa impotência". Gênio.

– Gênio.

– Gênio – fiz uma pausa. – Nunca descobrimos quem foi o assassino. Eu tinha certeza que era *um* assassino. Era preciso força para cortar um fêmur ao meio, de um golpe só. Os vizinhos nunca tinham visto nenhuma mulher visitando o cidadão, um barnabé de nome Oswaldo, que morava ali havia dez anos. Também não tinham visto homem, mas o cara não ia dar mole de exibir os bofes que trazia pra casa, ia? Se não havia mulher, tinha de haver homem na parada, subindo escondido. Além disso, mulher gosta de dinheiro e contexto. Quem gosta de pau é veado. Concluí então que só quem também podia odiar pau daquele jeito era um veado. E veado parrudo. Tou errado?

Aguiar permanece calado. Prolongo a pausa.

– Não roubaram nada que pudéssemos rastrear. Nenhum saque *post mortem* no cartão do banco, nenhuma louça herdada da vovó em mão de receptador. Faz uns três, quatro anos isso.

Aguiar se vira e apoia as costas na murada, olhando para cima, para a estátua. Naquele momento, ela está inteiramente exposta em sua feiura. Continuo olhando para o grande nada leitoso lá embaixo. Quando a loura enfim reaparece, cutuco o Aguiar. Ele assente. Uma mulher, parece fora de dúvida. Contemplamos o corpo até que um dos últimos lençóis de bruma o cubra, respeitosamente. Quando isso acontece, continuamos parados, sentindo o cheiro de fumaça do nevoeiro. Às vezes, é até possível ouvir o rumor do trânsito lá embaixo, o que torna o monumento ainda mais silencioso. A subida de turistas está suspensa até que se desça com o cadáver. A desculpa oficial é “problema operacional no trenzinho”. Sempre é. Preferem que as pessoas na fila pensem que a manutenção é uma bosta maior do que de fato é do que saibam que uma delas pulou de cabeça. E assim elas mesmas vislumbrem a saída para o que quer que as aflija, dívida de droga, traição amorosa, doença incurável... O Efeito Werther, li na faculdade. Morte por imitação. Porra meio doida. Basta alguém responder, na prática, que a vida não vale a pena ser vivida e outro alguém, não necessariamente relacionado ao primeiro alguém, tem um estalo e diz "taí, tem razão, não vale, vou me suicidar também".

Acendo um cigarro e ofereço outro ao Aguiar. Ele recusa com a cabeça:

– Isso aí mata que é uma beleza.

Tudo o que eu tinha feito era dar uma dura sem maiores consequências em três chincheiros chulé, pegos com um quase nada de maconha por uns PMs que não tinham nada melhor para fazer. Discursei sobre como cigarro vicia, acho até que mencionei a "erva do diabo", e liberei os garotos antes que eles se mijassem no meu tapete. Fora isso, tédio. Passava um pouco da meia-noite quando os homens de preto me trouxeram o casalzinho fofo. O sujeito era gordo, usava óculos de aro verde-escuro, tinha a pele avermelhada e, apesar do frio de agosto, estava empapado em suor. Parecia um contador às voltas com uma declaração de renda particularmente traiçoeira, tentando fazer os números baterem. O outro cara era bem maior do que ele e ainda usava sapatos vermelhos de salto alto. Além de peruca loura, vestido preto colado, 200 mililitros de silicone em cada peito. Apesar dos ombros largos e das pernas musculosas, parecia feminino. Inclusive porque o conceito de feminino tinha mudado bastante na cidade.

Havia uma tribo de mulheres marombadas, tipo namoradas de pagodeiros e de jogadores de futebol, puxando ferro e tomando bomba para ficarem parecidas com homens fortes. Essa, por sinal, era a previsível linha de defesa do cidadão de óculos. Achava que estava alugando os serviços de uma mulher muito sarada, super na moda, e desistira do programa quando sentiu o negócio ali sob a saia. Perfeitamente plausível. Pensei, mas não disse, que nem o volume sob a saia provava mais nada. Os hormônios masculinos que elas tomavam aumentavam paca o tamanho do grelo. Tinha madrinha de bateria que precisava cortar fora um bifinho para poder botar o tapa-sexo sem parecer que estava de paquete ou, pior, que tinha tromba. Muito heterossexual tem tesão nesses piruzinhos de neném e pernas de lateral-esquerdo. Daí para achar jeitoso um travesti...

O cidadão diante de mim não estava entendendo que a questão não era bem aquela. Eu estava pouco me lixando se ele sentia tesão por mulher, por homem ou por sardinhas portuguesas no azeite. Eu estava pouco me lixando para prostituição de qualquer sexo. Combater putaria nessa cidade era mais ou menos como pedir ao escorpião que não ferroasse o sapo no meio do rio. Era contrariar a sua natureza. Não, a questão ali era muito outra. Decoro público. Aparentemente os dois tinham decidido discutir uma relação antiga longe do trabalho do traveco, que dava expediente na Glória. Normal, melhor não misturar as coisas. Só que os imbecis tinham ido ao Parque Guinle, zona residencial de classe média alta, embaixo da residência oficial do governador e, cagada ainda maior, caminho para o quartel do Batalhão de Operações Especiais da PM.

Fosse por qual motivo fosse, não quero mais dar o rabo, só comer, quero me operar e virar trans, blá-blá-blá, esses dramas de veado, o casal armou um barraco e começou a trocar tapas bem na hora em que uma patrulha do Bope estava voltando de uma ação num daqueles lugares de pobre lá no subúrbio, ação na qual tinha mandado mais dois crioulos mal alimentados e bem armados pro saco. Os soldados na caçamba estavam exaustos, mas não tinham como fingir que não estavam vendo a cena de amor. Primeiro, o dever. Depois, o descanso. Bateram na lataria para o motorista da viatura parar. Quando os dois pombinhos caíram em si, estavam cercados por sete caras mal-encarados vestidos de preto e com uma caveira bordada no ombro. Foi quando a falsa loura produziu uma gilete de dentro da boca pintada e deu uma lanhada feia na mão direita do contador. Aí rolou um certo descontrole. O cabo ponta de patrulha mirou a HK para a testa do traveco e berrou "larga essa porra! larga essa porra!".

Nisso, parte da vizinhança já estava na janela, apreciando o circo. Antônio Sérgio Lemos de Alcântara – era esse o nome na carteira de identidade – era valente, mas não era maluco. Soltou a gilete na terra da pracinha e ganhou um mata-leão de um soldado. Outro soldado fez um curativo na mão do contador – Felipe Krauss Barreto no RG – e a patrulha trouxe todo mundo, mais a arma do crime num saquinho plástico. Quando o grupo adentrou a delegacia, adivinhei a merda, mas o que disse, sorrindo, foi:

– No que posso ajudá-los?

Não é para ser delegacia legal? Vamos nessa. O sargento sentiu a ironia. Tive a impressão de que ele ia me mandar tomar no cu, mas pensou melhor, entendeu que estava jogando no meu campo e relatou o ocorrido em linhas gerais, numa fala monótona. Ouvi logo também o que o cabo e os soldados tinham para dizer e assim liberar a patrulha da cidade. Os inspetores do plantão podiam dar conta de qualquer outro ataque de pelanca do Antônio Sérgio. A mão do Felipe sangrava um pouco sob a bandagem, e ele a contemplava desconsolado. Se seu amigão fosse aidético, aquilo ali ia complicar a sua vida. Não ia acabar com ela, como teria feito vinte anos atrás, antes dos coquetéis. Mas complicar ia, ainda que o incidente jamais fosse conhecido fora da delegacia. Se vazasse, aí sim, Felipe Krauss Barreto ia se aporrinhar pra caralho. Nego do escritório ia olhar torto para ele, desinfetar poltronas, uma pá de coisas escrotas e ignorantes. Por isso, não foi nem espantoso nem surpreendente quando, assim que os caveiras partiram, ele declarou que não pretendia registrar queixa. O volume sob a saia tinha sido uma surpresa, os tapas no parque tinham sido impensados, e a giletada, um impulso que, se Deus quisesse, não teria maiores consequências do que tomar cinco ou seis pontos.

– Se Deus quiser... – repeti, mecanicamente.

O silêncio no recinto reverberou as implicações dessa observação.

– Tudo isso é um pesadelo, e é melhor acordar dele – retomou Felipe, meio para ele mesmo, sem tirar os olhos da mão enfaixada.

O traveco estava quieto, cruzando e descruzando as pernas grossas e sem celulite, jogando charme para a plateia, porque traveco sempre junta plateia em delegacia, mas aí não se conteve:

– Pesadelo?! Sei! Felipe Barreto! Seu puto! Na hora de mamar...

Bastou o Hudson apertar de leve a clavícula da criatura para ele parar de berrar, gemer fraquinho e se recompor. O negão olhou para mim e sorriu, satisfeito com a própria autoridade física. Mandou bem. O erro foi não resistir a uma piadinha.

– Aí, chefe, a boneca tem um botão pra desligar – disse, para gargalhada dos colegas.

Mas eu não ri. Delegacia legal? Vamos nessa.

– Caro inspetor, o senhor deve respeitar qualquer cidadão – eu disse, na voz mais burocrática possível, catando uma das carteiras de identidade sobre minha mesa. – Não é diferente com o cidadão Antônio Sérgio Lemos de Alcântara. Ou seja qual for o nome como ele, ou ela, preferir ser conhecido.

– Candy. Candy Spears.

Toquei-me de que era a primeira vez em que o traveco falava. Falava mesmo, sem berrar. Voz de mulher, não aquele miado pastoso que parecia ser o idioma nacional das bicharongas pobres. A versão do contador – que, aliás, não era contador, mas "comerciante do ramo de autopeças" – ficava cada vez mais consistente. Não que eu desse a mínima, claro, mas, sob a ação do entorpecente certo, era possível confundir o Antônio Sérgio com uma mulher da tribo das marombeiras. O cara está doidão, escuta aquela voz, apalpa aquele coxão, quer foder de qualquer jeito.

– Candy Spears, então – assenti.

A cara de puto que o Hudson fez apenas me lembrou que eu não ia mesmo muito com os cornos dele. Aquela pose toda, de policial cascudo que despreza o pessoal que veio da academia. Não pensei duas vezes antes de insistir na minha linha de raciocínio. Se tivesse pensado duas vezes, eu não teria insistido. A quem servia aquela encenação? Azar.

– Caro Hudson – retomei. – Peça desculpas à cidadã Candy Spears.

Não era só o Hudson que estava atônito. O Paulinho, o César Franco, o Tião, o falso contador e a falsa loura também estavam.

– Peça desculpas à cidadã Candy Spears – insisti, antes de acrescentar, com uma suavidade que só acrescentava ainda mais ignomínia à cena: – Por favor.

Hudson me fuzilou com os olhos e se meteu bufando delegacia adentro. Ouviu-se um soco num arquivo de metal. Senti que tinha feito merda, mas não podia perder a pose.

– Peço desculpas em nome de toda a delegacia, cara Candy. Não é porque o cidadão, ou cidadã, incorreu, ou pode ter incorrido, num ilícito que a polícia tem o direito de esculhambar com ele, ou ela. Temos de tratar a todos com o devido respeito.

Candy sorriu, timidamente, aceitando com a cabeça. O falso contador repetiu que não queria registrar ocorrência nenhuma contra a falsa loura. Fiquei olhando para a cara gorducha e suada, tentando pensar em ao menos uma boa razão para ele registrar a ocorrência. Não me veio nenhuma, mas preferi não facilitar tanto assim. Eu sabia como ser o tira bom e o tira ruim ao mesmo tempo.

– O B.O. previne problemas futuros, caro cidadão. A gente leva o senhor para fazer corpo de delito no IML. Dá pra enquadrar em lesão corporal, não chega a ser tentativa de homicídio. Depois o senhor processa a Candy Spears, os nossos companheiros do Bope depõem... Dá uns três meses de xilindró para ela, com certeza, mas infelizmente num presídio masculino. Além do mais, vamos falar francamente, vocês *dois* estavam perturbando a ordem pública.

Felipe Krauss Barreto não entendeu ou fingiu que não entendeu minha ameaça. Eu não convenceria nem mineiro a comprar bonde com aquela lenga-lenga. O falso contador deve ter antevisto a cena da falsa loura prestando favores para uma fila de traficantes trincados que não viam cu havia semanas. Fez uma expressão dolorida. Ah, o amor.

– Enfim, é com o senhor... – eu deixei no ar e suspirei.

Se era com ele, então, fim de papo.

– Muito obrigado, detetive, mas eu realmente prefiro encerrar o assunto aqui. Não quero registrar queixa nenhuma. Vamos acordar desse pesadelo, todos nós – disse cautelosamente, olhando de soslaio para Candy, mas dessa vez ela ficou calma, olhando para as unhas. – Muito obrigado por seu tempo, sua paciência e sua educação.

Ele me estendeu a mão direita. Não a segurei. Ficamos os dois olhando para o sangue na bandagem. Dei-lhe foi dois tapinhas no ombro, significando "força, amiguinho". Acompanhamos Felipe e Candy até a porta da delegacia, para nos certificarmos de que estavam indo em direções opostas. Seguramos o falso contador por mais alguns minutos, até a falsa loura sumir de vista. Como se isso significasse alguma coisa, mas, ora bolas, havia um rito a cumprir. Paulinho, César Franco e Tião evitaram comentar o caso. Era óbvio que também tinham ficado putos comigo. Eu me senti ainda pior, mas não estava convencido de que algum dia tinha de pedir desculpas ao Hudson.

Mal tinha voltado à minha cadeira, e entraram dois motoristas notavelmente sóbrios, a fim de registrar uma batida de trânsito, coisa besta, ninguém ferido, mas as companhias de seguros iam querer o B.O. Quando terminei, fui até a calçada fumar. Estava distraído, pensando no que eu ia fazer na minha folga, provavelmente dormir, e acordar só para ter o prazer de dormir de novo, quando Candy Spears apareceu por trás da árvore cujas raízes eu usava como cinzeiro. Cacete, e se ela tivesse descolado outra gilete? Lamentei ter deixado o revólver sobre a mesa. Candy era maior do que Felipe, e também era maior do que eu. Joguei o cigarro fora para ter as mãos livres e plantei os pés em posição de defesa. Ela deu a volta no canteiro, sem os trejeitos exagerados de mulher que denunciariam o embuste do qual vivia. Se o Antônio Sérgio tivesse nascido com 10 centímetros a menos na vertical, 15 a menos na horizontal, talvez 17 a menos entre as pernas, seria mulher. A natureza nos prega peças.

– Detetive... – ela disse.

– Pois não, dona Candy.

– Eu queria agradecer o tratamento que o senhor me deu lá dentro. O senhor pode imaginar que não é a primeira vez que entro numa delegacia, mas foi a primeira vez em que não me senti agredida só por ser... assim.

Fiquei quieto.

– Foi superimportante o seu tratamento sensível para eu sair daquela situação megaembaraçosa – os 400 mililitros de silicone arfavam apertados pela malha preta. – O senhor, embora jovem, é um homem vivido. Certamente sacou que o Lipe não era um cliente casual que se decepcionou quando sentiu que eu tinha... aquele algo a mais de que vocês homens têm tanta vergonha de admitir que gostam. Nós dois temos um relacionamento sério já há sete meses, viu? Acho que ele é o homem da minha vida.

Neste ponto, o meu silêncio deve ter ficado muito eloquente porque ela sentiu necessidade de retrucar.

– Sério! E acho que ele sente o mesmo por mim. Por isso, mencionar o presídio masculino foi um golpe de mestre seu. Ele não deve ter suportado a cena. Não sou mulher de aguentar aquilo tudo.

Candy fez uma pausa significativa.

– Ele me ama, mas ainda não tem condições psicológicas de se assumir, o senhor sabe como é família de classe média baixa. E também ainda não tem condições financeiras de me bancar. Então, eu continuo tendo de fazer programa para pagar um quarto e sala na rua das Laranjeiras, perto da Alice, sabe onde? A vizinhança é meio *détraqué*, mas o que se pode fazer? Muito melhor que aquele cortiço na Lapa do qual, glória a Deus, consegui me mudar. Mas o Lipe fica louco de ciúmes de eu ainda dormir com outros homens.

Candy Spears fez outra pausa. Eu fiquei me perguntando se ela era mesmo crente ou se apenas invocava o Seu santo nome em vão.

– Será que ele ia se incomodar se eu fosse para a cama com uma mulher? – ela se perguntou, em voz alta.

Redobrei meu silêncio. Tudo aquilo parecia muito mais informação do que eu jamais iria precisar. Tenho de admitir que às vezes fumar faz mal à saúde.

– *Anyway* – ela prosseguiu. – Eu notei que havia um maço em cima da sua mesa e fiquei aqui, na moita, esperando o senhor vir fumar, só mesmo pra agradecer. Não acho que eu sequer possa sonhar em um dia retribuir a sua gentileza, mas quem sabe? Fica aí com meu telefone e endereço. Sei lá, posso ser sua informante. A gente vê cada coisa à noite na rua... Tchau.

Candy Spears se aproximou mais, meteu um papelzinho dobrado no bolso da minha jaqueta, deu um beijo suave no meu rosto e se afastou, sem rebolar demais, na direção da Glória. Olhei para os lados. A porta da delegacia estava deserta, a luz fria batendo na calçada. Se alguém tivesse testemunhado isso, eu estava fodido. Ia ser sacaneado até a morte.

O cigarro está quase queimando o filtro, e Aguiar está quase dormindo, sentado num degrau, quando escutamos o arrastar de correntes, como se todos os fantasmas desencarnados nesta montanha tivessem voltado do inferno – ou ao inferno – e viessem se vingar dos primeiros sobreviventes que encontrassem. Nós nos viramos, mas é apenas o grupamento do Corpo de Bombeiros encarregado de resgatar o corpo da loura. Os soldados arrastam cordas, cintos, mosquetões, freios, padiola. Atrás vem um tenente.

– Tenente Vaz, às suas ordens – ele aperta nossas mãos.

Embora sejam militares, eu é que comando a operação. Mas o Aguiar toma a frente e reclama da demora. O tenente retruca que de nada adiantaria ter vindo antes de o nevoeiro ceder. Aguiar resmunga alguma coisa que é abafada pelo ruído dos soldados montando o material para o rapel. Inteiro o tenente da situação, levo-o até a murada e aponto para o corpo, plenamente exposto agora, à beira de um céu quase limpo. Ele nos pergunta se vamos querer descer. Aguiar se antecipa de novo e diz que não, que se trata de suicídio e que nossa presença ali embaixo não faria diferença para o caso.

O tenente concorda, se junta à tropa, e volto para contemplar o cadáver da loura de vestidinho preto. Os sapatos não estão à vista, embora seja improvável que ela tenha subido a montanha descalça. Só se fosse para pagar promessa, mas obviamente não havia ali nenhuma graça alcançada a agradecer. Então, entendo afinal o que me incomodou na primeira vez que a vi ali. Não a coisa mais óbvia, as pernas grossas, em posição insustentável até para uma bailarina desossada. É outra coisa, um tiquinho mais sutil. Chamo o Aguiar, que observa os bombeiros. Aponto novamente para o cadáver.

– Vem cá, bater na pedra poderia deixar a cabeça torta naquele ângulo?

– Você acha que está esquisita? Talvez o impacto possa ter quebrado o pescoço e girado um pouco... Talvez ela use uma peruca que se deslocou na queda... Difícil dizer, só examinando de perto para averiguar. Vamos esperar eles trazerem para cá.

Penso em todas as possíveis consequências do que o perito acaba de me dizer. Ele agora contempla a paisagem, gloriosa à luz límpida do inverno.

– Vou descer – comunico.

Aguiar demora um pouco a digerir a informação.

– Tu tá doido, Cabeção? Pra quê?!

– O local do óbito não foi aqui. Foi ali embaixo. Ou não. Mas isso a gente só vai sacar se descer. Deixar os caras de farda pegarem o corpo, amarrarem na padiola e içarem praticamente na vertical pode tirar ainda mais as coisas do lugar. E tirar as coisas do lugar pode mudar completamente o rumo dessa nossa prosa.

– Porra, os caras são profissionais... – começa a argumentar Aguiar, até atentar para a presença da palavra "gente" na minha fala anterior. O seu silêncio me basta como sinal de capitulação. Se eu descer, ele fica obrigado a fazer o mesmo.

Vou até a equipe de bombeiros e anuncio que mudei de ideia. Não apenas mudei de ideia como queremos descer antes de qualquer um deles. O tenente Vaz não disfarça o espanto, mas ordens são ordens, e ordens descem a cadeia de comando, por mais circunstancial que ela seja. Manda um soldado me dar um dos cintos de segurança. Aguiar também oferece a cintura, silenciosamente. Um segundo soldado nos entrega capacetes e luvas. Um terceiro checa todo o equipamento e nos dá instruções rápidas. Respiro fundo. O cheiro de fumaça ainda está no ar, embora a bruma já tenha se dispersado. Toco no papel dobrado no bolso da minha jaqueta. Eu começo a descer.

→8

KODAK SAFETY FI

PONTO CEGO

VICTORIA SARAMAGO

FLORESTA DA TIJUCA

Annie estava se recuperando. Lentamente, diziam algumas pessoas próximas, e é claro que não tinham ideia de quanto leva um longo e dolorido processo de recuperação. Justamente por acharem que o mundo para Annie devia ter o mesmo cheiro e a mesma textura de antes, ela não encontrou outra saída senão largar a vida no Kansas e ir para bem longe. Um lugar que não fosse de todo desconhecido e tivesse algum apelo para aquilo que os outros entenderiam como turismo, quem sabe, mas que não lhe lembrasse mais a neve, os campos abertos em que se caminha por horas quase sem topar com uma árvore. Alguma cidade, sul-americana talvez, da qual soubesse muito pouco – estranha eu serei sempre, repetia –, mas que lhe acolhesse ainda assim. Um lugar cuja língua não vou falar, porque vai ser mais fácil, uma cidade de mata fechada. Como naqueles dias já tão distantes dos passeios de infância pelo Central Park, em que certos lugares de arbustos bem juntos lhe davam a sensação de estar muito, muito longe, em alguma terra perdida onde já não se pudesse avistar o horizonte dos prédios nova-iorquinos.

Por isso Annie, ao chegar ao Rio, alugara um quarto tão próximo da Floresta da Tijuca e se permitia longas caminhadas até os lagos e picos. As pessoas passavam pelas trilhas e cascatas com filhos e garrafas d'água sem ter tanto mais na vida para pensar, como Annie não queria ter, e não eram capazes de se sentir, como ela agora se sentia, muito fortes. Voltariam para suas casas ao fim de algumas horas e não teriam um sujeito de olhos duros lhe oferecendo mais pó.

Mas o que Annie tinha à sua frente agora era um quati. Não muito pequeno e provavelmente velho, o quati, como todos os que habitam a floresta urbana, era obcecado pela lata de lixo. Com as patas traseiras na base e as mãozinhas enfiadas no orifício que possivelmente esconderia restos de biscoitos e sanduíches, o quati deixava o longo rabo listrado deslizar pela base da lixeira enquanto, sôfrego, se enfiava pela caixa laranja. É claro que as crianças e os turistas ao redor não deixaram escapar a oportunidade. Um quati no lixo, diziam, e sorriam perturbados pela intrusão de toda aquela sujeira de rua na rotina de um animal silvestre. Como se não fossem eles, pensou Annie, precisamente os que fizeram a lata de lixo ser o que é. O quati já tonto e num último esforço conseguiu agarrar o conteúdo da parte de cima da lixeira, ou seja, um enorme bolo de sacos plásticos, copos e garrafas cheirando a piquenique podre, que numa explosão se espalharam pelo solo. As crianças batiam palmas e os turistas aceleravam as máquinas, até o bichinho levar para longe seu naco de comida humana e a plateia se dispersar com tédio.

Annie se incomodava. Divertem-se com a bagunça do quati e não pensam que não é o quati que vai arrumá-la. Acham razoável, desde que não tenham que se incomodar com nada além de passar as fotos para o computador. Pois algumas coisas haviam sobrevivido dos anos em que Annie morara no Oregon, e esta era uma delas: caminhando com raiva até a bagunça, começou a catar item por item e devolvê-los à lixeira. Os copos com restos de suco de laranja e os guardanapos com lascas de presunto lhe enojavam, com certeza, mas não lhe causariam nada próximo à surpresa de identificar, enrolado num pedaço de papel que caíra de um saco plástico, um dedo humano.

Abriu o papel com cuidado e, percebendo que já ali outra etapa começava para ela, observou aquele indicador relativamente fresco, embora arroxeado, com sua unha escura e o cotoco de osso saindo pelo outro lado. Algumas manchas de sangue seco se estendiam até se interromperem nas dobras da pele, como se o dedo, depois de coberto pelo próprio sangue, ainda pudesse se mover. Annie cutucou de leve uma dessas manchas e a casca vermelho-escura saiu em sua mão, ocupando uma área pequena do seu próprio indicador como se saído dele. Era fascinante. Nunca mais veria assim, de graça, por pura sorte – ou não exatamente sorte, mas fortuna, improbabilidade –, o que via agora. Um dedo humano que já não pertencia a humano algum, que permaneceria ali, entre as patas dos quatis e os restos de comida, até que algum lixeiro o levasse para longe e o deixasse desaparecer. Este dedo não tem mais dono, pensou, e será meu. Enrolou-o de volta no papel, jogou o que faltava do lixo na lixeira. Caminhando decidida com o dedo entre os dedos e o olhar desafiador para algum guarda florestal que pudesse ter percebido o que se passava, dirigiu-se à saída do parque e depois à casa de Jonas.

– Quer mais, Annie?

Já estava quase pronto quando ela chegou. Jonas dava os últimos retoques nas carreiras enfileiradas sobre a mesa de vidro e enrolava a nota de dez dólares para oferecê-la à garota. Feliz com a coincidência – você sempre chega quando eu estou prestes a mandar mais uma, dizia Jonas, você adivinha –, Annie pousou o dedo no outro canto da mesa para não sujá-lo de pó. Posicionou a nota para cheirar a primeira carreira ao mesmo tempo em que Jonas percebia aquele dedo humano perdido no guardanapo, e se perguntava que diabos fazia fodendo e enchendo de cocaína uma gringa louca como aquela.

Concentrada demais, Annie só depois da segunda carreira foi perceber o olhar consternado do homem à sua frente. Sorriu de leve e, com um beijo, tomou o dedo de suas mãos.

– Foi o que encontrei hoje no passeio, disse, enquanto acariciava as manchas de sangue na pele seca e em seguida a pele ainda bem fresca de Jonas. – Estava numa lixeira.

O rapaz ouviu o resto da história com algo de ceticismo. Não era imaginável que ela quisesse guardar o dedo na geladeira, como obviamente queria.

– Annie, você sabe o que isso significa? Isso é uma parte do corpo de alguém. Alguém foi mutilado, torturado, para você estar com ele nas mãos agora.

Ela não parecia muito chocada. Queria descobrir de quem era o dedo, só isso. Uma louca. Jonas a abraçou forte porque no fim das contas ela era gostosa, ainda que louca, e pediu que ela lavasse as mãos antes de pegar no seu pau.

Annie atendeu a este pedido, mas jogar o dedo fora, isso não podia aceitar. Preferiu encontrar para ele um pote de plástico firme e realocá-lo no congelador. Em seguida comentou que Jonas era uma boa pessoa.

– Eu tive muita sorte de topar com uma pessoa como você para isso.

Ele achou melhor não perguntar se "isso" era antes a quantidade de cocaína com que a vinha abastecendo nas últimas semanas ou se o sexo ou se algo mais que nunca viria a descobrir. O tipo de coisa para o qual é tão difícil conseguir uma pista confiável. Em todo caso Annie já estava bem suprida de pó por aquele dia e, com o dedo confortavelmente acomodado no congelador, sentia-se à vontade para pagar o que talvez fosse o melhor boquete da vida de Jonas. Elas aprendem rápido lá e sabem usar isso a seu favor. Porque Annie, percebendo o momento certo para refazer a pergunta de meia hora antes, engoliu o resto de gozo e começou a falar tão serena quanto o seu nível de entorpecimento permitia:

– Você realmente não conhece ninguém que poderia saber de onde veio o dedo?, perguntou manhosa como se fosse chupá-lo de novo dali a pouco para ele não ter saída senão suspirar, acariciar-lhe o cabelo e responder:

– Tem um cara sem dedo que me vende pó. Mas é sem o dedo mindinho, e o teu dedo é indicador.

Ela pareceu suficientemente interessada ainda assim, e quando Jonas deu por si já prometia levá-la consigo ao morro na próxima missão.

Em geral subia o morro algumas vezes por semana. Tentava organizar as encomendas para ter de ir menos, mas novas encomendas podiam aparecer de repente e ele não queria perder a oportunidade de entrar num jogo rápido por uma grana extra. Principalmente agora que Annie, depois de ter aparecido do nada em sua vida, consumia em pó o tempo e a grana que o pó deveria estar gerando.

Mas Annie valia a pena. Um pouco pirada com esse papo de estar sempre se recuperando, é verdade, mas puta que pariu, que corpo, e ela sabia usar tudo o que tinha, sabia esfregar as pontas dos peitos duros nele até ele dizer que é claro, meu bem, vamos subir o morro para você se divertir vendo um homem sem dedo enquanto esconde no bolso o próprio dedo de estimação. Por isso lhe dava todas as indicações, o mapa da mina, porque é aqui que você pega o moto-táxi e escolhe esse motorista em vez daquele, e você pede para ir até a rua tal em frente à lanchonete tal, e quando eles te deixarem lá é por esse caminho que você segue até chegar nesse tal ponto, onde já conheciam Jonas e o deixaram entrar com Annie.

Era uma casa como outra qualquer. Como se a qualquer momento uma avó simpática fosse aparecer na sala com uma travessa de feijão e frango. Em vez disso, dois homens fortes e com todos os dedos ofereceram a Jonas um pouco do novo carregamento para provar. Se tivesse sido um cavalheiro e cedido a chance a Annie, ela teria aceitado. Mas era ele quem tinha de avaliar o que estava a ponto de comprar, e ela fez um esforço para permanecer calada e se concentrar nos dedos dos homens à sua frente enquanto, com uma das mãos no bolso, agarrava o seu próprio. Sorrindo, um dos homens se aproximou e perguntou a Annie se ela amava o Jonas. Por não ter entendido uma única palavra, ela apenas sorriu de volta como se de fato o amasse. Jonas, mesmo estando de costas no momento, se surpreendeu com a pergunta, e a súbita lembrança dos boquetes das últimas semanas endureceu seu pau de leve. O homem então perguntou se ela teria medo de perdê-lo. Annie sorriu novamente com sua ignorância fácil, mas Jonas, distraído, não ouviu a pergunta.

No fim das contas, não era boa ideia ela ficar naquele país sem falar uma palavra da língua sequer, e por isso Jonas entrou naquele assunto já em casa, enquanto ela o chupava uma vez mais:

– Você tem certeza de que não quer aprender a falar português?

A expressão dele era séria demais para que Annie pudesse simplesmente sorrir e ir lavar a boca cheia de porra como se não tivesse que falar mais nada, nem mesmo português. Por isso se pôs séria também e, já um pouco cansada de tanto boquete, respondeu:

– Não vou ter aula nenhuma.

E isso foi tudo. Poderia aprender por inércia, é claro. Depois de anos vivendo num país, até húngaro se aprende, e ele não precisara viver em nenhum país de língua inglesa para falar o inglês perfeito que o fazia se entender tão bem com Annie. Mas foi um esforço até para ele. Naquele ritmo, em alguns meses ela não aprenderia mais do que uma meia dúzia de palavras-chave que, se a necessidade surgisse, não seriam suficientes para ela se virar.

Mas Annie não precisava de socorro. Precisava é do repouso e do esquecimento que encontrava naquelas caminhadas diárias pela

Floresta da Tijuca. Precisava andar muito, o máximo possível, e tomar trilhas diferentes a cada vez, como se cada uma pudesse neutralizar, ainda que por algumas horas, o desgaste daquela cidade, da cocaína, de Jonas e todo o resto. Por isso caminhava ansiosa, porque no fundo já nada poderia lhe dar o alívio do início e trazer de volta a sensação de que, apesar de tudo, estava se recuperando. Nem quatis e nem sequer os dedos arrancados – ainda que aquele dedo especificamente tivesse causado o seu efeito, como a injeção de vitalidade que o pó lhe dera semanas antes, quando conheceu Jonas, e que vinha lhe dando cada vez menos desde aquela primeira vez. Caminhava mais e mais rápido, atenta aos animais e às latas de lixo, curiosa para voltar ao morro do Borel, tão próximo aos limites do parque, a favela com a qual poderia topar se eventualmente caminhasse muito, se forçasse a barra e desejasse de verdade saber como diabos aquele dedo tinha ido parar na lata de lixo. Foi quando esbarrou no guarda-florestal.

Era um homem alto e negro. Apesar de quase não se mover, lhe faltava tranquilidade ao chegar perto de Annie para lhe pedir que não andasse sozinha por aquelas trilhas, que podia ser perigoso. Annie pensou em sorrir, mas permaneceu séria. O homem, sem saber o que fazer com a estrangeira, improvisava alguma mímica enquanto seguia explicando que ela era uma mulher sozinha, atraente, e que a floresta era grande, grande demais – nós fazemos o possível para manter tudo em segurança, mas tem áreas que não dá para monitorar; e se aparece um homem com más intenções (e aqui sua mímica foi especialmente incisiva), aí ele não podia garantir que ela sairia bem do episódio. Afinal, era jovem, e bonita, e atraente, e Annie vendo aquele homem com aqueles gestos se perguntava se era o caso de tirar a roupa ali mesmo e torcer para que, ao fim de tudo, ele por acaso tivesse um pouco de pó.

Mas não. Precisava da solidão que mais uma trepada aleatória não lhe daria. Aproximou-se dele então e, tocando-lhe o braço, explicou em inglês que não entendia nada do que dissera, mas que não queria sexo. O homem não precisaria ter compreendido suas palavras para que sua responsabilidade no trabalho o impedisse de agarrar aquela mulher linda que, ignorando todas as suas advertências, se aproximava dele. Ainda que fosse difícil se conter. Se tivessem se conhecido em outro contexto, ele teria sim aproveitado a ocasião e, se ela fosse corajosa o suficiente para lhe mostrar o dedo, talvez pudesse até lhe indicar onde procurar por seu ex-dono. Porque havia muitas coisas naquela floresta aparentemente dócil e acolhedora que Annie ignorava. E uma delas continuava sendo o perigo de andar sozinha por aquelas trilhas em horários pouco frequentados, repetia o guarda com desânimo, até ela se cansar e ir embora.

Ao menos era sexta-feira à noite e o fim de semana os aguardava. Não que isso mudasse dramaticamente a situação de Annie, que nunca tinha nada para fazer mesmo, mas era agradável pensar que Jonas estaria livre no dia seguinte. Vou só dar uma rápida subida para uma encomenda de última hora, dissera ele, e podemos dar nosso teco e sair. Talvez possamos ir ver aqueles amigos gringos do bar de duas semanas atrás. Annie não era boa para conhecer pessoas em situações aleatórias e os amigos de Jonas não lhe divertiam. Considerando as poucas chances que tinha de falar com estranhos, era quase uma surpresa que tivesse conseguido se aproximar desses gringos. Vale a pena investir nas amizades, concluíra sua mãe um dia antes pelo Skype, preocupada, e foi com esse espírito que Annie decidiu lhes enviar uma mensagem perguntando se topavam uma cerveja.

A tela do celular se apagou marcando as nove e meia da noite. Jonas saíra há cerca de cinquenta minutos. Segundo ele, não demoraria mais que meia hora, e suas missões realmente costumavam durar mais ou menos isso. Algum imprevisto talvez, acontece. Não quero ter de me preocupar com mais nada, ela advertira quando se conheceram. Preocupações a esgotavam e ela não estava mais disposta a se esgotar, nunca mais.

– Eu já esgotei tudo o que tinha, entende?

Jonas não tinha de entender. Dava-lhe o que ela queria em troca do que ele queria, e assim permaneciam os dois intactos. Com ela, falava o inglês que estava acostumada a ouvir. Com os outros, falava o português que ela nunca falaria. E Annie não parava de se surpreender com a sorte de encontrar aquele vizinho disponível logo depois de chegar ao Rio, quando ainda não sabia como se ajeitar na cidade, mas sabia estar pouco disposta a se adaptar.

Uma hora e vinte esperando por ele. A última carreira fora ainda na quinta, e a sexta inteira passara limpa. Tentava ligar há horas e nada, nem uma mensagem de texto – ainda que tampouco os amigos tivessem respondido. Se devia sair para procurá-lo, se afinal sabia aonde ir, e por quê? Os homens brasileiros são inconstantes, ouvira de alguém quando escolhera o Rio. Não era o suficiente. Não que ele a amasse e quisesse tê-la perto ou qualquer coisa do gênero; apenas não era o tipo de pessoa que deixaria a outra na mão, ainda mais depois de terem combinado o teco antes e ela passar o dia esperando ele dar conta da rotina.

O celular anunciou uma mensagem e Annie correu para abri-la. Os amigos: não podiam naquela noite, quem sabe na próxima. A noção de próxima noite continuava um tanto nebulosa para Annie, que, sem a chegada de Jonas com o pó, não conseguia visualizar muito além dos próximos vinte minutos. A casa velha onde alugava um quarto estava vazia, e se houvesse alguém para reclamar do barulho Annie certamente não ouviria The Killers num volume tão alto quanto o de agora. Running out, running out, era uma canção velha. Ela já esperara uma hora e quarenta talvez em vão, porque Jonas quem sabe não viria mais. Our time, ela se repetia imitando muitos outros além do vocalista, e quantos outros teriam saído do conforto da sua cama para buscar alguém que, trazendo algo valioso, não vem?

Esperou mais quinze minutos até se decidir. Pegou a bolsa, tirou o dedo de dentro do congelador e ajeitou-o no bolso da saia, bateu a porta atrás de si e caminhou para o ponto do moto-táxi. Não podia ser muito difícil e talvez até descobrisse o ex-dono do dedo de brinde. O motorista que estava lá não era o recomendado por Jonas. Abordou-o mesmo assim – ainda lembrava o nome da lanchonete no alto da favela e com alguma sorte reconheceria o lugar. O motorista deixou-a no ponto exato e ela não sabia bem que ruela tomar. Muitas pessoas passavam, entre mães trazendo as crianças da escola e pedreiros voltando do trabalho, e foi pura sorte ela reconhecer passando na praça o homem que lhe perguntara, dias atrás, se amava Jonas e tinha medo de perdê-lo. O homem pareceu surpreso ao ser abordado por aquela gringa cheia de mímicas e as poucas palavras-chave que sabia em português: cocaína e Jonas. Rindo muito de algo que Annie jamais saberia ao certo o que era, o homem tomou seu braço e levou-a à casa onde ela já havia estado.

Havia muita gente. Os caras da última visita e alguns outros, mulheres que pareciam namoradas, visitantes aleatórios. Se estava lá ainda, Jonas não estava à vista. O homem que Annie encontrara a conduziu a um canto da sala e perguntou o que ela queria. Dessa vez, ela não teve forças para sorrir. O homem falou mais devagar e ela permanecia impassível, murmurando às vezes Jonas, cocaína, Jonas, cocaína, o suficiente para o homem ao menos imaginar qual era a dela. Pediu-lhe então que ficasse ali e se afastou por um momento. Mesmo sem compreender, Annie ficou. A mão direita no seu bolso roçava o dedo solto. Em poucos minutos o homem trazia outro, justamente o que, como Jonas dissera, não tinha o dedo mínimo. Surpresa, ela apertou o indicador entre os dedos dentro do bolso, e o apertou mais quando, perguntada por algo que não tinha a menor ideia do que era, prosseguiu na sequência de cocaína, Jonas, e por aí vai.

O homem sorriu longamente. Ela queria cocaína. O outro lhe disse que era a namoradinha de Jonas, e Annie nunca soube que essa foi a causa de o homem de repente franzir muito as sobrancelhas, como se cheirasse algo errado, e mandar que o outro se afastasse. Frente a frente com ela, segurou seus dois braços com delicadeza e lhe fez alguma pergunta incompreensível. Imóvel e ainda lhe encarando fundo, ela podia sentir, no lugar do dedo que faltava, o cotoco de pele lhe acariciando. Daria muita coisa para saber como ele perdera o dedo, e daria mais ainda para saber de quem era o dedo encontrado. Quase se decidia a sacá-lo do bolso, mostrá-lo ao traficante e esperar que ele tomasse suas próprias conclusões. Em vez disso, o encarava e repetia cocaína, cocaína, cocaína. Ele não tinha como não entender, e sabe-se lá por que resolveu satisfazê-la.

Com um sinal para um terceiro homem, Annie em poucos minutos tinha à sua frente três carreiras da melhor cocaína que jamais experimentaria. Era um chefe generoso aquele – só poderia querer algo em troca. No primeiro teco Annie já percebeu. Era um pó fino e muito branco, com o cheiro mais inconfundível que nunca. Tão diferente do que a que Jonas costumava lhe fornecer no dia a dia, embora um pouco mais próxima da que ela mandava nas noites de sexo ao seu lado. Sentindo o corpo se mover como que respondendo ávido, era como se ela se recompusesse para voltar a um estado já muito distante na sua vida, o estado de antes de tudo acontecer. Como se já não precisasse se recuperar, como se a sua vida ali se resolvesse magicamente, como se o passado pudesse ser removido para dar lugar a um presente ao mesmo tempo sólido e muito fugidio, um presente sobre o qual ela teria o controle que nunca tivera: assim ela sentia seus ossos se recompondo, o mundo recobrando as cores, as pessoas se movendo e os olhos muito negros do homem sem dedo encarando-a. O que você quer, ele parecia perguntar e talvez perguntasse. Annie teria tanto o que responder, mas por ora pensou apenas em Jonas, onde está? Você me entende, seus olhos diziam, eu sei que me entende, e ele parecia não decidir se a pegava naquele momento, se ela valia todo o transtorno que parecia carregar consigo.

Mas não, talvez não ponderasse nada, e Annie pela primeira vez prestou atenção ao seu redor. Num móvel de canto um celular esquecido vibrava anunciando uma mensagem, um celular exatamente como o de Jonas. Se seria suicídio ou não Annie simplesmente furar o bloqueio dos olhos do homem e ir lá checar de quem era a mensagem, isso já não lhe importava – ela podia tudo agora, afinal. Decidida, caminhou até o móvel, tomou o celular e o abriu. A tela estava arranhada como a do celular de Jonas, e havia novas mensagens. Como algumas podiam ser as que ela própria enviara algumas horas antes, abriu a primeira disponível: estava em português e por isso não dizia nada. Já não teve tempo de ver a segunda porque o homem dos olhos muito negros e do dedo faltando lhe tomou o aparelho da mão e gritou com raiva algo que certamente não seria uma autorização para ela fazer aquilo. Naquele momento Annie percebeu que nada seria tão fácil quanto desistir de uma vez. Calma como se já tivesse experiência naquilo, tirou do bolso o dedo e quase o esfregou na cara do homem com uma mímica complicada que no fundo só queria saber: "De quem?"

A reação dele só indicava que ela tinha ido longe demais. Arrancou o dedo de suas mãos e o observou longamente, um pouco triste. Olhava para o dedo numa mão, o celular na outra e a cara de Annie, e para o dedo de novo, medindo os próximos passos. Não estava furioso, mas algo melancólico, e sobretudo assustado: como aquela porra daquele dedo chegara às mãos daquela porra daquela gringa que não falava nem sabia nada de nada? Ou talvez soubesse e tentasse ameaçá-lo. Ela que tentasse.

Resmungando, o homem chamou um outro. Era mais velho, bem magro e um tanto curvado. Ao ouvir as instruções do chefe sem dedo, começou a sorrir e Annie percebeu que lhe faltavam os dois dentes da frente. Ainda sorrindo, tomou-a pela mão e ela murmurou pela primeira vez o que deveria ter tentado descobrir desde o início: "Ninguém fala inglês aqui?" Mas as pessoas ali que falavam ao menos num nível básico não eram as pessoas que ouviram Annie antes de ela ser levada até outra ruela e colocada sem resistência na carona de uma moto pelo homem velho que, poucos minutos depois, deu a partida.

– Onde está Jonas?, ela gritou novamente. Era como se ele fosse surdo. Dirigia acelerado para dentro do mato e o barulho da moto abafava as palavras, onde está Jonas? aonde você me leva? por quê?

Sem respostas, eles entravam na floresta. Pouco a pouco Annie sentia o ar mais fresco, úmido, como nas manhãs despreocupadas em que se metia pelas trilhas. As casas iam dando lugar às árvores e por fim à vegetação densa dos dois lados do asfalto. Ela sabia que muitas estradas por dentro da floresta estavam fora dos limites do parque propriamente dito e portanto permaneciam abertas mesmo depois de encerrado o horário de visitas, ainda que no fundo fosse tudo o mesmo mato. A questão é aonde o homem a levava. Poderiam sair em outra favela, do outro lado da cidade. Poderiam parar ali mesmo ou em um terceiro lugar, e só deus sabe. Annie tentava manter a calma. O homem seguia pela estrada e talvez ela nunca viesse a saber o que tinha acontecido a Jonas ou ao dono do seu ex-dedo. Coisa do passado, como todo o resto. Teria que se recuperar delas como de tudo mais, como dela mesma se aquela noite a poupasse.

– Você vai me poupar?, perguntou ainda. O homem grunhiu pois afinal era inútil.

Se ao menos se falassem. A moto avançava pela floresta e o guarda-florestal a havia advertido. Se ela falasse português ao menos. Poderia descobrir o que se passava, poderia ter uma história, causa e consequência. Se tivesse ouvido Jonas para ouvir o guarda e depois os traficantes. Se ouvisse. O motor da moto não abafava completamente os grilos, alguns pássaros noturnos – os que ela jamais ouvira. Nos campos do Kansas há tanto tempo ela saberia ouvi-los. Em Nova York não ouvia nada, mas fora há tanto tempo afinal. Poderia entender, se falasse, se ouvisse, quem sabe se desvendasse.

Um carro passou com seu motor se aproximando e se afastando. Poderia gritar por ajuda, de alguma forma, se jogar da moto e correr como pudesse em direção a quem quer que acabasse de cruzar seu caminho. Poderia se jogar da moto a qualquer momento – o que mais tinha que a prendia ali? Acabaria um pouco acidentada, é verdade, mas não seria o primeiro acidente da sua vida. O homem seguia impassível dirigindo. Annie gritou uma última vez, por quê? E sem resposta eles continuaram seguindo pela floresta, mais e mais, já os postes ficavam esparsos e o escuro das árvores, antes tão acolhedor, agora era só o escuro em que ninguém mais veria, falaria ou investigaria nada. As curvas se seguiam umas às outras e o caminho desaparecia às suas costas em poucos segundos, as curvas uma e outra à frente até dobrarem uma que de repente deu num pequeno largo. No largo havia um carro estacionado com as luzes e os faróis desligados e umas pessoas dentro que com certeza não faziam nada além de sexo.

Não podendo resistir, o homem freou, desligou o motor e espiou. Annie também espiou e nunca mais se esqueceu dos dois pares de olhos subitamente fixados no vidro, observando-os de volta, planejando a defesa. Os peitos da mulher de dentro do carro, muito grandes e caídos para sua pouca idade, balançavam de leve enquanto o homem ainda de camisa abriu furioso a porta com um chute e, segurando uma barra de ferro, foi ao encontro dos dois. O homem velho e desdentado estava perdido: tinha de lutar. A mulher dos peitos abria a janela traseira para gritar por socorro com lágrimas nos olhos, petrificada, e fazia acenos para o homem que a fodera deixar tudo para lá, entrar no carro e fugir. Porque aquele desconhecido de moto podia e estava armado. Velho, é verdade, mas a pinta de bandido não enganava ninguém. O homem que fodera a mulher avançava ainda assim, e antes de ver o homem velho sacar sua arma, Annie percebeu que não teria mais uma oportunidade como aquela de fugir. E fugiu correndo mato adentro antes de ouvir o primeiro tiro.

A mata se adensava e se abria para se fechar de novo. Annie tropeçava numa raiz, se erguia e continuava a marcha. Continuava, continue, repetia-se, e avançava pouco a pouco. No início mais rápido para se certificar de que não seria achada, depois menos por já caminhar há tanto tempo sem sinal do homem atrás dela, quase uma hora, quem sabe, seguindo sem rumo por onde lhe parecesse mais fácil caminhar, tropeçando outra vez, arranhando-se aqui e ali, mas quem se importa porque no fundo era o que continuaria a salvá-la. Era claro, disse para si mesma, era o mato fechado que a acolhia uma vez mais, que a esconderia e a deixaria ficar lá, quieta e arranhada, por quanto tempo desejasse. As copas das árvores se fechavam e a fechavam de todo som ao redor, da moto e dos passos do homem, sim, as árvores quase a fechavam dos dois tiros que ouvira quando, ainda próxima ao largo, tropeçara numa pedra e caíra barranco abaixo, rolando até o tronco de uma árvore deter o peso de seu corpo e ela desconfiar de que tinha ao menos quebrado um braço. Mas não, mexia-o ainda, como as pernas e todos os seus ossos. Só a sua testa e os ombros sangravam, e o resto doía. Levantou-se com cuidado e percebeu estar em uma área na qual o homem só chegaria rapidamente se fosse louco de se jogar. E se ela sabia um pouco que fosse sobre homens, sabia que aquele não era o tipo que se jogaria no mato impenetrável. Mesmo assim caminhou rápido e mais rápido, sem a coragem de acender a lanterna do celular para não chamar atenção.

Só foi ligá-la muito depois, já andando há um bom tempo e se perguntando quanto ficaria ali, se por algumas horas mais ou por dias ou pelo resto da vida, pois a floresta tinha o tamanho de uma floresta mesmo estando no meio da cidade, e ela tinha o tamanho de uma pessoa mesmo desejando naquele momento não ser mais que uma formiga ou um quati cavando sua toca. Estava se recuperando. O celular estava sem sinal e quase sem bateria, mas sua luz ajudou um pouco, sobretudo para marcar as horas: três e quinze aproximadamente. Não demoraria muito a amanhecer e, se o homem não aparecesse de repente, ela teria uma ideia melhor de onde estava e do que fazer.

Parou por um momento, sentou-se numa pedra, respirou. Se ao menos soubesse de Jonas. Se ao menos tivesse mais pó. Precisava se recompor. Um buraco nas copas das árvores deixava entrever o céu com algumas estrelas. Um pouco de pó, um tequinho. Era duro se lembrar daquilo. Chegaria em casa e Jonas não estaria na casa ao lado, esperando-a com as carreiras prontas. Jonas tinha de aparecer, e o pensamento de que talvez tivesse morrido ou ao menos perdido um dedo a fez levantar outra vez e continuar a caminhada.

Já começava a amanhecer e seu celular morrera há tempos. Talvez exagerasse. Jonas poderia já ter lhe escrito, poderia estar em casa esperando por ela. Mas talvez ela demorasse dias para ir encontrá-lo, ainda que começasse a avistar uma clareira não muito longe, um espaço aberto sem vegetação. Apertou o passo, já estava bem próxima. Quase não acreditava. Se chegasse a qualquer lugar do parque, era praticamente certo que saberia chegar em casa. Conhecia a área suficientemente bem, cada mirante, cada largo, cada recanto. Poderia estar longe da entrada, é verdade, mas não importava. Caminhou mais e mais, quase correu, e viu finalmente o largo com a mureta de pedra em seus desenhos de balões dando para a cidade. Com certeza era o mirante Excelsior, um dos que mais visitara naquelas últimas semanas. Era já o seu território e eram cerca de quarenta e cinco minutos caminhando até a sua casa.

Fazia muito tempo que Annie não tinha vontade de chorar. Naquela hora teve um pouco, mas se controlou. Foi até a mureta e vislumbrou a cidade do alto; uma bruma leve cobria os picos da Tijuca e da Tijuca Mirim. Abaixo, o início da manhã se misturava às luzes da noite, pontilhando a baía e a ponte para Niterói. As favelas quase não se iluminavam e o Maracanã era reconhecível. As ruas se enchiam pouco a pouco dos carros que não passariam naquelas estradas remotas do alto da floresta, e a cidade revivia alheia àquela gringa coberta de terra e sangue, o braço torcido e a pele lanhada, a gringa arrogante que queria agora falar português, entender o que se passara e, por deus, cheirar um pouco.

No futuro ela haveria de entender. Por agora, deixou a cidade seguir sua rotina depois de admirá-la e percebê-la como a cidade que jamais seria a sua, na beleza e nas pequenas monstruosidades, mas não, Annie estava esgotada e precisava dormir. Virando as costas ao mirante, tomou lentamente o caminho de casa. Ignorou os chamados do guarda no portão de entrada para aquela mulher de maquiagem borrada e minissaia que parecia ter sido estuprada pelas raízes das árvores e, caminhando reto até a sua casa, subiu os degraus da varanda, abriu a porta, arrastou-se ao seu quarto, atirou-se na cama e fechou os olhos.

Não pôde dormir entretanto. Já com o celular ligado e carregando, não havia nenhuma mensagem de Jonas, nenhuma mensagem de todo. Pensou em ir à sua casa tocar a campainha, mas ele morava com os pais, e ela não teria a energia para tomar um banho, cuidar das feridas e se fazer minimamente apresentável para um possível encontro com a mãe.

Em vez disso, telefonou. Uma chamada, duas, nada. Na terceira alguém atendeu e desligou em seguida. Isso era suspeito, mas Annie não tinha forças para tentar descobrir. Enviou-lhe apenas uma mensagem, "you alright? at home already? please tell me everything is ok", e fechou os olhos. Deve ter cochilado, pois foi num pequeno susto que despertou com a mensagem recém--chegada: "is good. i arrive my house. i love you."

Annie não quis investigar. Se quisesse, se perguntaria por que Jonas enviou uma mensagem em vez de atender ao telefone. Se perguntaria como o seu inglês seminativo se transformara naquele show de horrores gramatical. E quem disse que ele falaria com ela de algo tão distante dos dois como o amor? Mas Annie não queria, não podia investigar. Esgotara-se. Satisfeita com o rascunho de resposta, ignorou os arranhões que ardiam e o braço dolorido. Já não podia mais, não podia senão ignorá-los, como ignorava agora tudo sobre Jonas, como ignorava o destino do homem velho e do dedo retido pelo homem sem dedo, o casal que trepava no carro e as próximas cheiradas, ignorou tudo porque seu corpo não a deixava mais e, tranquila como os campos do Kansas depois da neve, fechou os olhos e dormiu.

→5

→5A
→6
→6A

O ENIGMA DA VITROLA

ARNALDO BLOCH

JACAREPAGUÁ

1.

O que veio antes, jacaré ou jacarepaguá?

No bar onde festejava meus 50 anos, eu lançava, após extenso planejamento, o mistério que mobilizara meus esforços desde a infância, e cuja solução, enfim, eu encontrara. Faltava pôr a solução à prova.

A primeira comensal a entrar na discussão foi uma bióloga voraz, experimentada tratadora de tartarugas.

– O animal estava aí antes do homem.

– E daí? – objetei.

– Daí que, antes do homem, não havia bairro.

– E quem falou em bairro?

– Se não é bairro, o que é?

– É a palavra.

A essa altura interveio um expert do senso comum.

– Primeiro, jacaré. Depois, jacarepaguá.

– Como é que você sabe?

– Todo mundo sabe.

– Todo mundo quem?

– Todo mundo.

Na mesa ao lado a linguista alemã ouvia tudo.

– Desculpe *intrrometer*, mas *jacarrré* veio antes. *Jacarrepaguá erra* como índios tupis chamavam lagoa de *jacarrés*. *Jacarré é jacarré*. *Paguá* é lagoa. Logo...

Uma balbúrdia se formou na mesa: os amigos comemoravam meu fracasso.

Acontece que a alemã estava errada. Jacarepaguá veio antes de jacaré. E, mais que isso, *pode* ter vindo antes, como convém ao método dedutivo.

Esvaziei o copo de cerveja com uma rodela de limão e encarei a tedesca, que tinha ancas do tamanho do bar.

– *Frau*, sua explicação é ilógica. Não há evidência de que os tupis tenham designado a lagoa antes de nomear o jacaré.

A alemã, que era cor-de-rosa, ficou vermelha.

– *Senhorr*, mesmo que lagoa tenha sido designada *paguá* antes de *jacarré* ter sido designado *jacarré, jacarré* só entrou na lagoa depois de *existirrem* as duas palavrras *se-pa-rra-da-men-te*. Logo, já existia *jacarré-palavrra* quando índio viu *jacarré-bicho entrrar* em *paguá-lagoa*. Só depois, *paguá-palavrra* se uniu a *jacarré-palavrra*, em nova *palavrra*.

O silêncio abduziu a audiência, em suspense criminológico.

– Eu poderia dizer, *frau*, num sentido filosófico, que o fenômeno pode ter havido antes das palavras, logo, a palavra já estava ali, à espera do fato. O caráter do tempo é polêmico.

– Isto *absurrdo irrrracional*, pois...

– E eu poderia levantar mais uma longa, infinita série de hipóteses, *frau*. Acontece que a questão não é essa.

A alemã, que ficara roxa, esbugalhou ou olhos.

– E qual é a questão, *senhorr*?

Enchi o copo. O limão sumiu na espuma.

– A questão é que há uma história que não é a história dos casos biológicos, cronológicos, topográficos ou etimológicos.

Os olhos da alemã saltaram das órbitas.

– E que *histórria* é essa, *senhorrrr*?

– A minha história.

2.

Bbbbbbbrrrrrrrrrrrrrm!
Mas que nervoso estou
Bbbbbbbrrrrrrrrrrrrrm!
Sou neurastênico

Bbbbbbbrrrrrrrrrrrrrm!
Preciso me tratar,
Senão
Eu vou pra Jacarepaguá

As estrofes, embaladas por um ritmo dançante, vinham de uma vitrola que eu jamais via, só ouvia. Outras estrofes vinham de lá, de outros discos que minha mãe comprava numa loja em Laranjeiras, inclusive outras estrofes desta mesma canção, mas, deitado na cama de meus 5 anos, eu me fixava no *estrebufo* do cantor. Fixava-me também na palavra *neurastênico*, acentuada na última sílaba ("neu-ras-te-ni-cô") para rimar com "estou".

E fixava-me, à obsessão, naquele lugar: *jacarepaguá*.

Não sabia que era um bairro. Até hoje não sei. Nem sabia o que era um *jacaré*. E embora meus pais já tivessem me levado à lagoa, a existência de *paguá* estava fora das minhas cogitações.

Mas intuía que o lugar, aquele lugar, e *jacarepaguá*, se para lá eu fosse, coisa boa não devia ser, o que imediatamente criou em mim o desejo de lá estar.

E essa passou a ser a pedra fundadora de qualquer preocupação, projeto ou ação futuros.

3.

Era o tempo de aprender palavras, de perguntar *que-é-isso, que-é--aquilo, que-é-que-é.* Ao largo da vitrola (que eu nunca via) perguntei à mãe o que era *neu-ras-te-ni-cô* e ela respondeu que era um homem nervoso, e perguntei o que era *nervoso*, e ela respondeu com um *estrebufo* parecido com o que fazia a voz do homem na vitrola.

– Biruta – ela disse, enfim.

A explicação era convincente. *Biruta*, de cujo significado eu não desconfiava, esclarecia tudo, soava como algo que eu já havia entendido sobre a canção e que combinava com as coisas todas.

Faltava perguntar o que era *jacarepaguá*. Mas a isso eu jamais me atreveria. *Jacarepaguá* deveria ser conquistado sem ajuda, sem explicações que não fossem naturais: quaisquer fato, palavra, mapa ou prova deveriam jorrar dos dias, como a própria palavra jorrava da vitrola que eu nunca via.

Contudo, para avançar era necessário que viesse o jacaré. Ele veio. Iniciava-se na escola o processo de alfabetização, conduzido por uma professora que, não por acaso, era minha tia.

No alfabetário da tia, desenhado por ela própria, o *a* era a *abelhinha*, coisa conveniente, pois é fácil fazer caber o desenho de uma abelhinha dentro de um *a* ou até desenhar o próprio *a* como se fosse a *abelhinha* em si.

Assim por diante, o *d* era um estranho dado, o *e* era um elefante (não me perguntem como), o *f* era um fio emaranhado e o *j*, um *jacaré.*

– Que é jacaré? – indaguei, e todos riram, como se soubessem o que um jacaré é. A tia pediu a um aluno estrábico tido por gênio responder. Acontece que, além de estrábico, o gênio tinha um defeito na fala.

– *Jacalé* é um bicho com a boca *glaaaaaande* e dentes *compliiiidos* que fica na lagoa pegando sol.

Foi a vez de o gênio virar motivo de riso. A tia ficou puta e deu por encerrada a aula antes de chegar à metade do alfabeto, o que, mais tarde, valeu-lhe uma advertência da diretora da escola.

Fui para casa olhando, pela janela do ônibus escolar, passarem as árvores frondosas de Laranjeiras, que soltavam um bafo quente de fim de tarde ao som de cigarras e me enchiam de uma tristeza brutal e uma vontade de morrer, principalmente quando vinha das calçadas um buquê de merda que disputava com as flores cada canteiro da cidade.

Em casa, corri para a cama na esperança de dormir antes do jantar, mas era impossível. Minha mãe pusera na vitrola uma canção na qual as palavras eram sílabas histéricas marcadas por uma fanfarra.

Mahna mahna
(ba dee bedebe)
Mahna mahna
(ba debe dee)
Mahna mahna
(ba dee bedebe badebe badebe dee dee de-de de-de-de)
Mah mama na mahna mah namwomp mwomp
Ma mo mo mana mo

Adormeci e sonhei com a tia vertida numa abelha-titã que emergia da árvore e explodia num gás alfabético, deixando no ar um fedor de letras. Quando a fumaça se evanescia, *jacarepaguá* materializava-se num grande pântano cinzento onde monstros *dentudos* comiam-se uns aos outros, formando um bolo viscoso que se espraiava por todos os dutos e preenchia todos os espaços e metia-se pelos narizes, bocas e ouvidos até cravar-se nos cus do mundo.

Acordei e corri para a cama de meus pais aos prantos. Papai escutava rádio e mamãe... onde estava mamãe? Gritei por ela, mas ela não apareceu. Só quando acordei pela segunda vez estava a mãe ao pé da cama com um prato de cabelinho de anjo, queijo ralado e miolo de rato.

4.

Demorou, talvez meses, para me recuperar daquele improviso fonético que, segundo informou a mãe, era um twist italiano. Cheguei mesmo a esquecer a canção do *neurastenicô*.

Passei a ter dores agônicas na cabeça e nos olhos. Chorava e gritava. Mamãe me arrastou à macumba, lembro-me da sala escura que levava a um quarto depois de passarmos por uma cortina de miçangas.

Um preto velho me balançou e me ofereceu duas bifadas na orelha que estão zunindo até hoje. Depois, em casa, a mãe agitou uma galinha sobre minha nuca.

Mas o azar, e as dores, triunfaram, o que levou a mãe a lançar mão de um recurso extremo: procurar um oculista. O homem ficou pasmo e, em vez de sugerir que me levassem a um psiquiatra, receitou óculos inócuos, pensando tratar-se de uma crise imaginária.

O azar só baixou quando a mãe pôs na vitrola dois sambas. Um samba-rock e um samba-samba. O samba-rock era luminoso e sobranceiro.

Moro num país tropical
abençoado por Deus
e bonito por natureza
mas que beleza
em fevereiro (em fevereiro)
tem carnaval (tem carnaval)

tenho um Fusca e um violão
sou Flamengo e tenho uma nega chamada Teresa

O samba-samba, por sua vez, temperava a sobranceria com um sol de domingo suburbano e moderado.

O Rio de Janeiro continua lindo
o Rio de Janeiro continua sendo
o Rio de Janeiro, fevereiro e março
alô alô Realengo
aquele abraço!
alô torcida do Flamengo
aquele abraço!

Ambos os sambas tinham, em comum, palavras agradáveis como *fevereiro* e *carnaval*, mas havia uma palavra incômoda: *flamengo*, que eu conhecera quando meu pai arrastou-me pela mão para uma grande arena e levei um saco de urina na minha camisa preto e branca de listras verticais. Na saída, papai tropeçou num buraco e ficou meio corpo afundado no lodo. Um senhor o socorreu.

Quando voltamos para casa papai ligou o rádio Transglobe que pegava estações do mundo inteiro e ouvimos a Turma da Maré Mansa. No dia seguinte, trouxe picolé de milho do Parque Guinle e assistimos ao Chacrinha.

A dor de cabeça estiou, os óculos sumiram e a galinha azeda sobre minha cabeça. Como consequência, passei a gostar do frango ensopado que a empregada, uma nega que era Flamengo, fazia aos sábados, e que, antes, eu achava nauseante.

Nessa época o destino descortinou os primeiros fios de uma felicidade se não possível, visível. No meio da cidade crescia uma arquitetura torta e eu estranhava, sempre, aquela linha de ônibus com a plaqueta dizendo *Jacaré*.

Fiquei aliviado ao descobrir que Jacaré era outro lugar que não *aquele*, e que havia até um bairro vizinho, o Jacarezinho. Num livro de idiomas indígenas, soube que, em alguma acepção, *jacaré* vem de *yacaré*, "o que é torto, sinuoso", como o bairro de Jacaré, onde aportava o ônibus que não ia para *lá*.

O enjoo da vida, contudo, não dava trégua, e a figura de meu pai sugado por uma tumba lodosa compôs os piores movimentos do meu terror noturno até vinte anos depois, quando, por um acidente, aquela arena se iluminou e apertei a camisa listrada na altura do coração.

Jacarepaguá, assim, permanecia suspenso sobre o território da dúvida, constituído de vestígios, canções e símbolos.

No dia em que eu partisse, *jacarepaguá* estaria pronto. E eu, pronto para *jacarepaguá*.

5.

Na espera, cresciam os ossos, as juntas, o crânio e o nariz. O pau, nem tanto. Quando frouxo, parecia um cogumelo rente à relva loura. Se eu esticava a fimose, ganhava uns braços. A babá olhava de lado. A irmãzinha achava parecido com a estátua que víamos da janela e queria bis.

– Faz o Cristo.

– Não faço.

– Ah, faz.

Eu punha o corpúsculo para fora e esticava a pele, e a irmãzinha rolava de rir. Uma vez, quando a pequena não estava, a babá, ao pé da cama, chegou-se e, num repente, esfregou o nariz e fungou-se toda no cogumelo. Senti um rigor sério e agudo, diferente do habitual fenômeno que me acometia vez por outra.

Daquele jeito, o pau tinha até certa majestade, lembrava um monge ou um astronauta, e coçava como o diabo. Com os préstimos de um sabonete bege que cheirava a água sanitária, soltei, um dia, meu primeiro leite, ralo, que tinha o mesmo cheiro do sabonete, pois a derme, com certeza, absorveu os ácidos listados na embalagem. Estava na hora de ir a Copacabana, segundo instruções de um tio, que também arrumou o endereço de onde me aguardava uma mulata que ia lavar a boca toda hora numa pia situada no vértice de um quarto cheirando a chihuahua.

Eu ansiava pela grande viagem e, no tempo da faculdade cruzava com os loucos da colônia do Pinel, e os cumprimentava com intimidade. Eles me saudavam como velhos conhecidos. Aprendi também que num bairro da Zona Oeste, de cujo nome não me recordo, funcionava um sanatório famoso que até inspirou uma canção canhestra na virada para os anos 1970.

Na faculdade tinha gente de todo canto, Copacabana, Méier, Sulacap, Quito, Leblon. Havia um laguinho onde se fumava maconha e um Centro Acadêmico onde se fumava maconha e um campinho de futebol onde se fumava maconha e um sombrio estacionamento onde se fumava maconha.

Foi numa noite chuvosa que avistei, no tal estacionamento, o carro *dela*, a chave caíra no chão, a moça tateava o cimento, a fenda do saiote de tergal estava entreaberta, as coxas marcadas pelo encostado de uma mureta irregular, acho até que havia folhas de limo untado cobrindo a pele.

Tinha cabelo pintado de creme-Kibon, e um par de sapatos altos verdes sem meia, apertados, loucos para sair. Era proprietária de um Fusca branco encardido apelidado *bagana*. Quis acompanhá-la, mas morava longe. Quando me disse onde ficava sua casa, o sangue me inchou as ventas.

– Onde? Jura?

– Juro.

– Você me leva lá?

– Levo um dia. Mas ainda é cedo.

– Vamos dar uma volta?

No alto da Vista Chinesa testei a sola de seus pés para saber de que espécie ela era, e a sola era sanguínea e estava coberta de talco. Tossi e gozei na sola e fiz do talco uma pasta santa com a qual untei a boca e acho que a pasta nunca saiu.

No sábado seguinte fomos à Reserva, praiana, vazia, levando uma garrafa de batida de coco do bar Oswaldo. Da areia voltamos ao couro liso de *bagana* e ela dispôs a bunda entre as laterais centrais frontais dos bancos do carro e pediu que, do banco de trás, eu encaixasse naquele espaço minhas ancas e metesse-lhe a chave na rósea auréola sob a luzinha débil do salão central.

Depois seguimos, ela ao volante, pela estrada dos Bandeirantes. Grogue de erva pingada, via passar uma cidade desconhecida: uma rua de terra que, no escuro, parecia aldeia de índio, semipovoada; uma serrinha sinuosa; e uma longa avenida deserta. Quando dei por mim, estávamos *lá*.

6.

Bbbbbbbbrrrrrrrrrrrrrm!
Tão amoroso sou
Bbbbbbbbrrrrrrrrrrrrrm!
Quem já provou gostou
Bbbbbbbbrrrrrrrrrrrrrm!
Preciso me cuidar
Senão
Eu vou pra Jacarepaguá

Provei de todos os seus frutos, inclusive da capacidade de olhar o céu com um instrumento de aproximação, da arte de trepar no telhado, de foder na mata, de fornicar na terra percorrida pelos dez cães que havia ali, soltos.

De vez em quando uns se matavam e ouvíamos lá dentro, na ampla casa semiabandonada num terreno baldio, os ganidos lúgubres. Mas no dia seguinte parece que havia uma cachorrada extra, uma prole adulta que a morte somava em vez de subtrair.

Ela disse que tinha mãe e que não tinha pai, mas nunca vi a sua mãe, embora houvesse um quarto cuja porta nunca se abria. Nos entornos daquele lugar, estradas com nomes estranhos multiplicavam-se como parasitas, *pau-ferro, arroio, tindiba, guerenguê, cafundá, boiuna, curumaú, catonho* e *marechal miguel salazar mendes de moraes.*

Outra, diziam que dava no Grajaú, mas como é que se vai de um lugar assim, improvável, a um bairro constituído, famoso e arbóreo?

No alto desse morro havia uma cabana *da serra* que devia funcionar como estabelecimento, mas nunca vi nada por ali, um prato que fosse, um comensal, embora talvez houvesse um movimento indistinto de corpos, ao qual a moça se referia e que, em lampejos, eu pressentia.

Um dia, a moça teve um sonho.

Que nas encostas da serra, em vez de o Rio inteiro se dispor, havia só um pântano enevoado, e que numa noite especialmente fechada ela procurava por mim, descia ao pântano e, após remexê-lo, arrancava, como uma raiz, minha mão, ainda fresca, ejetada, escorrida, de algum ponto acidental.

Achei que o sonho era um chamado, que eu deveria me pronunciar e fazer um gesto, ou um pacto. Atendi, na hora, ao chamado.

– Amanhã eu subo até lá. O lugar do sonho.

– Por mim? – sussurrou, esfregando a sola entre o ilíaco e o sacro.

– Amanhã – prometi.

Não tenho ideia de como cheguei. Sei que, no alto, tive vontade de soltar o volante do Passat 1.8 e deixar os fragmentos do choque com a rocha espalharem-se pela névoa, e que minha mão fosse a única forma inteira, intacta, a repousar no pântano e depois ocultar-se sob uma última bolha de ar.

As coisas, contudo, não ocorreram assim. Verdade que derrapei, rodopiei, saí da pista, deixei-me cegar pela neblina, até que, sem mais esperança, terminei ao pé da pedreira, em seus braços, e a cachorrada uivou para o céu sem lua e na vitrola tocava Pink Floyd e no escuro do quarto que tinha no teto uma abóboda fosforecente de papel nos amamos.

7.

Eu estava em *jacarepaguá*. O céu, a pedreira, as estradas, a cabana, a névoa, o pântano: cidade-palavra. Numa noite creio que me vi de fato entre um grupo de humanos, no balcão do bar de um restaurante escandinavo. Tomamos uma bebida forte feita de ervas nórdicas.

Um senhor magro em forma de guarda-chuva, alto até o teto, curvou-se para dar aviso de urgência.

– O avião. Cuidado com avião – ele disse, mostrando-nos o dedo infinitamente longo. Despediu-se com mesuras e saiu do bar.

Nessa noite fizemos um amor longo e sem prevenção, como sempre fazíamos nos cinco dias antes ou depois das regras.

Num domingo nublado, ela disse que ia, e voltava no dia seguinte.

– Vou de ônibus – enfatizou, sem que eu nada tivesse perguntado e sem que ela dissesse aonde ia.

Quando voltou, eu a esperava no mesmo lugar, entupido da fumaça de quatro maços de Continental sem filtro. Avançamos pelo interior da pedreira e nos esfregamos nas paredes de uma caverna ouvindo gotas de chuva represada.

A barriga *dela* começou a ganhar vulto três meses depois.

Ela amava os cães. Os seres animados.

Eu não queria nada que me trouxesse de volta à vida da cidade, que me remetesse a um pertencimento qualquer, nada, uma criança, um santo, um enviado, que me tirasse daqui, eu não queria.

– Eu tiro – ela disse, impassível, mas havia uma sombra.

Voltei a Copacabana e lá me fixei. Não fui mais à Praia Vermelha. Por um tempo, *jacarepaguá* virou palavra proscrita. Pelo telefone soube que *ela* já sonhava com o feto feito anjo, o ectoplasma a perseguia, punha a mão inteira no seu umbigo e arranhava suas tetas.

Um dia, durante o sono, voltou-me a figura arqueada do homem em forma de guarda-chuva. Acordei e liguei para ela.

– O avião.

– Que avião?

– Você não foi de ônibus.

– Fui.

– Não foi.

– Fui.

– Foi de avião.

– Não fui.

– Foi.

Aviões são pipetas de úteros, centrífugas de ovários, raladores de paredes placentárias.

Ela foi. E levou a cidade.

8.

Eu sei que elas me querem,
mas é para casar
E eu digo que me esperem
porque depois da festa ta-rá-ta-tá!
Bbbbbbbrrrrrrrrrrrrrm!

Um dia, seis, sete ou oito anos depois, tomei todas as drogas possíveis e passíveis, empunhei o Maverick de meu pai e subi a serra, e desci e me pus diante da casa, que ainda estava *lá*, intacta. Avistei *bagana* sob uma laje, mas era, já, um carro em decomposição, pronto para o ferro-velho.

A região em torno se favelizava e a casa já fazia parte do complexo. Parecia que ninguém mais estava ali, salvo um cão, o patriarca, que outrora quase falava, gritava meu nome. Ele me reconheceu, tentou gritar e falar mas só conseguiu emitir um apito frágil, esganiçado.

Da casa saiu, se arrastando, uma mulher gorda.

Uma das mãos puxava um menino que se parecia muito comigo no tempo em que ouvia os discos da vitrola que não via.

A outra mão trazia, amparada na cintura, uma caixa. A mulher gorda tinha dentes desgrenhados e estava cheia de bexigas no pescoço.

O menino olhou para mim, arregalou-se e tapou a boca, como se fosse vomitar.

Senti eu também a garganta revolver-se e apertei os intestinos.

A mulher encarou o fundo da minha vista até atingir a goela e nos seus olhos reconheci um brilho.

Uma voz de ventanias rodopiou pela cordilheira de seus dentes.

– *Você demorou a voltar* – disse a voz.

Tudo girou.

O menino correu para dentro da casa. Pensei ter ouvido o rosnar rouco do cão e um som rasgado, de entranhas dilaceradas, em eco.

No momento seguinte, ela não estava mais lá. Na minha mão, a caixa que há pouco ela trouxera.

Não havia casa, pedreira, serra ou vale. Só névoa. O chão era de lodo, como o lodo onde o corpo de meu pai quase se perdeu.

Abri a caixa. Lá dentro, a mão ainda estava fresca e exalava enxofre.

9.

Pensei que todos os meus amigos, ou o que quer que fossem, entrariam em considerações lógicas e racionalizações, conduzidos pela *trama*, esquecidos de averiguar veracidades. Que iriam perguntar se a gorda era mesmo *ela*, se aquele era meu filho ou se o filho era eu mesmo no avesso de um sonho. Se a mão era minha (e se era a direita ou a esquerda), e se, ao recebê-la na caixa, eu estava com as minhas intactas ou se estava sem uma das mãos. Se houvesse um psicanalista no bar, talvez quisesse saber se a gorda era minha mãe em estado representado. Ou se aquele (eu) era filho de outro (eu), um policial morto pelo tráfico (eu) encontrado com uma das mãos decepadas ao pé da serra, sendo que minha mão *dele* foi parar nas mãos *dela*, que eu recebera a mão dupla como troféu, que eu era o agente daqueles acontecimentos, assassino do feto definitivo, filho de *jacarepaguá*, e que aquele seria, portanto, o filho que não tive, devida ou indevidamente tido, encarnação de anjo. Talvez alguém versado nas linhas e na história da cidade argumentasse que, no fim das contas, *jacarepaguá* não é mesmo um bairro, uma vez que, com o crescimento da Zona Oeste, transformou-se num conjunto de bairros, uma região, uma cidade.

Mas não.

Em vez disso, um silêncio solene e comovido preencheu o bar. Não era mais um silêncio de suspense criminológico, mas um silêncio de empatia, compaixão e até submissão. O garçom, que vinha trazer o bolo de aniversário, recuou, levou-o de volta à cozinha e creio que nunca mais voltou.

A linguista alemã, por sua vez, estava de cabeça baixa numa tal compunção que se poderia dizer que todo o peso do mundo se sustentava nas suas costas, o que seria, no fundo, o sonho, ou a realidade, de todo alemão, de todo francês, de todo europeu, todos eles nas nossas costas e a gente nas costas do vizinho e o vizinho nas costas do cão.

Deixei o dinheiro na mesa (só a minha parte) e me levantei, seguindo para as ruas vazias do bairro.

Quando já estava a ponto de atingir o sopé, havia, atrás de mim, uma espécie de procissão. Creio mesmo ter visto uma vela.

Continuo a marchar, na linha de frente. Às vezes arrisco olhar para os lados, mas me cansei de averiguar se ainda há um séquito.

Frequentemente, acho que, nessas horas, estou andando em curvas, ou girando como um disco em torno de uma árvore, percorrendo uma curva, um eixo, num pátio iluminado com cheiro de jambo passado, na hora do banho de sol, e depois tudo se apaga por um tempo, sinto uma picada no pulso e caio num sono bom e turvo como a morte num quarto estéril.

Quando acordo, a história recomeça e aguardo, atento, o próximo intervalo.

RIONOIR

PURGATÓRIO DA BELEZA E DO CAOS

RIO NOIR

→9A
→10

O ENFOR-CADO

ADRIANA LISBOA

LARGO DO MACHADO

Hoje em dia já quase não venho mais ao Largo do Machado. Esses aparelhos de ginástica com que dou de cara ao sair do metrô, por exemplo, não conhecia, e acho que foram colocados aqui na praça já faz alguns anos. Lembro-me de ter lido qualquer coisa a respeito no jornal. Hoje, com a chuva fina e gelada que cai, ao que parece ninguém se animou a vir se exercitar. As mesas de cimento onde sempre via os velhos jogando damas e cartas também estão desocupadas. Os pombos procuram abrigo onde podem. A igreja espia, lá do fundo, altiva e triste.

O trânsito circunda a praça, um lento escorrer de ônibus e carros, mas a praça em si parece estranhamente desabitada para além da trilha irregular de gente indo para a estação de metrô ou saindo dela, os guarda-chuvas desviando uns dos outros.

Dou pela falta das ciganas. Na época em que morei aqui, costumavam ficar na praça se oferecendo para ler a sua mão ou adivinhar seu futuro nas cartas. Na época, elas me irritavam. Hoje acho que teriam até me dado certo reconforto, como uma prova de que o meu passado não se esfarrapou de todo.

É muito raro eu passar por aqui. Atualmente moramos no Recreio e nossa vida é toda por lá, meu trabalho e o da minha mulher, a escola das crianças. Antes disso teve a longa temporada em Belo Horizonte. Mas nos anos 1980 morei num apartamento de quarto e sala aqui perto, na rua Bento Lisboa. Não foram tempos muito fáceis, a vida era dura. Fiz bem em aceitar o emprego em Belo Horizonte.

Penso em ir até a portaria do meu antigo prédio ver o que mudou nas décadas que se passaram – nesta cidade, algumas coisas começaram a mudar com rapidez desleal, às vezes não acompanho. Mas a chuva me faz desistir. Enfio o pé, desatento, numa poça d'água, minha meia fica encharcada. Merda.

Lembrar-me das ciganas me remete à minha namorada daqueles tempos, Simone, que se interessava por tarô. Sempre achei esse tipo de coisa uma grande bobagem, mas mesmo assim havia um conforto doméstico em vê-la tirar o baralho da caixinha já gasta, remexer nas cartas, colocar algumas em cima da mesa, virá-las para lá, para cá, mudá-las de lugar. Havia umas imagens curiosas. De vez em quando, ela erguia os olhos das cartas e me fitava meio de banda. Mas o que quer que as cartas lhe informassem a meu respeito era sem a minha chancela.

Simone dizia que tinha antepassados ciganos. Não sei se tinha mesmo. Ela era meio maluca, verdade seja dita. Vê se pede pras suas primas pararem de encher o saco de quem passa ali no Largo do Machado, eu disse uma vez à minha suposta cigana. Não são minhas primas, ela me respondeu.

Nossa história foi uma história triste. Não nos separamos em bons termos. Tenho minha parcela de responsabilidade, mas a Simone era dramática demais. Tudo era sério, tudo era sim ou não, branco ou preto, ela não conhecia meio-termo. Fiquei sabendo por alto, anos depois, da sua morte num acidente de carro. Parece que aconteceu não muito tempo depois que nos separamos. Ela era ainda tão jovem. Não costumo revisitar esse assunto, não me faz bem, mas voltar ao Largo do Machado (frequentávamos a adega portuguesa, íamos sempre comprar esfirras e tabule no árabe da galeria Condor, ela gostava de comprar saias indianas na butique Meu Cantinho) retorce alguma coisa no meu coração.

A chuva aperta. A meia encharcada dentro do sapato me incomoda. Espero até chegar à portaria do prédio aonde fui levar os documentos. Podia ter resolvido isso dos documentos de outro jeito, mas espero que a promoção saia até o fim do ano e até lá tenho que bajular o chefe. Sento num banco ali na portaria, tiro o sapato e a meia, torço a meia, calço de volta. Meu pé continua molhado, mas agora pelo menos já não afunda numa poça d'água a cada passo. O porteiro do prédio me observa.

Demoro mais do que pretendia com o cliente. Sei que agora, no fim da tarde, e ainda por cima com a chuva, o metrô vai estar um inferno. Resolvo fazer hora por ali, talvez comer alguma coisa, tomar um chope. A ideia de chegar em casa mais tarde não é ruim. Nem sei dizer quando foi que me tornei tão cativo da rotina, mas juro que foi involuntário. Penso na estranheza disso. De a gente se solidificar na apatia dessa linha de produção. E ainda ter que bajular o chefe.

Telefono à minha mulher e aviso que vou para casa um pouco mais tarde, que resolvi esperar passar a hora do rush porque ainda estou no Largo do Machado e com a chuva, ela sabe como é. Eles não precisam me esperar para jantar.

Considero ver se está passando alguma coisa que preste no cinema São Luiz (quando eu morava ali tinha também o cinema na galeria Condor, que depois virou igreja evangélica e hoje não faço ideia do que seja). Vou caminhando sob a marquise dos edifícios, passo por um menino distribuindo papeizinhos. *Compro ouro* ou coisa que o valha, imagino, mas quando pego um dos papeizinhos a coincidência me surpreende: *Consultas de tarô. Orientação no amor, estudo espiritual, respostas para suas dúvidas imediatas.*

Chego a sorrir. Vai ver as ciganas que antes andavam pela praça também melhoraram de vida e têm agora consultório privado. Leio o endereço, fica no velho prédio da galeria Condor, Largo do Machado, número 29.

Paro ali na entrada, diante da galeria. Que diabo, não estou fazendo nada, mentira por mentira dá na mesma ir ao cinema ou tirar tarô, não? Quem sabe não é também um modo de fazer uma homenagem, ainda que tardia, à Simone. Que era meio maluca mas não era má pessoa, e não merecia ter a vida interrompida tão tragicamente, tão cedo. Resolvo ir procurar a sala. Tomo o elevador até o quarto andar.

Abre a porta uma garota bonita e bem-vestida que não lembra em nada as ciganas de duas décadas atrás, e automaticamente ajeito o cabelo, o colarinho da camisa. Explico que gostaria de uma consulta, será que ela estaria disponível?

Quando?, ela pergunta.

Agora mesmo, se possível, respondo. Moro longe, no Recreio, mas peguei na rua aqui perto um papelzinho com o seu anúncio e me interessei.

No momento estou com uma cliente, ela diz.

Posso esperar.

É verdade, posso esperar, mas, mais do que isso, acontece que de repente se tornou estranhamente importante que aquela garota bonita leia o que quer que haja para ser lido a meu respeito no tarô.

Ainda vai demorar um pouco. Meia hora, quarenta minutos, ela diz.

Olho ao redor. A sala de espera é minúscula e sem janela, mas há uma pilha de revistas num canto, ao lado de uma vela e um vaso com flores de plástico. Uma coisa de ferro na parede representando um sol e uma lua. Um vago cheiro de incenso.

Fico aqui lendo um pouco, se você puder me atender em seguida.

Tudo parece perfeitamente profissional. As frases: gostaria de uma consulta, estou com uma cliente, se você puder me atender em seguida. Sento na poltrona preta de couro falso, pego uma revista, começo a folhear sem prestar atenção. Vejo pilhas organizadas de cartões de visitas: outras pessoas oferecendo terapias alternativas ali na salinha. Toda quarta à noite, meditação transcendental. Certo, eu não imaginava que consultas de tarô dessem conta de pagar o aluguel.

Minha consulta dura uma hora. Assino um cheque e saio dali transfigurado. Não me lembro de muita coisa do que foi dito, à exceção dos comentários sobre uma carta particularmente interessante, o enforcado (na verdade um sujeito pendurado de cabeça para baixo, amarrado por um dos pés). Segundo a taróloga – Renata –, a carta indica uma situação de sacrifício pessoal por algo valioso: palavras como destino, iniciação, indecisão e renúncia ainda flutuam na minha cabeça como cupins ao redor de um poste de luz quando deixo o prédio. Plano bem-concebido que fica na teoria, diz também a Renata. Perdas, impotência, esse seria o aspecto negativo da carta. Por outro lado, há todo um aspecto muito positivo, possibilidade de mudança de vida, paz interior.

Saio de lá sonhando com mudança de vida e paz interior. Mais do que isso, saio de lá sonhando com a Renata.

Eu e minha mulher tivemos as nossas crises, algumas delas bem sérias, mas já faz algum tempo que nos ajeitamos sem maiores ruídos, pelo bem das crianças. Estamos casados há doze anos, exatamente o número da carta do enforcado no tarô – penso, eu que sempre achei esse tipo de coisa uma grande bobagem. Mas de repente, de uma hora para outra, estou aqui fazendo planos para marcar nova consulta com a taróloga Renata, para voltar ao Largo do Machado na primeira oportunidade, enquanto chacoalho no metrô até a estação Cantagalo.

Deixei o carro na garagem da minha irmã, em Copacabana. Nem subo para me despedir dela. Ponho uma música para tocar e vou pensando na Renata no longo trajeto desde o Corte do Cantagalo até a avenida das Américas, ainda estou pensando nela quando entro na minha rua, estaciono o carro na minha vaga de garagem, chamo o elevador e desembarco no meu andar, ainda estou pensando nela quando abro a porta de casa.

Na minha segunda consulta, quinze dias depois, quero falar mais de mim. Quero que a Renata me conheça. Na primeira, fui reticente, fiz perguntas genéricas às quais ela deu respostas genéricas. Agora, quero arrancar a minha alma de trás da pele e desenrolar para a Renata, tome, explique isto, por favor – e não precisa devolver depois. Por mim, ela pode estender minha alma no chão e pisar em cima, se quiser.

Essa consulta leva quase duas horas, aparecem em posições significativas a carta do mundo (desafio de enxergar algo que precisa ser encerrado) e da torre (momento iminente em que será preciso derrubar velhas estruturas). Renata está com os cabelos soltos, desta vez, cabelos negros e compridos como os da cigana que ela não é. Usa grandes argolas de prata e uma camiseta que delineia os seios, parecem bonitos. Está mais sexy do que da outra vez, e quero acreditar que não é por acaso.

No fim da consulta, ela me pergunta se eu gostaria de mais uma xícara de chá e obviamente que aceito, enquanto ainda debato comigo mesmo se devo ou não convidá-la para comer qualquer coisa ali perto. Ela traz a chaleira com água quente e a caixinha com saquinhos variados de chá. Depois traz também um pratinho com passas. Concluo que é melhor deixar o convite para a próxima consulta, hoje seria precipitado. De todo modo, temos tempo para conversar um pouco.

Então, ela diz, voltando a se sentar e ajeitando o cabelo atrás da orelha, por que foi que você se interessou pelo tarô?

Ah, é uma longa história, respondo. Tive uma namorada, faz muitos anos – mais de vinte anos. Quase trinta, na verdade. Ela gostava de tarô, não era profissional, mas gostava de tirar para si mesma, para os amigos. Eu confesso que achava uma bobagem, achava que a pessoa ouvia o que queria ouvir nas tais consultas. Por exemplo, se a carta dissesse "é preciso derrubar velhas estruturas", a pessoa sempre conseguiria encaixar isso no contexto da própria vida, era o que eu pensava.

Mas não pensa mais?

Você mudou a minha opinião sobre o tarô, digo, cheio de ímpeto. Quando estive aqui pela primeira vez eu ainda vim com todo esse ceticismo, mas agora estou vendo as coisas de modo diferente.

E por que veio, então, da primeira vez? Já que achava o tarô uma bobagem?

Essa minha ex-namorada, nós tivemos uma relação difícil, no fim. Brigas feias, coisas de que não tenho nenhuma saudade. Depois fiquei sabendo que ela morreu num acidente de carro. Ela era muito nova, ainda.

Ah – que tristeza, lamento.

Os olhos amendoados da taróloga aterrissam nos meus. Ela parece tão doce.

Pego uma das passas do pratinho, levo à boca, mastigo. Doce. A aliança de ouro em minha mão esquerda incomoda.

É muito raro eu vir ao Largo do Machado hoje em dia, continuo. Minha vida é toda lá pelo Recreio e pela Barra, mas naquela tarde, há duas semanas, calhou de ter que vir até aqui a trabalho e fiquei pensando muito na Simone. Era esse o nome da minha ex-namorada, Simone. Quando um garoto me entregou o folheto com a sua propaganda na rua, achei que devia vir, que era um modo de prestar uma homenagem a ela. Não sei. É como se alguma coisa tivesse tomado a decisão por mim.

Renata se levanta, vai até a janela que dá para a praça.

A gente nunca sabe o motivo de certas decisões, ela concorda comigo. É como se fossem mesmo tomadas não por nós, mas por alguma entidade, algo externo à gente.

Levanto-me e me aproximo dela.

Preciso te dizer uma coisa, Renata. Desculpe se vai parecer meio súbito. Mas não consigo tirar você da cabeça desde que estive aqui pela primeira vez.

Ela não se vira para mim. Vejo-a de perfil e é óbvia a tensão em seu rosto. A situação não é simples, ela sabe que sou casado, mas não quero parecer leviano, como se fosse só mais um cara a fim de levá-la para a cama (imagino que deve haver muitos, aliás nem sei se ela é comprometida com alguém, deve ser). Estou genuinamente interessado na Renata, embora para além disso nada mais esteja claro para mim.

Volto a pensar na carta do enforcado, a de número doze – volto a pensar em destino, indecisão, renúncia, sacrifício, possibilidade de mudança de vida.

Como ela é bonita. Passo a mão de leve pelos seus cabelos, ela não se afasta: promessa. Estou a ponto de beijá-la, mas então ela volta para junto da mesa, começa a guardar o baralho.

Também tenho pensado muito em você, diz, sem me fitar nos olhos. Mas é preciso respeitar o tempo das coisas, tudo está acontecendo depressa demais. Acho melhor você ir embora, agora, e combinamos de nos reencontrar um pouco mais adiante. Há tantas coisas na minha própria vida pessoal que preciso definir, tantas coisas.

Você me telefona? Adoraria que telefonasse, digo.

Deixo o número do meu celular e, ao descer, flutuo no elevador como se fosse um menino. Vou voltar, é claro, para mais uma consulta, o quanto antes. Voltaria amanhã, se pudesse. Voltaria dali a meia hora.

Renúncia, sacrifício, indecisão. Entro em casa e naquela noite faço amor com a minha mulher pensando furiosamente na Renata. Aliás, não faço amor nenhum, tento identificar o amor no gesto mas depois de doze anos nosso amor virou uma digressão. Empresa Casamento Ltda., pelo bem das crianças. Quando exatamente é que a gente assina embaixo disso? Ou será que não assina, necessariamente – será que o de acordo é dado à nossa revelia, mais uma decisão que alguma coisa toma por nós?

Minha situação é a mais comum do mundo e eu sei. Sou mais um cinquentão de saco cheio da vida e da família, louco de vontade de experimentar algo diferente. Mas será que a minha mulher também não está de saco cheio?, eu me pergunto. Deve estar. Impossível não estar.

Penso no tarô, mais uma vez, quando acordo – momento iminente em que será preciso derrubar velhas estruturas, disse a carta da torre. Tudo faz sentido. Preciso rever a Renata logo.

Três dias depois ela me telefona, à tarde, e me pergunta se tenho um minuto. Fecho a porta da minha sala.

Claro, podemos falar.

Estive pensando em nós dois. Acho que precisamos nos ver de novo, ela diz.

Sim, também acho.

Já vislumbro a Renata entre os meus braços. Quero conhecê-la, saber tudo a seu respeito, mas podemos começar assim, ela entre os meus braços. Lembro-me da camiseta colada no corpo. Penso nas minhas mãos correndo por ali. Aliás, correndo não, penso nas minhas mãos se demorando ali. Sobre a camiseta, sob a camiseta, livrando-a da camiseta e do resto, com calma. Imagino o tecido raspando nos bicos dos seus seios. Depois decidiremos o que virá em seguida.

Você pode vir me ver na próxima semana?, ela me pergunta.

Mas é claro, respondo. Claro que sim.

Na terça tenho clientes até as sete. Venha em seguida, teremos tempo. É possível?

Invento uma desculpa em casa e chego ao Largo do Machado com quase uma hora de antecedência, na data marcada. Difícil calcular o tempo que vai levar quando você se desloca no Rio de

Janeiro, ainda mais quando tem que cruzar a cidade de uma ponta a outra. E eu não podia me dar ao luxo de chegar atrasado.

Ao contrário das minhas últimas duas visitas, hoje faz tempo bom. O Largo do Machado está de volta ao normal. As mesas de jogos estão todas ocupadas, uma dúzia de pessoas se reveza nos aparelhos de ginástica, há gente sentada nas bordas do chafariz desativado. Hordas de pombos sobre as pedras portuguesas. Não sei quem me contou, uma vez, que o nome Largo do Machado veio de um açougue que havia ali, com um grande machado na fachada, ainda no começo do século XIX. Lembro-me de que um pivete uma vez assaltou a Simone com um caco de vidro quando ela saía do Banco 24 Horas, ali do lado do supermercado. Faço hora andando pela praça, confraternizando com as coisas, penso mais uma vez em ir ver o meu antigo prédio e mais uma vez desisto: o meu passado não tem graça. Sobretudo hoje. Prefiro parar e ficar assistindo a um jovem tocando saxofone, durante uns instantes. Isso não se via quando morei ali. O Largo do Machado está bem mais ajeitadinho do que na minha época, mesmo com o mendigo dormindo junto ao chafariz. Em certas partes do Rio de Janeiro você se acostuma com os mendigos dormindo na rua, vai fazer o quê. Compro flores para a Renata num dos quiosques.

Espero passar um pouco das sete horas e subo.

Que bom que você veio, ela diz, ao abrir a porta.

Foi ótimo você ter ligado, respondo.

Entrego-lhe as flores e a abraço demoradamente, sinto seu perfume, mas sei que preciso ir com calma. Intuo que com a Renata é assim.

Hoje não temos o baralho do tarô entre nós. A esta altura, porém, já até comecei a pensar nas cartas como cúmplices. Estou pronto para mudar de vida. Poderia ser um adolescente com uma mochila nas costas e uma passagem só de ida para algum lugar na mão.

Renata me oferece o chá habitual, traz a chaleira com água quente e a caixinha com os envelopes para que eu escolha. Sentamo-nos à mesa, o tarô silencioso em sua embalagem – o tarô fica embrulhado num pano de seda, dentro de uma caixa de madeira, como já observei antes.

Cubro a mão da Renata com a minha. Ela não recua. Começa a falar de sua vida, a voz doce rimando com os olhos doces. Fala durante um bom tempo. Conta do trabalho, depois finalmente do coração. Tem alguém, como eu imaginava: um namorado de alguns anos, mas as coisas não vão bem entre os dois. Desde que entrei ali para minha primeira consulta, diz, sentiu uma conexão especial entre mim e ela.

Mas já me envolvi com um homem casado antes e sofri muito, ela adverte.

Vamos para a cama primeiro, depois pensamos no resto, tenho vontade de lhe propor. Estamos no Rio de Janeiro, no século XXI, a gente precisa fazer o *test drive* das relações, antes de pensar em qualquer outra coisa, não? Em vez disso, digo que sou casado faz doze anos e não é um casamento feliz. Já quase não há sexo entre mim e a minha mulher. Tantas vezes as pessoas continuam juntas só por causa dos filhos, acrescento. Sinto-me um imbecil ao dizer isso, mas ela faz que sim.

Era assim com esse outro homem com quem me envolvi. Gostei muito dele. Só que no fim ele preferiu continuar casado. A maioria prefere.

Outra história clássica, penso. Decido que vou me livrar dos clássicos de uma vez por todas, e vai ser já.

Tenho que tomar muito cuidado com os homens, diz a Renata, com um tom ligeiramente mais desafiador.

Sorrio. Garota adorável.

Não precisa tomar cuidado comigo, digo.

Você é casado. A história é a mesma.

Casamentos não são para sempre. Quem sabe o que o dia de amanhã vai trazer?

Me fala da sua mulher.

Ah. Eu preferia continuar falando de você.

Não, não, me fala dela. O que ela faz da vida, por exemplo.

É esteticista. Tem uma pequena clínica de estética no Recreio.

Deve ser bonita. Esteticistas estão sempre se cuidando.

Ela não é feia, mas de todo modo isso não importa.

Eu acho que sou muito ingênua com os homens, ela diz. Me envolvo rapidamente, me decepciono com a mesma rapidez.

Mas pode confiar em mim. É diferente. Estou interessado em você de verdade, não sou como aquele outro sujeito.

Ela sorri também, cobre nossas mãos com a outra mão. Afago-a. Acaricio seu pulso. Sinto seus ossos, a textura de sua pele fina.

Minha mãe, ela me diz. Minha mãe também era ingênua com os homens. Com você, por exemplo, ela foi uma idiota.

Recuo diante da afirmação estranha. A mãe dela, uma idiota comigo?

Ela morreu por sua causa, Renata continua. Mas você não sabia disso, é claro. Ela estava grávida quando você a deixou e sumiu.

Sua mãe estava grávida?

Sim, minha mãe, Simone, que gostava de jogar tarô, não foi o que você me disse? Que morreu num desastre de carro há muitos anos.

Recolho minha mão depressa, como se ela fosse uma gafe. De repente, está tudo errado. Plano bem concebido que fica na teoria.

Não sei se estou entendendo.

Não está? Explico, ela diz. Minha mãe estava grávida quando você se mandou sem deixar um único número de telefone.

Nossa relação estava muito ruim mesmo, difícil, eu não estava–

Mas isso não se faz. Você sabia que ela talvez estivesse grávida.

Renata abre a caixa do tarô, desembrulha o baralho, dobra com cuidado o pano roxo de seda. Embaralha as cartas e tira uma. Coloca sobre a mesa.

O louco, diz ela. O arcano sem número.

Se ela estava grávida, como você me diz, estava grávida - de você?

Ela morreu num acidente de carro, é o que dizem. A verdade é que ela se esborrachou de propósito. Por sua causa. E morreu, mas eu não. Ela estava grávida quando sofreu o acidente. Quando causou o acidente para matar a nós duas. Há exatos 28 anos.

Não tenho para onde olhar, então fico olhando para a carta do louco invertida sobre a mesa.

Fui criada pela minha tia. Que tentou de todas as maneiras entrar em contato com você, sem sucesso. Você desapareceu.

A Simone era uma pessoa muito difícil. Eu já tinha tentado me separar dela antes, era sempre um drama, ela aparecia na portaria do meu prédio, me perseguia, e–

Você sabia que ela talvez estivesse grávida.

Fico em silêncio. As palavras se retiraram em debandada. É verdade o que a Renata me diz: a irmã da Simone me telefonou uma vez, de fato, assim que eu e ela nos separamos. Disse que era possível que a Simone estivesse grávida. Faltava fazer o teste, mas era possível. Naquele momento pensei, com desespero, na hipótese de criar um vínculo desses com a Simone, para sempre. Um filho com ela! Foi quando aceitei o emprego em Belo Horizonte. Anos mais tarde, me contaram que a Simone tinha morrido num acidente de carro, mas não estavam a par dos detalhes e eu também não queria saber. Primeiro foi o choque, depois, confesso, certo alívio. Não devia haver criança nenhuma, do contrário eu teria ficado sabendo. Não teria? A gente sempre acaba sabendo dessas coisas, cedo ou tarde, não? Cedo ou tarde.

O louco é o arcano sem número, diz a Renata, depois do meu longo silêncio. Às vezes lhe atribuem o número zero. O zero é o número que não altera nenhuma adição. Na multiplicação, ele transforma tudo em si mesmo. Absorve os outros números. Veja aqui, no baralho que eu uso, o louco caminha sem saber para um precipício. Mas é uma boa carta. Gosto muito do louco. Está vendo que leva uma flor na mão esquerda? Isso significa que sabe apreciar a beleza. E esse seu andar descuidado e alegre é como o de uma criança à vontade no mundo. Veja que leva também um cajado, que pode representar a renúncia e a sabedoria. O louco sempre está fora das normas sociais, sempre pode dizer e fazer o que lhe passa pela cabeça.

Ela desliza o dedo pelas bordas da carta. As unhas bem-feitas.

Penso na carta de número doze, o enforcado, o homem pendurado naquela posição incômoda, de cabeça para baixo, amarrado por um dos pés. Há um estouro lá fora, na rua, e pela janela vejo os pombos em revoada.

Depois me vem uma ânsia de vômito fortíssima, e é somente então, olhando para a minha xícara vazia e para a xícara da Renata, ainda cheia até a borda, que compreendo toda a gravidade do meu erro. Corro para a porta, que está destrancada, e dali para o elevador, que demora a chegar. Quando as portas se abrem, está vazio.

Aperto o botão do térreo. Sinto dores lancinantes no estômago. Preciso que alguém me leve com urgência ao pronto-socorro mais próximo. Cambaleio pela galeria, e quando chego à calçada ainda consigo ver um menino distribuindo papeizinhos: *Compro ouro, pago na hora.* As pessoas estão olhando para mim. Depois disso o Largo do Machado fica escuro feito breu, e já não enxergo mais nada, nem os pombos, nem os velhos, nem os quiosques de flores, nem as ciganas – mas essas já foram embora dali faz tempo.

14A

15A
→16

COROAS SARADAS

TONY BELLOTTO

LEME

1.

Foi Ronald Biggs quem popularizou a lenda de o Rio ser o destino predileto de gringos fugitivos. É como se a foto estivesse estampada no calendário pendurado na parede do Gato Negro: o ladrão sorridente na praia, caipirinha na mão, cercado de mulatas, dando autógrafo para turistas. Pois é. Mas quando você faz a merda no Rio, foge pra onde?

2.

Coroas saradas são meu alvo preferencial. As casadas, claro. Coroas Saradas Casadas, CSC, são a meta. Já as Coroas Saradas Separadas, CSS, grudam em você e não largam mais. CSS são o problema. Basta olhar e elas já se engraçam. CSC são raposas, CSS, carrapatas. A dificuldade é que na abordagem você não tem como saber de início se a coroa sarada é casada ou separada. Raposa ou carrapata, eis a questão. Depois você acaba pegando a manha. Hoje eu sei separar o joio do trigo. Viúvas Saradas, VS, eu nunca abordei. Existem, mas são difíceis de encontrar. Provavelmente embarangam aliviadas assim que perdem os maridos. Taí, nunca ferroei uma VS. Aliás, pode-se dizer que fui ferroado por uma, mas esse é um assunto desagradável no qual prefiro não me aprofundar por enquanto. Viúvas saradas são aranhas. Talvez, ao enviuvarem, elas deixem de ir à praia e à academia e comecem a frequentar a igreja, o restaurante de comida a quilo e a van que leva as velhotas pro teatro. Podem finalmente fazer o que sempre quiseram, sem se preocupar em manter a forma pros defuntos. Nem todas, infelizmente. Talvez eu devesse ter ido mais à igreja e menos à praia. Talvez, talvez, talvez. Agora é tarde.

3.

A praia é o habitat natural das coroas saradas. Das praias, Copacabana é o grande ninho. Dos ninhos, o Leme é o *master* filé. Não sei exatamente o que ninho tem a ver com filé, mas se você quiser encontrar uma coroa sarada top de linha, vá à praia do Leme. Não descobri essas coisas da noite para o dia. Desenvolvi um esquema, fruto de observação e reflexão, sou PhD, pilantra *highly distinguished*.

Ou melhor, era.

4.

A história começa comigo fazendo um levantamento completo da situação: iniciava o dia num trote contínuo que me levava do pontão do Leblon até o morro do Leme. Vestia uma sunga apertada – pra valorizar o volume da minha *middle leg* – e saía trotando pela areia como um cavalo selvagem. Corria pela areia do Leblon até o Arpoador, dava meia-volta na praia do Diabo, com direito a *pit stop* no frescobol pra tonificar bíceps e tríceps, atravessava a praça Garota de Ipanema e continuava o trote pelo asfalto da ciclovia na Francisco Otaviano, pra fortalecer o casco. De volta à praia, rumava do forte de Copacabana até o final do Leme alternando areia fofa e areia dura para estimular as diferentes cadeias musculares de coxas e panturrilhas. Ao chegar no pé do morro do Leme fazia duzentas flexões. Isso me deixava numa forma incrível: pernas grossas de boleiro, peitoral triangular de nadador, barriga gomada de marombeiro, fôlego de Anderson Silva e um bronze de fazer inveja ao Kelly Slater.

Durante o trajeto ia entendendo a dinâmica local. As burguesinhas do Leblon, as bichas da Farme, as gringas de Copacabana e as coroas cachorras do Leme. Não que não existam gatinhas em Copa, quarentonas malhadas em Ipanema, turistas no Leme ou veados no Leblon. Na praia existe de tudo em todos os lugares. Mas a maior incidência, digamos assim, de coroas saradas é no Leme. Leme e Copacabana, mas as do Leme são a pérola da ostra, o ó do borogodó.

No fim do dia voltava pro Leblon, pegava minhas roupas com o brother do quiosque e apanhava o 434 pro Grajaú, onde dividia apê com a progenitora.

A verdade é que eu me sentia cansado de emborrachar gringas por um punhado de dólares furados. Eu já estava chegando aos quarenta e queria segurança, sabe como é? Tranquilidade.

5.

Sou fã de coroas saradas, admiro mesmo. Elas não se submetem ao passar do tempo nem à força da gravidade. Cascudas, não medem esforços para manter a forma: academia, hidroginástica, personal trainer, dermatologista, nutricionista, geriatra, botox, detox, massagem, drenagem, meditação, yoga, acupuntura, alongamento, pilates e, eventualmente, neuroterapia. Não é fácil. Algumas fazem triatlo. Teve uma que praticava pompoarismo, um bagulho pra fortalecer os músculos da vagina.

Com o tempo aprendi a diferenciar de longe a carrapata da raposa. É uma coisa que você percebe pelo olhar delas. Carrapatas te olham com cara de cachorro em porta de açougue, raposas com cara de faraó na tumba. No fundo o que todas querem é rola, mas aí entra o discernimento. Minha piroca sempre soube discernir, modéstia à parte. Detalhe fundamental: coroas saradas casadas não cogitam se separar dos maridos. Isso é assunto fora de questão, jamais mencionado, nem mesmo em papos sinceróes depois que tomam uns proseccos ou caipiroscas a mais. Coroas saradas casadas só querem rola disponível, carinho, atenção, flashback, ilusão de que são jovens de novo, flerte, sacanagem, mensagens safadas no celular, o clima, sacou?

O clima.

E é essa a diferença básica entre a raposa e a carrapata: raposas te querem como amante, carrapatas como marido. Exclusivo.

Depois que você aprende a separar os alhos dos bugalhos, a coisa flui.

Nessas fui fazendo um pezito de meia. Porque coroa sarada casada sempre tem marido rico. É só fazer a conta: mensalidade da academia, pacotão da massoterapeuta, a hora do personal, procedimentos dermatológicos regulares, gastos com o salão de beleza (unha, cabelo, depilação, massagem facial, podoterapia, tintura), médicos, acupunturistas etc. etc. Fora o que o cara tem de pagar para a amante. Claro, marido de coroa sarada sempre tem amante e é por isso que elas começam a malhar. No fundo elas amam os maridos, e por não terem mais a atenção deles é que decidem remodelar a própria aparência. Por carência. E depois de ralar o cu na ostra, quando percebem que ainda assim não conseguiram atrair a mais minúscula atenção das caras-metades, eu entro em cena. Porque a coroa que se dá bem com o marido é a coroa baranga, certo? A coroa coroa. Essa não precisa malhar. Na boa, isso é psicologia, não sou eu que estou falando. Teve uma que quis montar quarto e sala pra mim, mas aí achei que já era um pouco demais. Preferi pegar o dinheiro em espécie.

6.

Um dia, na minha ronda matinal pelo Leme, encontrei a Veronique.

Veronique Delamare era uma vovozinha loura de pele enrugada, magrinha, mas com uma musculatura definida e pernas de mulher de trinta. Já beirava os oitenta, mole, mole. As mãos tremiam um pouco, mas a barriga era uma tangerina descascada, gomo sobre gomo, impressionante, apesar da pele de galinha. A musculatura dos braços ainda estava firme, sem aquela pelanca característica que geralmente pende como guelra de peixe das braçolas das coroas. E tinha um rosto lindo, apesar de encarquilhado. Logo que bati o olho – e ela fingiu que não reparou e foi quando soube que era casada – notei que devia ter sido muito bonita quando jovem. Nas profundezas daquelas carquilhas brilhavam dois olhos azuis que me deixaram, confesso, boladão. Sabe quando você perde o rumo por um segundo? Esquece o que estava fazendo? Pra complicar as coisas, ela tinha um sotaque francês muito charmoso. Mas sou profissa, e abordei como sempre abordo, na racionalidade, pragmático, perguntando que esporte ela praticava, dizendo que eu era personal trainer e a lenga-lenga toda.

E assim começamos o caso.

7.

Veronique gostava de variar, me levava pra lugares diferentes em seu cupêzinho importado. Frequentávamos motéis na Barra, em

Copacabana, na avenida Brasil, em Grumari. E fodia bem, a anciã. Não sei se praticava pompoarismo, nunca perguntei, mas tinha uma musculatura pélvica ativa e gostava de me dar chaves de buceta, um negócio que me apertava a jeba na hora de gozar e me levava pro espaço. Era culta também, e dava risada quando eu não entendia os papos que ela mandava depois da foda, umas conversas esquisitas sobre a finitude da vida e o vazio da existência. Vazio ficava meu saco depois de esguichar a idosa por dentro.

Num fim de tarde, depois de uma trepada *prime* num motel em São Conrado, fomos tomar chope na Gávea, num lugar de galera jovem. Veronique não estava nem aí, bancava a parada na moral. Não se envergonhava de todo mundo perceber que era uma coroa ricaça acompanhada do gigola marombado. Acho até que ficava orgulhosa. Tinha uma cabeça de gringa, feminista. E lá pelo terceiro chope ela diz: "Meu marido é rico pra caralho. E é um merda."

Foi quando acendeu o alarme. Falando do maridão? Veronique era diferente. Mas isso eu já sabia. E com tanto chope que eu já tinha ingerido, nem dei bola pro alarme. Eu disse: "Todos são. Vamos falar de coisas tesudas. Adoro o teu sotaque."

"Não. Vamos falar do meu marido. Você pode curtir o sotaque do mesmo jeito."

E assim ela foi desenrolando uma conversa de que o marido era indiferente, frio, egoísta e ensimesmado. Ensimesmado, aliás, é uma palavra que eu não conhecia.

"Alguém que vive dentro de si mesmo, como um caramujo", explicou Veronique.

E seguiu me enrolando com aquela história do senhor Caramujo rico, frio, egoísta e ensimesmado. Na hora não registrei muito bem, estava cheio de sono, tinha malhado de manhã, fodido à tarde e bebido chope de noite. Sou fraco pra bebida. Então ficou por isso mesmo, voltei pro Grajaú e fui dormir.

8.

Continuei tocando a vida, mas com Veronique era diferente: eu não conseguia dar um fim na história e partir pra outra CSC, como manda o manual. Minha estratégia era nunca deixar um caso passar de três meses. É aquela velha história do peixe morto que começa a feder no dia seguinte. Coroas duram três meses. Depois começam a exigir mais do que retribuir. São humanas, né?

A verdade é que eu estava gostando da Veronique.

Loucura, eu sei. Vou confessar, ela era mais velha que a minha mãe. Mas mamãe é uma fodida, diabética, hipertensa e meio gagá. Até fraldão geriátrico e andador ela já está usando. Se quando meu velho morreu ela já estava ruim, agora então, imagina. Mas mamãe é mais moça que a Veronique, é só conferir o RG. E eu fui conferir o RG da Veronique num dia que ela pegou no sono depois da foda. Aquilo me grilou um pouco. Eu me apaixonar por uma coroa mais velha que a minha mãe é preocupante. Com mãos que tremem! Devia ter procurado um psicanalista enquanto era tempo. Tentei desencanar, fiquei uns dias sem ligar, senti saudade. Saudade, é mole? Eu nunca tinha sentido isso, parecia que um alien apertava meu peito por dentro. Não teve jeito, me apaixonei pela Veronique. Sei que paixão é um sentimento meio boiola, mas rolou. Demorei pra perceber e mais ainda pra admitir. Amarradão mesmo. Pinto no lixo: ela me dava grana, não exigia nada em troca, mantinha meu moral lá no alto e fodia como uma coelha grisalha no cio. Não se mexe em time que está ganhando, dizia meu pai, que Deus o tenha.

9.

Numa tarde a conta chegou.

Mas não veio na forma de uma intimação ou de um mandado de busca. Nada disso. A Veronique era inteligente, eu já disse. Cascuda, sabia como me administrar. Estávamos numa pousadinha em Guaratiba, Veronique por cima moldando minha pica como se ela fosse um jarro de argila. Esporrei gritando, sentindo dor e tesão ao mesmo tempo. Meu pau chegava a ficar vermelho de tanto que Veronique espremia ele com sua musculatura marombada. Parecia que tinha garras de caranguejo no lugar de ovários. Eu estava naquele estado besteirão depois de gozar, olhando com cara de boi manso o mar verdinho pela janela, quando ela voltou a fazer insinuações sobre o senhor Caramujo.

"Então", ela disse. "Tenho uma coisa pra te propor."

Proposta? Coroas saradas casadas não fazem propostas. Fazem depósitos. O alarme acendeu pela segunda vez. Mas já era tarde demais, embora eu não tivesse consciência disso naquele momento.

"O quê?"

"A tua independência finaceira."

"Que conversa é essa, Veronique? Acha que estou aqui pela grana?", caprichei na indignação.

"Meu querido", ela passou a mão no meu braço como uma vovó carinhosa e reparei como sua mão era descarnada e trêmula como a mão de uma bruxa de desenho animado, "sei que você faz um dinheirinho bom se aproveitando de velhotas carentes e não vejo nada de errado nisso. É um trato honesto: você me dá amor e atenção e eu te dou dinheiro em troca. Nada mais justo. Conheço a vida. Você já está com quarenta, pensa bem, daqui a pouco também vai ser um coroa. Aí as velhotas não vão mais querer passar a mão na tua pele gasta, cheia de manchas, como a minha", ela abriu a mão na frente do meu rosto pra eu ver as manchas. Depois beliscou carinhosamente o meu nariz. "A vida começa a correr a partir de uma certa idade, não há Viagra que mude isso. E eu sei que você não é personal trainer nem aqui nem na casa do caralho.

A merreca que arranca das idosas não vai te sustentar pra sempre. Estou falando de dinheiro de verdade."

Tive vontade de abraçar a Veronique. Mas sou profissa e fiquei na minha, com cara de malandro pego no flagrante.

"O quê?", perguntei, me fazendo de sonso.

"Você sabe", ela disse, e apertou a ponta do meu nariz como uma campainha.

10.

Demorei um tempo pra decidir.

No fundo eu já tinha decidido, mas a gente se engana e finge que ainda não decidiu o que sabe que já está decidido. Não é assim? E eu realmente estava precisando de grana. Não era só por mim, mas pela progenitora. Mamãe estava me custando caro. Velho é foda. Mas não sou filho desnaturado pra desovar minha mãe em qualquer asilo de merda. Primeira coisa ia ter de comprar uma arma. Sou da paz, nunca andei armado. Marquei uma ponta na praça Nobel com o Alferes, um ex-tira que eu conheço de beber cerveja no Gato Negro. Dizem que ele é miliciano, mas isso eu não sei.

"Quer uma arma pra quê, Tigrão?"

"Nada não. Só pra dar um susto aí num compadre."

"Dá o susto no braço, tu é rasgado. Teu braço é maior que a minha perna", ele disse, e me fez esticar o braço ao lado da sua perna. Era de noite, e não tinha ninguém passando por ali, mas fiquei grilado que alguém me visse naquela situação e pensasse que eu era uma bicha pagando boquete pro Alferes. A perna dele, aliás, era uma decepção, curta e magra.

"Quero dar um susto grande. E sem efeito colateral. Não quero encostar no cara. Só de ver o berro apontado pra testa ele vai se borrar todo."

"Então não vai precisar de munição."

"Vou sim. Se o cara vê que a arma está descarregada, perco a moral."

"Cuidado", disse Alferes.

Aquele "cuidado" do Alferes ficou soando na minha cabeça por um tempo, mas fui em frente. Não se pode desperdiçar uma oportunidade de independência financeira quando ela despenca no teu colo. Duas noites depois, ali mesmo na praça Nobel, comprei do Alferes o .38 negro da polícia, com número de série raspado. E a munição.

Na manhã seguinte iniciei o treinamento. Me senti bem fazendo aquilo. Parecia papo de filme, quando os bandidos ficam preparando um grande golpe. Uma coisa científica, sabe como é?

Fui até um terreno baldio ali pros lados de Água Santa e dei uns tecos numas latas velhas de óleo, pra apurar a mira. E anotei mentalmente todas as informações que a Veronique ia me passando. Eu me sentia como o Jason Bourne.

11.

Senhor Caramujo, o ensimesmado, era cheio de onda. Passava a maior parte do tempo na cobertura do casal, na avenida Atlântica, sentado na frente do computador e aplicando a bufunfa pelas bolsas de valores do mundo. Vivia disso, o corno. Veronique disse que o dinheiro era produto da venda de uma rede de lavanderias e uma confecção de calçados que ele administrou de mau humor durante a vida toda e passou pra frente há alguns anos. O Caramujo saía três vezes por semana pra caminhar no calçadão, acompanhado do secretário e do motorista. Mas essas caminhadas eram inconstantes. Se chovesse, ou se acordasse de ovo virado, o Sinistrão desistia de caminhar. Não era um homem metódico e de hábitos regulares. Só tinha uma coisa que o senhor Caramujo fazia sempre igual. Toda primeira terça-feira de cada mês, às dez da manhã, com sol ou com chuva, ele ia até o cemitério São João Batista, em Botafogo, colocar flores no túmulo da mãe. A velha tinha morrido numa terça-feira, quinze anos atrás, e desde então o maluco ia uma vez por mês levar flores pra falecida. Um detalhe: lá dentro do cemitério, fazia questão de ir sozinho até o túmulo.

Com essas informações na cabeça, fui assimilando o plano da Veronique. Ela me deu uma foto do vôzinho, pra eu poder reconhecer a figura, mas mesmo assim fez questão de que eu visse a carquilha humana pessoalmente. Um dia fiquei de bobeira num quiosque de Copa, tomando coco de canudinho, esperando pra ver o idoso passar. A Veronique me avisou pelo celular na hora que ele saiu de casa e disse que estava vestido com um abrigo de ginástica azul-marinho da Adidas. Na hora que o terceira idade passou eu olhei bem na cara dele, pra guardar a fisionomia. Era um coroa qualquer, como centenas de outros que ficam babando ali por Copacabana, e nem me notou. O secretário e o motorista estavam com ele, um moreno e um crioulo com cara de enfermeiros. Então eu senti que estava pronto.

Numa sexta-feira que antecedia a primeira terça-feira do mês, eu e Veronique combinamos de ficar uns dias sem contato, por precaução. Em pouco tempo tudo estaria resolvido. Naquele fim de semana, antes de dormir, eu passava alguns minutos olhando a foto do senhor Caramujo que a Veronique tinha me dado. Depois eu rezava.

12.

Taí, me corta o coração ver um cara botando flores no túmulo da mãe. Porque eu penso na minha própria mãe e é uma merda pensar nisso. Pensar que ela vai morrer um dia.

O céu estava nublado naquela terça-feira. A Veronique já tinha me avisado que às terças-feiras geralmente o cemitério fica sem movimento, e era verdade. Senhor Caramujo chegou andando no passo vacilante dos coroas e colocou as flores na lápide da mãe. Depois se ajoelhou com dificuldade e começou a rezar. Cheguei por trás de mansinho e falei: "Fica tranquilo. Você vai ao encontro dela."

Encostei o revólver na nuca do infeliz e atirei.

Lembrei de pegar a carteira dele, pra parecer assalto, e saí andando meio zoado. Só parei de andar quando cheguei no aterro, na praia de Botafogo. Tirei o tênis e caminhei até a água sentindo a areia fria no meu pé. Como o dia estava nublado, não tinha ninguém na praia. Nunca pensei que fosse tão fácil matar alguém. Tirei o revólver e a carteira do Caramujo do bolso e joguei longe, na água. Molhei o rosto e lavei a mão, que estava um pouco manchada de sangue. Depois deitei na areia e percebi que minhas pernas tremiam um pouco, mesmo eu estando deitado. Virei de lado, fiz umas quinhentas flexões pra espantar a tremedeira e fui embora, sentindo o corpo pesado como se carregasse o Pão de Açúcar nas costas.

13.

Nos dias seguintes fiquei numa leseira esquisita, como se tivesse pegado uma gripe forte. Minha mãe perguntava "o que você tem, menino?", e eu dizia que era só uma gripe. Ela achou que era dengue, mas eu disse que não, que dengue não pegava em mim. Ela mandou entregarem em casa açaí na tigela, eu tomei e depois resolvi sair, pra ela não ficar preocupada. Eu tinha um monte de lugares pra ir, mas decidi voltar à praia de Botafogo, não sei por quê. Peguei o 434, desci na Real Grandeza e fui andando até o aterro. Fazia sol e eu fiquei sentado num banco, olhando o mar. Olhei para a areia, com medo de que o mar tivesse trazido de volta a carteira e o revólver. Não vi nada. Tive muita vontade de ligar para a Veronique, mas imaginei que ela estava numa confusão danada depois do velório e do enterro. A essa altura, já devia estar confabulando com os advogados sobre a herança. Cheguei a digitar no celular o número dela, mas desisti. Resolvi esperar passar uma semana pra ligar, como combinado.

Quando voltei pra casa, minha mãe avisou que o Alferes tinha me procurado. Achei estranho. "O que ele disse?", perguntei. "Nada, falou pra você encontrar ele hoje à noite no Gato Negro."

"Não tô com cabeça pra ir no Gato Negro."

"Vai lá", minha mãe passou a mão no meu cabelo, "vai ser bom pra você se distrair um pouco".

14.

Logo que entrei no Gato Negro o Alferes se aproximou e sussurrou no meu ouvido: "Me encontra à meia-noite na praça." Às vezes eu tenho a impressão de que o Alferes é meio veado. Fiquei nervosão com essa história de ele querer falar comigo e resolvi beber uns chopes. Será que eu tinha dado mole em algum detalhe? À meia-noite eu estava na praça, ansioso. A bebida não tinha me acalmado, mas tinha me dado vontade de mijar. O Alferes chegou e já foi perguntando: "Aí, Tigrão, tu não tá envolvido na morte do bicheiro não, né?"

“Que bicheiro?”, eu perguntei, aliviado. Eu não tinha matado bicheiro nenhum. Fiquei tão aliviado que resolvi aliviar também a bexiga, e comecei a urinar atrás de um poste.

“O Raposo Muller, aquele bicheiro velho que foi assassinado.”

“Claro que não, Alferes, eu só dei um susto num mané aí”, eu disse, balançando a jiboia e guardando ela de volta no ninho. “E por que você acha que eu ia querer matar um bicheiro? Tá maluco?”

“Porque nenhum profissional toparia matar o velho. Além de bicheiro, era coronel do Exército e foi torturador na ditadura. Tu não vê televisão, não? Só um louco mataria esse desgraçado. Ou um mané. Quem matou deve estar longe agora. Ou então já vestiu o paletó de madeira.”

“Tá me chamando de otário?”

“Não. Nem de defunto. É que eu me preocupo com os meus clientes.”

“Vou nessa”, eu disse, “tô cheio de sono”.

Alferes estava com o olhar perdido, como se visse uma assombração se aproximar atrás de mim.

“Nunca ouvi falar de alguém ser assassinado no cemitério”, ele pensou em voz alta.

“Cemitério? Que cemitério?”

“Quem mandou o trouxa ir pro cemitério sem segurança?”, ele continuou, falando sozinho.

“Do que você está falando?”

“Não é que apagaram o maluco no cemitério São João Batista quando estava rezando no túmulo da mãe? Este país despirocou de vez.”

Tive vontade de fazer cocô na calça, mas disfarcei, e me despedi do Alferes. Alguma coisa estava muito errada. Não consegui dormir à noite. Só no dia seguinte bem cedo, quando olhei o jornal no caminho da padaria, é que vi que o velho que eu tinha matado no cemitério não era o senhor Caramujo, mas o bicheiro aposentado Raposo Muller. Na foto do enterro, vi a viúva do bicheiro, uma coroa baranga e gorda que eu não conhecia. Fiquei zonzo e precisei me apoiar na banca de jornal pra não cair. Liguei pra Veronique, mas ela não me atendeu. Nem naquela hora nem nunca mais.

15.

Eu estava lembrando do Ronald Biggs.

Chega uma hora em que você tem de fugir pra algum lugar. Ele fugiu pro Rio. Eu tive de fugir *do* Rio. Azar meu.

Mas aqui não é tão ruim assim. Tem esse presidente doidão, o velho maconheiro meio riporongo. Quem sabe não serão mais compreensivos com um MAO – malandro altamente otário – como eu? Juro que isso pesou na hora de eu decidir pra onde ir. As praias daqui têm seu charme, embora as coroas saradas locais não cheguem aos pés das coroas do Leme. A vantagem é que aqui todas as coroas são gringas, inclusive as brasileiras. E são elas que garantem meu sustento. Sim, tive de voltar a emborrachar turistas pra sobreviver. De coroas saradas estou dando um tempo. Trauma. Hoje me contento com coroas barangas e embagulhadas. Levo uma vida modesta, ganho o suficiente pra pagar o aluguel da quitinete onde moro e a mensalidade do asilo de merda em que tive de desovar mamãe, lá pros lados de Friburgo. De qualquer forma, hoje é um dia especial pra mim. Acabo de receber uma carta enviada da França. E eu que achava que cartas não existiam mais. Deixei pra abrir na praia. Não sou muito de leitura, mas, quando rola, gosto de ler deitado na areia pra logo emendar num cochilo:

> *Querido, desculpe o transtorno. Espero que não esteja muito magoado comigo. Afinal, ladrão que*

rouba ladrão tem cem anos de perdão. Deu trabalho encontrar teu endereço. Tua mãe acabou me ajudando, mas só depois de muita conversa. Difícil foi descobri-la naquele asilo/exílio na serra. Não se preocupe, ela só revelou teu paradeiro para mim porque eu sou uma senhora respeitável e mais velha que ela. Sei que você nunca me perdoará, mas no mínimo merece uma explicação. Em 1972 eu tinha trinta e poucos anos e dividia um consultório de psicanálise com meu marido, Ivan, como eu, também psicanalista. Não éramos guerrilheiros, mas simpatizávamos com inimigos do regime militar e chegamos a esconder fugitivos políticos em nosso apartamento na Lagoa. Um dia fomos levados de casa por agentes da repressão. Fomos barbaramente torturados e o Ivan, assassinado. Provavelmente jogaram o corpo dele no mar, pois nunca foi encontrado. O homem que nos torturou e matou o Ivan foi o coronel Raposo Muller, esse monstro que você fez o favor de eliminar do convívio humano. Logo que me soltaram, vim para a França e tentei reconstruir minha vida. Isso me custou muito. Passei décadas sem coragem de voltar ao Brasil. Mas nunca desisti de um dia me vingar do Raposo Muller. O animal, depois de sair do Exército, tornou-se um bicheiro poderoso e vivia cercado de capangas, mesmo depois de aposentado e caquético. Só há pouco tempo reuni coragem e voltei ao Rio para realizar minha vingança. Mas nenhum assassino de aluguel que contatei topou matá-lo. Seria muito perigoso. Mesmo quando eu dizia que havia estudado os hábitos do Monstro e descoberto que ele visitava o cemitério sozinho uma vez por mês, ninguém aceitava matar Raposo Muller, temendo a previsível retaliação.

Sei que eu poderia – e deveria – ter atirado eu mesma no torturador desgraçado. Não pense que eu não teria um prazer enorme em fazê-lo, mesmo que me custasse a vida. E não foi por medo que não fiz. Mas por não confiar mais nos meus sentidos. Estou velha e minhas mãos tremem muito, você sabe. Infelizmente não se pode disparar uma arma com a xoxota. De qualquer forma, serei grata a você pelo tempo que me resta, que não deve ser muito.

Bisou, Veronique.

16.

"Ei", diz um sujeito que se aproximou sem eu perceber. Devo ter pegado no sono. São dois, na verdade. Eles estão vestidos e armados, o que é estranho numa praia, mesmo que essa praia seja em Punta del Este.

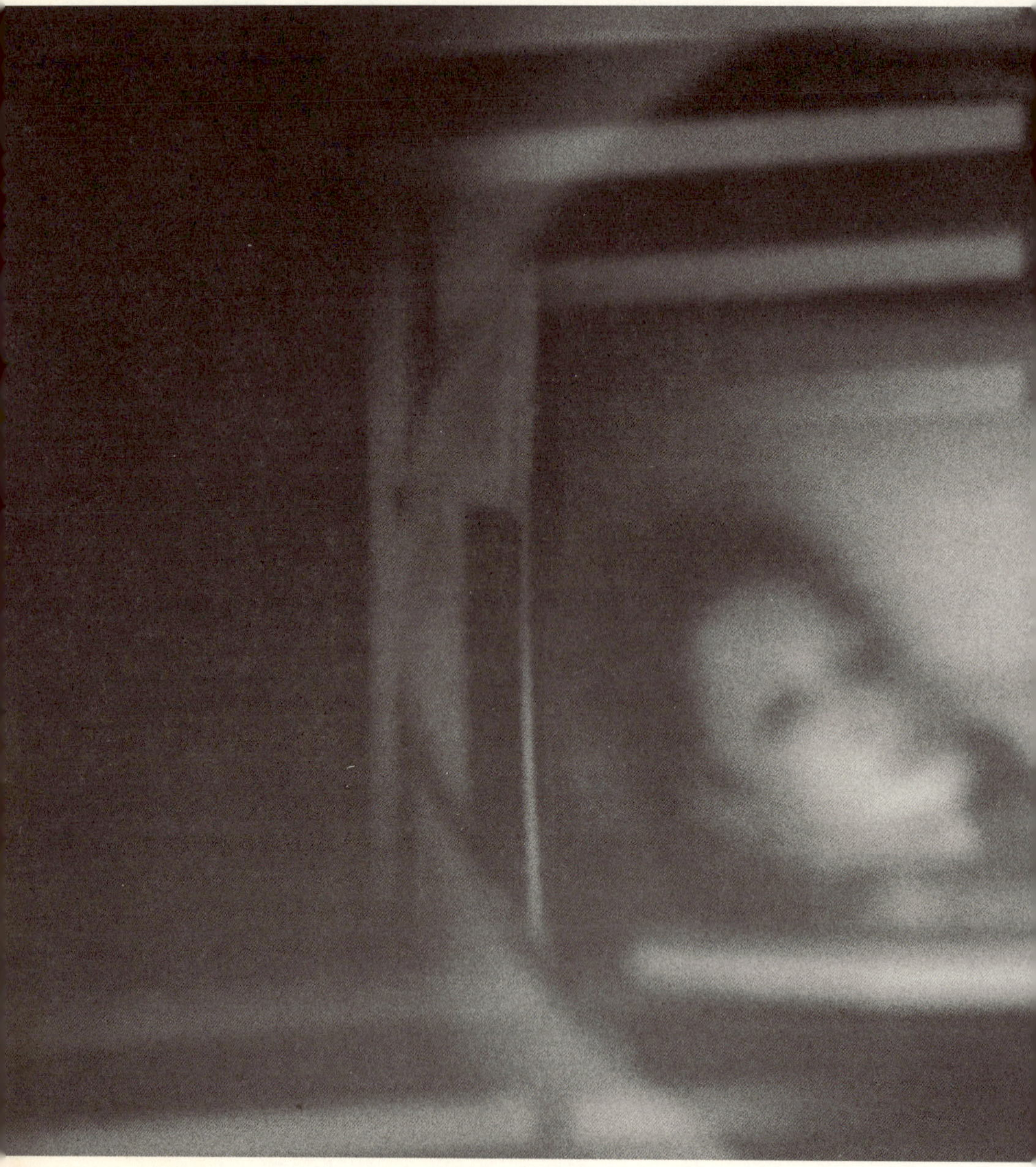

CANIBAL DE IPANEMA

ALEXANDRE FRAGA

IPANEMA

O canibal estava inativo desde o fim da década de 70. Negociara o antigo casarão da família, na Santa Clara, habitado pelas lembranças e pelos espíritos que assombravam sua mente. A voz de sua avó, chamando-o sempre de tenentinho covarde, de frouxo, pouco masculino... ao livrar-se da mansão, apagara todos aqueles fantasmas indesejáveis. Com o dinheiro da venda, adquiriu uma casa de dois andares, com terraço, na rua Canning, além de um husky siberiano, não exatamente nessa ordem. Deu ao cachorro o nome de Dólar. Queria que o bicho fosse forte, como era a moeda americana.

Reformado como coronel do Exército, Leopoldo passava como um pacato cidadão de Ipanema, dividindo seu tempo entre os passeios com o cão até as pedras do Arpoador e a pintura; além de umas visitinhas esporádicas ao estabelecimento vizinho ao seu prédio, a Centaurus, casa de tolerância tradicional do bairro.

Embora se julgasse mais um militar da reserva do que um artista profissional, de vez em quando fazia algum dinheiro com a venda de suas telas, em exposições pela cidade. Queimava a grana extra toda na Centaurus, mas não da maneira mais ortodoxa. Fazia as incursões sempre nos fins de tarde. Ficava um longo tempo na sauna, em seguida tomava uma ducha gelada. Fazia a barba, punha polvilho sob os sovacos e enfiava-se no roupão branco da casa. Subia o elevador de porta pantográfica e, no terceiro andar, encontrava o inferninho a pleno vapor, o perfume da luxúria no ar. Sentava-se próximo ao bar e logo o garçom lhe trazia seu scotch preferido. E então começava a peregrinação das putas, como naquela sexta-feira...

– Posso me sentar aqui, bebê?

– Pareço um bebê?

A puta foi se sentando e encostou o dedo indicador nos lábios de Leopoldo:

– Parece um bebê levado.

"Você não imagina o quanto..."

– Talvez eu esteja precisando mesmo de uma boa travessura.

Ela passou a mão nos cabelos do coronel.

– Não posso ver homem grisalho que fico com vontade de dar.

– Eu imagino.

– Não imagina, não. Olha só.

A puta puxou a mão esquerda de Leopoldo e a postou sob a calcinha do biquíni. Ela afastou o biquíni e introduziu o dedo do cliente em sua caverna. O coronel deixou o dedo afundar na vulva, avaliando a umidade. Permaneceu ali alguns instantes, até a piranha afastar sua mão.

– Agora tira. Senão a gerente briga comigo. Viu como é que eu fico?

– É, você está bem úmida.

– Molhada, encharcada.

– Sim. Posso saber seu nome?

– Roberta. Posso beber do seu uísque?

– Sim.

– Posso pegar sua chave, pra gente namorar um pouquinho?

– Sim.

"Tudo que você quiser."

A piranha deixou Leopoldo sozinho à mesa. O coronel aproveitou para observar melhor o ambiente. Havia putas melhores que Roberta na casa, mas a piranha fora eficiente na abordagem. Ademais, a boate estava infestada de gringos e, a julgar pelas tatuagens de âncoras e mulheres nos braços, e a tez de todos, provinham de alguma embarcação escandinava.

Roberta voltou depois de vinte minutos, ofegante. "Deve ter mamado um viking desses pelo caminho." Tentou beijar o coronel na boca, mas ele recusou. Como ato reflexo, ela entornou uma dose de uísque de uma só talagada. Em seguida, fez um mea culpa:

– A casa está lotada, por isso demorei.

Puxou Leopoldo pela mão e o conduziu até a suíte. Entraram. Roberta pôs-se nua. Mandou que o coronel tirasse o roupão.

– Não.

– Como não?

– Quero ficar assim. Vestido.

– Ei, eu quero gozar.

– E eu quero conversar.

– Você é gay?

– Sou um coronel do Exército brasileiro. Espero um mínimo de respeito.

– Então tá. Sobre o quê o senhor coronel quer falar?

Leopoldo quis saber mais sobre a vida de Roberta: o início na carreira de prostituta; se tinha filhos; da relação com os pais; se sonhava em ter uma família. Ao final, a puta ensaiou um choro:

– Eu não tenho ninguém... Me sinto tão sozinha...

Leopoldo pagou um extra à moça. Em dólar... Com o coronel, era tudo em dólar. "Tão sozinha..." Ela agradeceu e perguntou se podia beijá-lo.

– No rosto, por favor.

Roberta beijou o coronel na face direita do rosto e encerrou o programa.

À saída da boate, um Passat encostou ao lado de Roberta. O motorista baixou o vidro e sugeriu:

– Vamos terminar o que começamos?

Roberta olhou para um lado e para outro, a fim de verificar se os seguranças da boate estavam por perto. Ela não podia fazer programas fora; se fosse descoberta, ganhava rua. Não havia ninguém, ela estava cheia de tesão e carente. Além do mais, faria alguma grana. Era bom fazer grana.

– Vamos. – E pulou para dentro do carro. – Qual motel, coronel?

O coronel dirigiu alguns metros e acionou o controle remoto da garagem de sua casa. O husky siberiano tinha o focinho encostado no portão. Roberta respirou fundo. Sempre que a porta da casa de um homem se abria, ela alimentava a esperança de ter um relacionamento sério, de construir algo para si. E aquela podia ser sua noite de sorte. "Não posso ver homem de farda."

Saíram do carro. Dólar, o husky, pulou em Roberta e a cheirou de cima a baixo. A piranha ficou um pouco tensa.

– Morde?

– Ele não.

– Engraçadinho – emendou a puta, fazendo carinho em Dólar.

Leopoldo abriu a porta de casa e deixou que Dólar entrasse também.

– Ele vai participar? – perguntou Roberta.

– Não. Só assistir.

– Você gosta disso?

– Você fala demais.

– Grosso.

– Vá se lavar.

– Quanto vai me pagar?

– Duzentos dólares.

"Chique, esse coronel... Sempre em dólar."

– Onde fica o banheiro?

– Final do corredor. Última porta à esquerda.

A profissional progrediu pelo corredor, analisando a fileira de quadros iluminados por uma luz azul. O homem devia ser mesmo um tarado, e isso deixava Roberta ainda mais animada: eram dois búfalos currando uma mulher loira, com uma vasta penugem preta na vagina; um cavalo currando uma mulher negra, com uma vasta penugem loira na boceta, enquanto outro cavalo mantinha-se empinado, oferecendo o membro duro para a mulher; até morcegos seviciando uma freira o coronel louco pintara. Havia também carabinas e armas antigas penduradas, além de fotos de família.

Roberta riu sozinha. A brincadeira ia ser boa.

Leopoldo se preparava. Dólar, ansioso, arranhava o tapete com as patas dianteiras. Juntos, formavam uma dupla infernal. Mas nunca sobrava nada para Dólar. Só ficava de voyeur mesmo. O coronel tinha ciência da loucura de seus hábitos, mas isso era melhor do que almoçar ou jantar vizinhos vivos. O canibal estava aposentado, graças a Nossa Senhora, sua santa de devoção.

Roberta saiu do banheiro nua. Encontrou o coronel fardado, usando uniforme de gala, com espadinha e tudo. A profissional sentou-se no sofá, abriu as pernas e chamou Leopoldo.

– Vem.

O coronel não se conteve e enfiou a cabeça entre as pernas de Roberta. A puta tomou-lhe o quepe e vestiu. Profissional, começou a falar palavras obscenas e a bater na cara do coronel, que, obediente, aceitava e seguia com a felação. Dólar apenas observava, com as orelhas em pé.

– Tá vindo, tá vindo – a puta anunciou.

E veio.

Então o rosto do coronel parecia o de um lobo que acabou de atacar a presa: rubro, colorido pelo sangue vivo. Seu uniforme de gala, suas medalhas, tudo cagado de sangue.

– Desculpe, coronel. Acho que fiquei menstruada.

Leopoldo passou a mão no rosto e conferiu o sangue fedido. Balançou a cabeça para um lado e para outro, inconformado. Dólar, assustado, subiu as escadas para o segundo andar.

– Você não tinha o direito de fazer isso...

– Coronel, o senhor me desculpa. Foi sem querer...

– Eu estava curado!

– Mulher não controla essas coisas...

– Sai do meu sofá!

– Estou tão envergonhada...

– Sai daqui! Sai da minha casa!

– Desculpa, coronel...

– Eu não quero fazer isso! Eu não quero fazer isso! Sai...

– Você está me humilhando...

– Fora daqui! Foraaa!!

– Não fale assim comigo... covarde!!

Era a voz da vovó voltando:

"Covarde... Leopoldo, você não é homem, nunca foi..."

De cima do terraço, ouvia-se o uivo de Dólar.

– Covarde! Não se fala assim com uma dama! – A puta não se conformava com a grosseria...

"Trazendo vadia pra casa, Leopoldo?"

– Eu não quero fazer isso, vovó!

Uivo do cachorro.

"Ouvindo desaforo de vagabunda, Leopoldo? Seu frouxo."

– Eu não quero... Eu não quero, vovó...

– Vovó é o caralho, tá me chamando de velha? Seu coronelzinho de merda, covardão, veadão...

Uivo do cachorro...

"Banana, nunca foi homem, macho... frouxinho..."

– Sua bicha louca!

– Eu sou um coronel do Exército brasileiro...

"Bichona, ela tem razão, Leopoldo, desde criancinha... eu sempre soube..."

Uivo do cachorro.

– Seu Veadão! Eu quero meus duzentos dólares!

Então o canibal lançou-se sobre a mulher, enterrando seus dentes afiados no pescoço da presa, enquanto a mão tapava-lhe a boca. A vítima tentava escapar dando socos no algoz, mas a mandíbula treinada do canibal tinha uma força estúpida e logo a moça cedeu, os murros perderam velocidade e os olhos foram se fechando, entregando-se para a morte. Emitiu alguns gemidos, que poderiam até ser confundidos com prazer. E desfaleceu. O canibal variou entre a vagina e o pescoço, deixando as demais partes para outra ocasião. Com a espada, cortou o restante do corpo em pedaços uniformes, simétricos, e guardou no velho freezer horizontal.

Era um canibal metódico. Militar.

No terraço da casa, Dólar soltava mais um uivo, agudo; depois em falsete, quase um canto: de angústia e submissão. O cheiro de sangue no ar, o animal reconhecia, por instinto, pela herança de seus ancestrais, anunciava: havia um predador na casa e não era ele.

O canibal estava de volta.

RIO BABILÔNIA

RIO NOIR

KODAK SAFETY F

TANGERINA TANGO

MARCELO FERRONI

BARRA DA TIJUCA

Eu podia ter chamado de premonição, mas não acredito nisso, nem na sorte, acreditava aliás em poucas coisas além de algum dinheiro no fim do mês e de um lugar decente para dormir, talvez de alguém ao meu lado e um pouco de felicidade. Eu acreditava no que não tinha, e ri de mim mesmo no balcão daquele hotel de gesso e granito, de compensado com revestimento imitando madeira de lei, plantas sintéticas em vasos de cimento, sofás assexuados de couro. A chuva caía burocraticamente, eu me apoiava no balcão e observava a cortina de gotas grossas que descia pelo estreito telhado de vidro alguns palmos além da porta automática. Aquela cidade sugava meu ar, aquela cidade de aparências falsas e pés-direitos baixos, aquela cidade cujos prédios eram aberrações neoclássicas sob o céu cinza chumbo, um simulacro paulistano do inferno, enquanto o recepcionista - aparelho na boca, ar de menino - aguardava no telefone que meu autor atendesse. Eu não odiava apenas a cidade, odiava também meu emprego, e antes que eu voltasse a me amaldiçoar ela passou lentamente lá fora. A porta automática se abriu e fechou enquanto ela percorria a calçada sem entrar no saguão. Tinha a pele bege amarelada, e os braços ligeiramente flácidos saíam de um vestido recatado preto que descia até um pouco abaixo dos joelhos. Sapatos pretos de meio salto, pernas discretas. Ela apoiava o rosto no celular na mão esquerda, e na direita erguia um guarda-chuva cambaleante, sorridente, que de repente tomou meus sentidos numa premonição celestial (mas não acredito nisso), cada uma de suas faces coloridas um retrato do Rio de Janeiro – o Cristo Redentor, o Pão de Açúcar, outra face exibia o Maracanã, ainda outra a praia e o calçadão ondulantes –, e pensei que poderia estar num lugar melhor, mais caloroso, onde as pessoas sorriam como aquela pequena, de dentes grandes e brancos. Ela seguiu até a ponta de meu campo de visão e sumiu numa entrada de serviço.

– Qual é o seu nome, mesmo?, me disse o recepcionista.

– Mariconda. Humberto Mariconda.

Esperei mais um pouco. Meu autor mandou avisar que desceria a qualquer momento, mas o momento não chegava. Atrás do recepcionista havia um painel suspenso com o nome do hotel, e mais atrás, dos fundos, onde devia ser o escritório, ela reapareceu, sem o guarda-chuva nem o celular, mas ainda mostrando os dentes num meio sorriso, e só então notei como seus olhos eram redondos, ela os ergueu e olhou para mim, era roliça e ao mesmo tempo miúda, os cabelos negros presos num coque, ombros nus com pequenas variações de cor e profundidade, e, meu Deus, eu sorri para ela e todo seu rosto se abriu, ela ia dizer alguma coisa mas viu que o colega já me atendia, então baixou os olhos para o monitor e começou a digitar.

Eu poderia ter dito tantas coisas a ela. Se estivesse sozinha. Se o garoto ao seu lado não me olhasse como eu a olhava. Se o ping do elevador não tivesse soado, e dele não houvesse saído um velho tão disforme quanto um camembert derretido, acompanhado de uma loira que parecia um recorte de várias faces, novas e velhas, composto por uma criança numa aula de artes. Eles não me notaram quando me adiantei com o melhor sorriso para acompanhá-los ao táxi que aguardava na rua. Fiz menção de ajudá-lo, mas ele grunhiu, afastando a bengala.

Era aquilo que eu fazia nos últimos tempos, recepcionar autores que não queriam ser recepcionados *por mim*, que gostariam de estar fazendo sucesso em outra editora, adulados por pessoas mais relevantes, vendendo tiragens inteiras de seus romances cansados, mas que de alguma forma haviam caído naquele fundo de poço e achavam que a culpa era nossa, sempre nossa.

Natsume, meu editor, me escalava para os serviços desagradáveis não só porque eu tinha um comportamento mais estável que o de Rose, a assessora de imprensa - uma senhora tão antiga quanto nossa impressora matricial -, como também porque eu era o único ali que podia sustentar mais de três frases em inglês. Lá estava eu novamente, sete meses depois, desempenhando o mesmo papel em outra cidade, concretizando de alguma forma minha premonição (mas não acredito nisso), apoiado num balcão um pouco maior, num saguão mais espaçoso, monumental sem ter nada do que se gabar, as paredes salmonadas com ondas de gesso em alto relevo, núcleos de sofás desconfortáveis, palmeirinhas e tapetes antigos que se esforçavam para dar um aspecto um pouco mais caloroso àquele templo persa de padaria. Eu poderia estar em qualquer periferia do mundo, não fosse a linha de azul ultramarino através da avenida, que se fundia ao céu turquesa no horizonte sempre que a porta dupla fumê se abria com o serviço estabanado dos carregadores. Da janela do avião eu vira horas antes aquele mesmo mar, camuflado por uma névoa difusa, e vira repetidas as imagens de um guarda-chuva distante: o Cristo Redentor, o Pão de Açúcar, o Maracanã branco e as orlas circulares de espuma, areia e prédios. Tudo isso se esfumaçou no calor do aeroporto, na fila caótica do táxi, onde os atendentes riam entre si ou falavam ao celular enquanto engravatados furavam a fila. Subi num velho Santana de vidros pretos e assentos úmidos, agarrado à minha mochila, e nos enfiamos para o outro canto da cidade, num calor de rachar lenha (o ar-condicionado pifou logo hoje, disse o motorista sem o menor esforço de soar convincente), travados na estrada congestionada que levava à Barra, entre casebres de pesadelo e muros prisionais, que para mim remetiam às histórias de paulistas que se perdem na entrada do Rio e terminam numa favela onde são roubados, por fim fuzilados.

Não fui fuzilado; não me enfiei onde não devia; não fugi de tiroteios nem tive uma arma apontada no rosto, e no entanto um dia depois lá estava eu, com uma pequena inexplicável, imprensados entre o sol e o cimento num enorme estacionamento comercial da Barra, nosso autor ainda desaparecido em algum lugar do Rio, eu e ela fugindo de mãos dadas de um carro da polícia civil, ela liderando o caminho suada, sem ouvir minhas súplicas, até que estancou e soltou minha mão, deu mais três passos e parou de novo, como num transe, os cabelos de palha descabelados no rosto sardento, os olhos apertados contra o clarão, e começou a oscilar ligeiramente, sua respiração se tornando ofegante, mais rodopiando que girando agora, entre as faixas brancas como antigas inscrições no asfalto crestado. Então ela abriu os olhos da cor de bijuterias, e os olhos brilharam contra o sol, ela gemeu e meu coração quase estourou, dei os passos apressados que me separavam dela e a equilibrei antes que caísse perto de uma sarjeta clara de concreto, e ela se abraçou a mim como pôde, os braços magros mal tinham força, ela enfiou o rosto no oco de meu ombro e passei os dedos entre seus cabelos emaranhados, ela fazia força para não desmaiar e ao mesmo tempo respirava para finalmente sussurrar em meu ouvido. *Eu sei o que aconteceu com ele, eu sei.*

Demorei para identificar a cor daqueles olhos, e o que eles pareciam dizer quando ela me encarava com lábios ressecados e o rosto descontente. Não deu atenção a mim, ou fingiu não dar, na primeira vez em que a vi, saindo de óculos escuros daquele elevador, teclando desinteressada num celular. Ela vinha logo atrás de quem eu realmente devia recepcionar, estava provavelmente acostumada aos pequenos shows dele porque sumiu de cena tão logo ele se adiantou, tomando conta de todos os espaços, agitando as moléculas de ar à sua volta. Seu nome era Greg Nicholas, MD, e era em todos os sentidos quem aparentava ser. Compacto, bronzeado, com cabelos negros colados à cabeça como um capacho novo. Usava calça de sarja bege, ajustada um pouco acima da cintura, e uma camisa azul que marcava seu peitoral bem definido. Mocassins de couro castanho e uma correntinha de prata abraçada ao pescoço brutal. Tinha o queixo quadrado, olhos duros e profissionais, que brilharam mecanicamente quando me viu. Estendeu sua mão, que eu apertei, mas era o mesmo que apertar uma pedra, e a pedra por sua vez apertava de volta. Ele me olhou profundamente, Como vai você, falou, e depois sacou do bolso uma caneta azul, que me deu de presente. Instituto Greg Nicholas de Conhecimento Positivo. Eu sorri, olhei de novo a caneta, me confundi um pouco nos cumprimentos, o suor já escorria pelas costas e molhava o cós do meu jeans frouxo. Não percebi, no abafamento nervoso dos ouvidos, que havia outras pessoas comigo. Dois curiosos, o gerente, uma jornalista muito nova e uma loira platinada de óculos escuros com seu provável motorista, um sujeito carrancudo de barba por fazer, terno largo demais. A loira tomou a dianteira e num barulho de joias chocalhando estendeu seus dedos finos, que Greg tomou com delicadeza. Como vai você, disse ele, de forma ligeiramente mais calorosa, e um pico de sorriso se instalou no canto direito da boca. Estendeu a ela uma caneta rosa, sem perder o contato visual. Comecei a explicar que eu era da editora, que eu – a senhora platinada havia começado a falar por cima de mim, em português mesmo (enquanto eu me enredava num inglês escolar), sobre como estava honrada com a sua presença, e de como tinha certeza de que ele não faria a desfeita de recusar o convite para jantar na casa dela àquela noite.

Greg Nicholas fazia no Brasil sucesso considerável com o método de emagrecimento *Você pode – Como perder seus quilinhos extras com a força do pensamento*. Havia sido lançado por nossa editora sem muito alarde – marketing era uma noção que Natsume desconhecia – e ninguém podia explicar como tivera tanto êxito por aqui, se o mesmo não havia ocorrido em nenhum outro lugar do mundo. Dois meses depois de lançado, entre outros títulos circunstanciais (*Os dez líderes mais cruéis da história*; *101 receitas de cupcakes para micro-ondas*), o livro de Greg começara lentamente a galgar a trilha dos mais vendidos, e empacou num sólido sexto lugar em autoajuda, de onde não havia mais saído. Seu método – segundo o site do Instituto Greg Nicholas de Conhecimento Positivo – havia sido adotado pelos ricos e famosos, entre eles as atrizes Lindsay Lohan e uma certa Mimi Lesseos, antiga estrela da luta-livre e dublê de figurante em *Menina de ouro*.

Sei disso porque fiz os textos de orelha, e ambos os nomes foram importantes para açucarar o material de divulgação. Cito aqui de cabeça o meu texto: Greg passou dois meses no Tibete, onde conheceu a técnica milenar de concentração dos monges budistas. Ao estudar a energia que brota em nossa mente e flúi pelo nosso corpo, Greg desenvolveu os dez passos para canalizar essa energia positiva na redução radical do peso. Testado em pacientes ao redor do mundo, *Você pode* está revolucionando a Medicina Ocidental.

Greg morava atualmente em Belize, onde conduzia estudos de ponta em seu instituto. Eu não sabia mais nada, nem teria muito acesso a ele em seus dias no Brasil. Sua agenda era ferreamente controlada pela garota que, enquanto Greg era conduzido pela mão por aquela loira através do lobby, tirou os óculos escuros e me fitou com raiva e incompreensão. Demorei, perdido naqueles olhos, mas pude identificar sua tonalidade. Eram da cor do âmbar, um pouco amarelados. Seu nome era Ellie.

Ela havia organizado três dias de agenda lotada para Greg Nicholas. Naquela tarde, ele daria sua primeira entrevista. A seguir, participaria da gravação de um programa de fitness e saúde e seguiria, no início da noite, para o evento principal: um debate no salão nobre da Bienal do Livro com Tatá Mourinho, jornalista, estudiosa do comportamento feminino, Laura Ruiz, a nutricionista das estrelas, e Gilberto Mendes Albuquerque, jurista (Mendes Albuquerque havia escrito uma saga farroupilha com cenas picantes). Depois Greg assinaria exemplares em nosso mínimo estande, comigo ao seu lado impedindo o acesso das fãs. Nos dias subsequentes, ele tinha mais duas entrevistas, faria uma visita aos estúdios da Globo, onde ensinaria ao vivo uma de suas receitas da mentalização – assim ele as chamava –, daria uma palestra exclusiva para assinantes do jornal *O Globo*, subiria a Rocinha com uma equipe de TV, onde veria uma apresentação de capoeira infantil, comeria feijoada em companhia de uma colunista social e de William Vorhees, o cicerone dos famosos, e terminaria autografando seu livro num shopping da Barra antes de embarcar de volta a Belize, em conexão via Panamá.

Nos poucos minutos em que passou desassistido no mezanino vip da Bienal, Greg sentou numa mesinha e comeu compulsivamente de um bowl de amendoins coloridos enquanto sua assessora era dura, muito dura comigo. Ela queria saber quem diabos era aquela mulher que falara mais cedo com Greg, e que jantar era aquele que Greg fora obrigado a aceitar, e Greg não gostava do assédio de pessoas não autorizadas, Greg precisava de descanso, Greg não se adaptara aos travesseiros do hotel, as toalhas de Greg não eram conforme ela havia instruído (uma das coisas do orçamento que Natsume cortara), Greg enfim precisava de um aposento neutro para mentalizar positividades antes de sua palestra, Greg achava muito chato não poder usar sua apresentação de PowerPoint e Greg estava muito incomodado em ter de dividir a palestra com três outras pessoas. Eu apenas olhava a horda de meninos uniformizados lá embaixo, varrendo os estandes como cupins, me perguntando como é que eu havia aceitado um emprego daqueles.

– E não vi o nosso livro exposto em nenhum lugar até agora.

Ela disse mais alguma coisa que me escapou por completo. Aquele seu sotaque – que talvez não fosse nada mais do que inglês falado por um nativo – me era às vezes indecifrável. Ela tampouco entendia o que eu falava, e ficávamos um olhando para o outro, incompreendidos, insatisfeitos.

Liguei para o meu chefe. Natsume era um daqueles diabéticos que bebem por desplante, e eu sabia que às seis da tarde, com o uísque fermentando em seu cérebro, ele estaria ligeiramente mal-humorado.

– A assessora reclamou das toalhas, falei.

– Que toalhas?

– Acho que ela vai notar que o carro que alugamos para amanhã não é blindado.

– Que carro?

– Uma loira platinada entrou na nossa conversa e convidou Greg para jantar.

– Que loira?

A palestra, é claro, foi uma confusão, como costumam ser os eventos na minha presença. Colocaram Greg na ponta de uma longa mesa com toalha branca, e era evidente que todas as senhoras e adolescentes na plateia de duzentos lugares – cheia como eu nunca tinha visto numa Bienal – só estavam ali para ver Greg. O mediador era um jornalista ambiental e fez questão de que cada convidado, incluindo ele, falasse um pouco de si antes de Greg. Greg sacudia tanto as pernas que fazia a mesa tremer – era uma verdadeira represa de energia positiva. Quando ele finalmente recebeu o microfone, levantou-se de um salto, porque não conseguia palestrar sentado. O que aconteceu a seguir foi monumental. Correndo de um lado para outro, interagindo com o público, que não entendia uma palavra do que ele dizia, Greg contou sua história de superação, de como era um menino pobre, sem perspectiva, e de como descobriu desde cedo o dom – canalizar energias positivas para superar barreiras. Greg interpelava as pessoas, Greg fazia rir, Greg chamou uma mulher da plateia, Greg fez flexões, Greg atirou punhados de canetas coloridas, Greg ganhou aplausos que fizeram subir em alguns graus a temperatura daquela enorme lata de sardinhas. Os demais debatedores estavam atônitos como eu. Ao final de sua fala o palco foi invadido, e foi só pela brutalidade de Ellie que ele pôde ser conduzido pelos corredores lotados até nosso estande, onde, devo dizer, uma divisória veio abaixo durante a sessão de autógrafos.

Eu estava aniquilado, eu precisava de um banho, eu amaldiçoava nossa assessora de imprensa por ter aprendido inglês num método de fitas cassete. Apenas outra pessoa não tentava chegar mais perto: a loira platinada, toda de branco, batom de fogo, olhos de rímel pesado centrados em cada ação de Greg assinando exemplares na mesa de plástico. Ela e o sujeito de barba por fazer e paletó folgado. Duas pessoas, então. Três, na verdade, porque aquele sujeito estava lá, aquele sujeito com ar estrangeiro, agora eu me lembro: alto e magro, de cabelos caramelo muito lisos repartidos ao meio, óculos de grau de armação redonda, paletó de linho bege. Um pouco afastado de nós, e imóvel como um lagarto.

Nós o veríamos de novo poucas horas mais tarde, no jantar em homenagem a Greg, do qual eu fora obrigado a participar. Ellie se sentia nervosa com qualquer coisa fora da agenda, nervosa demais, e tive de passar algumas horas no saguão do Windsor Barra, com as mesmas roupas da tarde, ainda com a mochila de viagem, porque eu não tivera tempo de fazer o check-in no meu hotel, que, ao que parecia, era muito longe dali – mais uma das economias burras de Natsume. Era de fato tão longe que o taxista riu quando lhe passei o endereço. Aterro do Flamengo. Nem que Greg malhasse, tomasse banho de espuma, cortasse as unhas e acertasse o permanente eu conseguiria ir e voltar a tempo de encontrá-los.

Partimos às dez da noite. Ellie havia arrumado o cabelo num coque, maquiagem leve, calça preta de seda e camisa branca, e Greg usava a mesma combinação bege-azul eternizada em sua foto de orelha. O taxista se embrenhou entre ruas escuras e vazias, arborizadas, de grades altas, no que bem poderia ser São Paulo, e a seguir entrou numa avenida em obras, com predinhos semiconstruídos, placas coloridas anunciando qualquer coisa de baixa qualidade e tapumes inchados de umidade, tombados, revelando máquinas e vigas enferrujadas. Em vez de pegar o túnel, o motorista quebrou à direita numa rua estreita e parou numa guarita, com um portão de ferro onde a grade verde subia em ondas, formando um delicado desenho de folhas. Esperamos uma resposta. Greg farfalhava cada vez que se mexia no banco de vinil, e não farfalhava pouco. A grade se abriu. Então começamos a subir.

As casas cresciam conforme avançávamos, e paramos bem no alto, em frente a uma mansão de dois andares que não chamava atenção pela imponência, nem pelas luzes, nem pelos coqueiros na entrada, mas pelas cores. Verde-escuro, grená, verde-escuro, grená, grená, grená, verde-escuro, cada parede, cada janela, cada sacada de uma cor, como se o dono fosse louco, ou pagasse uma promessa. Nada mais explicaria tamanha falta de bom gosto.

Deixei a mochila com um garçom de nariz enrugado. A casa estava cheia. Greg havia sido cercado por quatro mulheres de idades incertas, e Greg estava em seu elemento; fazia gestos, comunicava-se com piscadelas, distribuiu algumas canetas, as mulheres riam, uma delas subiu o vestido para mostrar a coxa musculosa como um drumete, e pude reconhecer a anfitriã porque era quem falava mais alto; ela desta vez usava uma minissaia muito laranja, e uma blusa de oncinha rosa, marrom e dourada, e era terrível o combate que aquelas cores travavam num espaço tão curto de tecido.

– Experimente a caipirinha, falei a Ellie, que havia sido esquecida num canto. Eu já havia pegado uma, de saquê com frutas vermelhas, e me diverti ao reconhecer aquele mesmo sujeito de terno folgado atrás da mesa de frutas, macerando açúcar num copo. Achei que você fosse só o motorista, falei. Ele completou o copo de bebida e colocou um canudo colorido, sem me olhar. E eu achei que homens não pedissem caipirinha de saquê com frutas vermelhas, respondeu.

A loira platinada seguia Greg onde quer que ele fosse. Quando Ellie voltou, comentei que não havia visto em nenhum lugar o Sr. Loira Platinada. Era claro que uma casa com aquelas cores exigia um homem, falei. Um homem rico e truculento. Ela não me ouviu, ou não entendeu. Estava mais pálida. Segurava a caipirinha intocada com ambas as mãos, e as mãos tremiam. Disse, Precisamos sair daqui. *Agora.* Foi então que vi o sujeito de novo, encostado num dos pilares gregos de gesso. O mesmo cabelo repartido, o mesmo paletó de linho. O mesmo olhar de lagarto, e não os tirava de Greg.

Ela se embrenhou entre os convidados para puxar Greg dali, e em poucos minutos tinha sumido. Terminei minha caipirinha, peguei uma cerveja, passei por uma porta de vidro para a noite lá fora. A piscina e o terraço ficavam em desnível em relação à casa.

Desci as escadas de metal, cruzei o pátio iluminado e avancei até a balaustrada de vidro. A vista dali, meu Deus, era exuberante. À esquerda, um elevado de concreto iluminado pelos faróis dos carros acompanhava a curva da montanha e pairava acima do mar. Mesmo à noite, era possível ver a crista violenta das ondas se chocando contra as pedras lá embaixo. Olhei o escuro do mar. Olhei diretamente para o despenhadeiro sob os meus pés. O chão de repente sumia entre copas negras fervilhantes, e uma descarga gelada subiu entre as pernas. Me afastei daquela amurada que de repente pareceu baixa demais. Virei para a casa, três andares dali, pintada também com os insistentes verdes-escuros e grenás. No clarão da porta de vidro reconheci a silhueta magra de Ellie.

Pegamos o táxi de volta, em silêncio, Greg com o sorriso preso à boca, farfalhando na mesma cadência da ida. Seus bocejos não me convenceram. Deixei-os na porta do Windsor Barra, Ellie repassou comigo as instruções para a manhã seguinte e Greg cruzou a porta automática sem esperar por ela. Foi a última vez em que o vi.

Soube que havia sumido na manhã seguinte, quando atendi a terceira ou quarta ligação no celular. Eram dez e meia e eu havia perdido ridiculamente a hora. Pudera; eu chegara ao meu hotel, o Mengo Palace, quase às três da madrugada, depois de atravessar a cidade numa corrida de mais de cem reais, que tive de pagar do próprio bolso. Pisei no saguão espelhado, com leve cheiro de mofo, e me dei conta de que havia esquecido a mochila na casa da loira platinada. Tomei um banho medíocre na ducha Lorenzetti, me deitei com a cueca vestida do avesso. O ar-condicionado fumava como uma carroça, alguém gargalhou a noite inteira e o som dos ônibus rasgando o Aterro parecia se amplificar bem acima da cama.

Era Ellie no celular, e do pouco que pude entender ela dizia que Greg não descera para o café da manhã, não atendera os telefonemas, não passara no fitness center, não saíra para correr na praia, enfim, o gerente havia acabado de abrir a porta do quarto e a cama de Greg não havia sido desfeita.

A caminho da Barra, liguei para o Natsume.

– Greg sumiu.

– Vendeu bem na palestra?

– Você não está entendendo. Greg sumiu.

– A Rose pediu cinco livros autografados dele, pra fazermos promoção na rádio.

– Você não está entendendo.

Fui escoltado no Windsor Barra por um mensageiro, através do lobby até uma porta corrediça nos fundos, que dava para o Salão Esmeralda. Haviam afastado as cadeiras e ela estava no meio, entre tipos inamistosos. Ellie assoava o nariz com um lenço de papel e tinha os olhos inchados. Um dos sujeitos, alto e barrigudo, cabelos grisalhos formando ondinhas gordurosas na gola da camisa, se aproximou de mim. Quis saber meu nome e o que eu fazia, e a própria forma como fez as perguntas me incitava a confessar qualquer coisa. Minhas mãos tremiam.

Precisei me sentar e puxei uma cadeira ao lado de Ellie. Ela havia tentado explicar, nas horas anteriores, o que sabia. Greg se chamava na verdade Gregor Nikolaidis – Você sabia?, me perguntou o policial, sorriso irônico. Não, eu não sabia. A cabeça pesava. Greg, ou Gregor, estava em Belize porque era investigado pelo fisco norte-americano. Greg, ou Gregor, não podia viver mais na Europa, procurado por uma série de acusações. O policial se virou para outro, que comia bolinhos no bufê montado pelo hotel.

– Macedo, ele é acusado de quê, mesmo?

Macedo engoliu rápido, limpou a boca e pegou um bloquinho do bolso. Leu antes de falar: Tem de tudo aqui. Falsidade ideológica, estelionato. Extorquiu uma viúva rica, a família descobriu, não pode mais pôr os pés na Itália.

– Viúva rica, é?, disse o outro, fingindo interesse.

– Foi o que eu entendi, disse Macedo.

– Como se fala estelionato em inglês?, disse o grisalho.

– Eu sabia, mas esqueci.

O grisalho virou para mim: Pois é, estelionato, sonegação, extorsão e muito mais, camarada. Coisa pesada. Então é melhor você contar.

Descrevi nossa ida à casa verde e grená; o policial falou que aquilo já sabia. A moça aí não para de falar da casa e das pessoas da casa, mas eu quero saber o que aconteceu *depois*.

– Talvez ela não saiba, falei.

– Você acha que sou palhaço?

Macedo atendeu o celular, sussurrou de canto e desligou. Um representante do consulado norte-americano está vindo. Merda, disse o grisalho. O Bucetinha falou que vai assumir o caso. Merda, disse o grisalho. Ele quer é aparecer na TV. Dessa vez não vai conseguir, disse o grisalho. Saíram do Salão Esmeralda apressados, nos deixaram sob a custódia de Rejane, loira tingida, nádegas enormes apertadas num jeans branco, de onde eu via o fio de sua tanga. Sentou-se à nossa frente, apoiando-se no espaldar da cadeira, as pernas afastadas, disse que precisava ainda esclarecer algumas questões.

Os gestos gelados de Ellie buscaram minha palma. Um choque elétrico percorreu meu corpo. Aqueles dedos, aquelas unhas roídas.

Rejane queria saber: Mas como é mesmo essa mentalização? A gente emagrece com a força do pensamento?

* * *

Meu chefe para mim:

– Está dando na internet que o nosso autor sumiu.

– Não posso falar agora.

– Nossos pedidos estão duplicando. Mantenha ele desaparecido por um tempo.

– Escute, acho que você não entendeu...

– Vamos ficar em primeiro. É você que não entendeu.

Lindsay Lohan, de sua prisão domiciliar, havia acabado de emitir um comunicado afirmando que não conhecia Greg Nicholas, nunca havia se tratado com ele, não era familiar com seu método e nunca estivera em Belize. Um pronunciamento similar de Mimi Lesseos era esperado a qualquer momento.

Rejane falou longamente num celular rosa, andando pelo Salão Esmeralda. Depois tirou uma automática negra da bolsa e se certificou de que estava carregada. Seguimos através de corredores escuros, atravessamos a cozinha e demos numa porta lateral. Por que estamos saindo pelos fundos?, perguntei, mas ela não disse nada. Entendi tarde demais que despistávamos o enviado do consulado e o tal Bucetinha, enquanto o grisalho e Macedo tentavam resolver o caso.

Pegamos a mesma avenida movimentada, em sentido contrário ao da noite anterior, e travamos no trânsito. O ar-condicionado não funcionava, e Ellie começou a dizer que não estava passando bem. Perguntava a Rejane aonde íamos, e a mulher, de óculos espelhados, apenas a olhava pelo retrovisor. Nos arrastamos por uma conurbação de shopping centers que terminava de forma épica, com a Estátua da Liberdade imprensada entre vidro azulado e argamassa bege. Ellie observou aquilo como uma cega que recuperasse a visão. Rejane falava de novo no celular rosa. Não, ninguém a tinha visto sair do hotel, sim, ela havia desligado o rádio e o GPS da viatura. Sim, ela ia ficar em movimento, mas eles tinham pouco tempo. Macedo, onde vocês estão?, disse ela. Não, acho que a vítima só iria à Rocinha hoje à tarde ou amanhã. Vocês atiraram em quem? Como? O que vocês estão fazendo aí?

Nos arrastamos por uma rotatória a perder de vista, onde no centro estavam construindo um caixote épico de concreto, cinco andares no mínimo, uma mistura de cavalo de troia com defumador gigante. Passamos por prédios em estilo neoclássico, como os que eu via em São Paulo, em meio a terrenos baldios arenosos que dentro de meses estariam ocupados por novos prédios neoclássicos. Eu preciso sair daqui, disse Ellie, e forçou a maçaneta. Rejane nos olhou de novo e disse que ia parar. Tamborilou no volante. Pegou o celular mas não conseguiu completar a chamada. Soltou o ar, pensou. Cruzamos bandeirolas vermelhas na entrada do Makro e entramos no estacionamento quase vazio àquela hora da tarde. Rejane ficou em dúvida sobre qual vaga escolher, parou entre duas. Manteve as janelas entreabertas e tirou a chave da ignição. Ordenou que ficássemos ali e nos abandonou como crianças.

Foi então que Ellie começou a sufocar e a apertar o pescoço. Ar, ar, ar, e desabou porta afora.

Continuamos abraçados, de joelhos no concreto morno, e eu sentia a respiração dela esquentando minha camisa. Voltou a dizer que sabia o que tinha acontecido com ele. Eu perguntei se estava sendo caçado; perguntei se havia se metido em algo maior, que nem ele, Greg, entendia. Ela balançava a cabeça. Não, não, não. Falou que eu precisava voltar àquela casa no alto do morro, aquela casa de cores escuras. Então me lembrei daquele sujeito estranho e dos seus óculos, do seu cabelo liso. Tentei descrevê-lo para Ellie, enquanto a apertava com mais força. Um segurança de moto passou por nós, mas não nos movemos. Eu tentei beijá-la, Ellie disse,

Não, depois falou que vinha tentando explicar algo desde o início àqueles policiais. O homem, o homem das caipirinhas...

– Um pouco mal-humorado, falei.

– Você não viu a arma debaixo do paletó dele?

Só então ela me encarou, aqueles olhos atônitos cor de âmbar. Ao longe, avistei Rejane, carregando um volume grande nos ombros. A meio caminho do carro ela parou, notando nossa fuga. Pousou a caixa no chão, olhou ao redor, sacou o celular. Tínhamos pouco tempo. Ellie apertava meus ombros e me olhava intensamente. Falou que eu tinha de ir até lá, até aquela casa. Que eu tinha de *descobrir*. Eu insisti no sujeito ofídico de cabelos repartidos, que parecia a mando de alguém, que não tirara os olhos de Greg.

– Ele talvez seja de alguma organização criminosa, falei.

Aquilo de certa forma quebrou o encanto que nos unia. Ela enxugou o nariz no punho da camisa e se levantou. Quando falou, exalava decepção.

– Não, Humberto, ele não é ninguém *atrás* de Greg. Ninguém violento. Não um bandido. É outro editor, como você.

A policial havia nos avistado. Acenava, ordenava que voltássemos.

– Outro editor?, falei, como se não houvesse compreendido bem.

– Seu concorrente. Com quem Greg ia fechar o próximo livro.

– Próximo livro?

– Me desculpe.

Silêncio de concreto aquecido. Ellie me chamou. Ellie tentou me tocar. Eu era apenas uma sombra avançando no chão, até o carro, até o porta-malas aberto, onde Rejane tentava enfiar uma caixa monstruosa. Olhei e não entendi. Uma churrasqueira portátil.

– A do meu namorado está furada, disse ela apenas.

* * *

Traído. Foi com essa sensação que apertei a campainha da casa no alto da montanha. O sol começava a cair, mas ainda queimava minha nuca. Estava cansado dos interrogatórios da tarde, cansado da polícia. Nossa chegada à 16ª DP não fora bonita, é o mínimo que posso dizer. Empurra-empurra. O grisalho enfaixado, discutindo com outro investigador. Nem sinal de Macedo. Um sujeito de boca rósea brilhante num cavanhaque de pelinhos encaracolados dava entrevista para a TV. Haviam colocado um casaco sobre a cabeça de Ellie e a empurrado através do corredor de fotógrafos como se fosse suspeita. E nada ainda de Greg. Eu queria apenas minha mochila de volta, tomar um banho antes de retornar a São Paulo. Pelo interfone, expliquei o que viera pegar. Expliquei o mesmo a uma empregada de uniforme, que me conduziu até a grande sala vazia, disse que a patroa acabara de acordar e me deixou ali. Só agora eu via o aposento em detalhes. Uma escada em espiral subia bem no meio das janelas, obstruindo a vista lá fora. Pilares gregos levavam a lugar nenhum. Na parede, uma camisa emoldurada do Fluminense disputava espaço com um quadro abstrato, de mau gosto juvenil. Nas fotos da cômoda (Bariloche, iate, Sapucaí) vi finalmente o Sr. Loira Platinada. Grisalho, troncudo, podia ser o avô dela. Como a empregada não retornava, resolvi descer até a piscina.

A paisagem era ainda mais impressionante ao entardecer. Ela estava na espreguiçadeira lá embaixo.

A luz me cegou um momento. Seus cabelos ondeantes brilhavam. Ela usava uma saída de praia branca sobre um maiô branco, e uma sandália branca com fru-frus e salto. Estava deitada de lado, pernas lânguidas apoiadas uma na outra. Seus olhos sumiam nos óculos muito escuros. Me olhava, acho, mas não dizia nada. Sentei na espreguiçadeira à sua frente. Ela afastou os lábios da piteira, soprou fumaça para o alto, enquadrada pelo azul indecente do mar.

– Ah, o menino de recados.

– O nome é Mariconda. Humberto Mariconda.

– Gostou da casa? É por isso que voltou?

Observei ao redor, piscando os olhos.

– As cores na verdade não vão muito bem com esse pequeno paraíso que você tem aqui.

Ela levou a piteira à boca, um tempo me examinando.

– Meu marido, Mariconda. É um fanático.

– É por isso que nunca está? Viaja com o time? Visita os vestiários? Rapazes trocando de roupa?

Ela sorriu como se não sorrisse.

– A polícia já veio aqui e tentou me intimidar. Não é você que vai conseguir.

– Ah.

Soltou a fumaça. Falei de novo.

– E onde eu poderia encontrar o Sr. Platinada?

Ela pensou um pouco. A conexão do nome era difícil. Ela fumou. Ela soltou a fumaça. Ela entendeu.

– Não é da sua conta, querido. Esse é um problema meu e dele.

Me levantei e contornei sua espreguiçadeira. O mar me chamava, as árvores clamavam logo abaixo. Senti o mesmo calafrio da noite anterior. Algo brilhava através da folhagem. Na luz indireta do poente, tracinhos coloridos riscavam a relva, surgiam entre as pedras. O vento quente assobiou em meu ouvido. Eu me dava conta de que estava só, completamente só, e de que Ellie estava certa. Precisei agarrar a mureta de vidro com força. Olhei para ela.

– Notei que seu capanga também não está aqui.

– Não é o *meu* capanga.

– Onde ele está?

– Pergunte ao meu marido, se o encontrar.

Ela parecia mal-humorada. Olhei de novo o abismo, depois para ela.

– Você achou que teria a noite só para você, com seu marido fora.

Ela agora tinha uma ponta de sorriso mesclada à impaciência. Caminhei de novo até ela e me sentei com dificuldade. Minhas costas formigavam. Ela mexeu as pernas fúnebres. Enfrentava uma terrível ressaca, agora eu me dava conta. Falei.

– Greg voltou pra cá de madrugada e vocês acharam que teriam uma bela noitada. Mas o fazedor de caipirinhas estragou tudo, não?

– Não sei do que você está falando, disse ela, sem o menor interesse.

Apontei para a balaustrada.

– Pois ele deveria ter tirado as canetas dos bolsos de Greg antes de jogá-lo lá embaixo.

Ela mexeu nos cabelos. Ela suspirou. Em nenhum momento fez questão de se levantar, ou de olhar para trás. Falou que eu estava sendo um pouco ridículo.

– Ridícula é essa casa. São essas cores, falei.

Ela soltou o ar e sorriu. Me levantei, cheio de frio nas vértebras. Eu de repente me sentia frágil, exposto; milhares de agulhas pinicavam minha nuca. Ela então falou.

– Não se preocupe. Ele não é meu dono, e não perde por esperar.

– Você vai acionar a polícia?

– O que a polícia tem a ver com isso? Muito pior, querido. Em uma semana isso tudo terá outra cor.

– Cor?, soltei entre os dentes. Não podia dizer muita coisa mais.

– Tangerina tango. O tom do próximo verão. Irá bem com as palmeiras.

A empregada descia a escada com uma bandeja de bebidas. Minha mochila não estava em lugar algum, e o mar havia adquirido um tom azul carnívoro. Olhei-a de novo na espreguiçadeira. Entendi que ela havia acabado de arquitetar aquela vingança, e seu corpo emanava um brilho opaco, satisfeito. Eu quase não lembrava por que estava ali, e ela tampouco queria me lembrar.

→5
→5A
→6

A ESPERA

FLÁVIO CARNEIRO

CENTRO

A identidade fatal do enamorado não é outra senão:
sou aquele que espera.
ROLAND BARTHES

Aquele era um dia comum, uma segunda-feira como outra qualquer, até a ressaca era igual. Passava um pouco do meio-dia e o sol parecia desabar inteiro sobre a minha cabeça quando entrei no velho prédio da rua da Relação.

"Não está funcionando. Já chamei o técnico", o porteiro disse, sem tirar os olhos do jornal.

"É melhor aposentar esse troço de uma vez", respondi, olhando para o elevador sempre enguiçado.

Subi as escadas pensando que minha vida não estava nada boa. A cabeça doendo, o calor e aquela barulheira infernal do prédio misto, de salas comerciais dividindo espaço com apartamentos de moradia. Do primeiro ao quinto andar subi escutando choro de criança, discussão de vizinhos, música alta e o som irritante de algum idiota furando parede.

A porta do meu escritório precisava com urgência de uma nova pintura. Fiquei parado ali por um instante, a plaqueta na minha frente: DETETIVE ANDRÉ – INVESTIGAÇÕES.

Não sei bem se o que senti foi o que os místicos chamam de epifania, não entendo direito dessas coisas, mas talvez tenha sido isso mesmo, uma epifania, uma revelação. Enquanto olhava para aquela placa era como se uma voz me dissesse, com um tom irônico, ligeiramente diabólico: se toca, meu irmão, sai dessa lama.

Eu resolvia problemas de todo mundo, gravava flagrante de adultério, descobria golpes em seguradora, encontrava gente desaparecida, ajudava os cornos e os amantes com a mesma competência e continuava na merda, morando numa caixinha de fósforos em Copacabana e trabalhando num escritório horroroso, num prédio horrível, no centro de uma cidade que me parecia cada vez mais hostil.

"Desculpe, você é o detetive André?"

Virei na direção da voz.

"Sim."

"Será que podemos conversar?"

Abri a porta e fiz um gesto para que a mulher entrasse. Entrei logo em seguida, ofereci uma poltrona e abri a janela.

A luz do sol iluminava o lugar onde ela estava sentada. Minha mesa ficava na penumbra. Eu poderia acender a luz mas preferia daquele jeito. Tinha lido num conto do Machado que era assim que certa cartomante recebia seus clientes. Ela à sombra, o cliente sob uma espécie de foco, como num teatro. A cartomante então podia ler o rosto do freguês enquanto embaralhava as cartas, sem se deixar mostrar inteiramente.

"Em que posso ajudá-la?"

Era uma bela mulher. Reparei no corpo perfeito quando a vi por trás, entrando devagar no escritório. Usava um vestido curto, de malha, vermelho-escuro, quase vinho, realçando a pele muito branca. Os olhos pequenos, negros, ganharam um brilho acentuado quando ela começou a falar.

"Desculpe, não sei por onde começar, nunca estive no escritório de um detetive antes."

"Há sempre uma primeira vez."

Ela sorriu, com uma timidez um pouco forçada.

"Pode começar me dizendo seu nome."

"Marina."

A porta do escritório se abriu de repente e ela se assustou com o barulho.

"Opa, estou atrapalhando?"

Pergunta retórica. Independente da minha resposta, o Gordo iria entrar e ficar naquela sala. O Gordo era um velho amigo e conhecia tudo de ficção policial. Tinha um sebo na rua do Lavradio e nas horas vagas me ajudava nas investigações. Ele não chamava de ajuda. Chamava de assessoria.

Apresentei os dois. Ele a cumprimentou com um sorriso. Eu conhecia aquele sorriso. O Gordo é um tarado, e acredito que pense a mesma coisa a meu respeito.

Puxou uma cadeira, virou-a ao contrário e sentou-se, apoiando os braços. Foi um gesto premeditado, para impressionar a mulher, como se fosse um desses caras durões de filme de gângster. Só faltou mastigar um palito e cuspir no chão. Marina ignorou.

"Vim até aqui porque gostaria que você encontrasse uma pessoa."

"Uma pessoa."

"Sim. Um homem."

Fiquei esperando. Ela abaixou os olhos e cruzou as pernas. Apoiou uma das mãos sobre os joelhos. Tinha dedos longos e finos, dedos de pianista. Reparei na aliança.

"Seu marido?", disparei.

"Não, não é meu marido. Meu marido não sabe de nada. Nem deve saber."

"Entendo."

Ela voltou a ficar em silêncio.

"Bebe alguma coisa, querida? Uma água, refrigerante, cerveja?", o Gordo perguntou.

"Água, por favor."

O Gordo foi até o frigobar e abriu uma garrafa de água mineral. Colocou num copo e deu a ela.

Marina olhou para a estante de livros, ocupando toda a parede do fundo do escritório.

"Você gosta de ler, pelo visto."

"Gosto."

Ela se levantou e foi até a estante. Os cabelos longos, lisos e negros terminavam em pontas irregulares. Usava salto alto e andava como se estivesse descalça, levíssima.

Ficou passeando os olhos pelas lombadas dos livros.

"Mas só tem romance policial aqui!"

"Alguma coisa contra?", falei, em tom de brincadeira.

"Não, claro que não. Até combina com o escritório de um detetive particular."

"Detetives de verdade não gostam de ler. Acho que sou uma exceção."

O Gordo se aproximou dela.

"Deixa eu te mostrar uma coisa", falou, pegando um livro e o colocando nas mãos de Marina.

"*O Falcão Maltês.*"

"Já leu?"

"Não gosto de romances policiais. E Hammett está longe de ser meu escritor preferido."

"Sabe que há uma personagem nesse romance, uma mulher, que se parece muito com você?"

"É mesmo?"

"O nome dela é Brigid. Quer dizer, o nome verdadeiro. Ela usa outros também."

"Hum."

"Não quer saber por que ela se parece com você?"

"Não."

Ela respondeu com voz seca e voltou a se sentar na poltrona.

"Quem é o homem que você quer encontrar?", perguntei, sem esconder minha impaciência.

"Na verdade, não o conheço. Não sei o nome dele, nem o que faz na vida. Nunca conversei com ele. Deve ter um metro e oitenta ou pouco menos, cabelo curto, preto. Pele morena, eu acho."

"Acha?"

"Nunca o vi de muito perto, só a alguns metros de distância, e à noite, sem muita luz."

O Gordo olhou para mim, erguendo as sobrancelhas.

"Tudo começou faz duas semanas. Uma noite, quando saí do trabalho, tive a impressão de que havia alguém me seguindo."

"Onde você trabalha?"

"Na Biblioteca Nacional, setor de obras raras."

"E mora onde?"

"Aqui no Centro mesmo. Na avenida Calógeras, em cima do Villarino. Conhece?"

"Edifício Pan América. Tive uma cliente que morava lá."

"Que coincidência."

"Pois é."

Ela fez uma pausa, o olhar um pouco distante. Eu queria saber o que ela estava pensando naquele momento. Foi uma pausa breve, alguns segundos apenas, logo depois voltou a olhar para mim, continuando seu relato.

"Sempre volto andando pra casa e nunca me aconteceu nada. Você sabe, é perto, uns dez minutos de caminhada. Mas naquela noite senti algo estranho, tinha certeza de que estava sendo seguida. E confesso que fiquei com medo de parar e olhar pra trás."

"O que você achou que poderia acontecer se olhasse?"

"Não sei. É claro que não iria acontecer nada, a rua estava cheia de gente, mas fiquei com medo. Andei mais um pouco e, quando já estava perto de casa, tive que parar num sinal. Então olhei e lá estava ele."

Ela bebeu mais um gole de água.

"Estava com um jornal debaixo do braço. Usava calça jeans e camisa branca, de manga curta. Ficou me encarando."

"Era boa-pinta?", o Gordo perguntou.

"Como?"

"Era um cara bonito?"

"Não era feio."

"Era bonito ou não era feio? São coisas diferentes."

Ela não respondeu.

"E o que aconteceu depois?", perguntei.

"Continuei caminhando, apressada, até entrar no meu prédio. Acho que nem dei boa-noite ao porteiro, subi direto, uma palpitação no peito. Entrei em casa e fiquei alguns minutos deitada no sofá, sem acender a luz. Depois fui até a janela. Abri, olhei pra baixo e lá estava ele, na calçada."

"Olhando pra você."

"Exato. Estava encostado num poste, o jornal debaixo do braço, olhando pra mim. Reparei que usava uma bolsa de couro a tiracolo. Não parecia assustador e também não estava sorrindo, apenas olhava pra mim. Fechei a janela. Fui tomar banho e depois de me vestir voltei a olhar pra calçada. Ele não estava mais lá."

"Mas apareceu de novo, na noite seguinte", o Gordo disse.

"Como é que você sabe?"

Ele sorriu.

"Sim, no outro dia ele me seguiu de novo. Nem precisei olhar pra saber que ele estava me seguindo, minha intuição dizia que ele estava atrás de mim. No meio do caminho parei, virei o rosto e fiquei olhando pra ele. Continuava usando calça jeans e uma camisa de manga curta, azul dessa vez. A imagem era quase a mesma da primeira noite, fiquei impressionada. O mesmo olhar neutro, a bolsa a tiracolo, o jornal debaixo do braço, ele a alguns metros de mim, parado, sem nenhuma reação, sem mover um músculo, só parado ali."

"Desta vez você ficou mais tempo encarando o sujeito, não foi tão rápido quanto da outra vez", falei.

"Eu não sentia medo, entendeu? Na primeira noite fiquei um pouco assustada, mas dessa vez não, ele tinha uma expressão serena, tranquila, não parecia um bandido, um marginal. Parecia ter alguma coisa pra me dizer mas não dizia nada."

"Passou pela sua cabeça que ele estivesse interessado em você?"

"Claro. Mas por que ele não chegava mais perto, não falava comigo? Dei as costas e fui pra casa. E aconteceu de novo, a mesma coisa."

"Você abriu a janela e ele estava na calçada."

"É. Encostado no mesmo poste, com o mesmo jeito, o mesmo olhar."

"Você viu quando ele foi embora?"

"Não. Enquanto fiquei na janela ele permaneceu na calçada, na mesma posição."

"Com o jornal debaixo do braço."

"Sempre com o jornal debaixo do braço. Fechei as cortinas e quando voltei pra janela, mais tarde, não vi ninguém na calçada."

Definitivamente, aquela não era uma mulher comum.

"Deixa ver se consigo adivinhar", o Gordo disse, pegando uma xícara de café.

"Na terceira noite aconteceu tudo novamente, o mesmo roteiro: ele te seguiu, vocês olharam um pro outro, depois ele ficou te contemplando da calçada."

"Não sei se 'contemplando' é a melhor palavra. Ele ficou me olhando."

"Não, minha cara, ele não ficou te olhando. Existe uma grande diferença entre olhar e contemplar. Esse fulano não é homem de ficar olhando uma mulher bonita. Ele contempla. É um cara sofisticado. Doente talvez, mas quem não é?"

Ela riu, pela primeira vez. Tinha um sorriso lindo.

"Você é meio maluquinho, não é não?"

"Pode ser. Mas esse cara aí eu já li de cabo a rabo. Já sei como é a figura."

"Acho que não", ela disse, com uma ponta de ironia. "Ainda não contei tudo."

"Ele continuou me seguindo por várias noites. Mais de uma vez tive vontade de chegar e perguntar o que ele queria de mim, afinal de contas."

"E por que não perguntou?"

Ela respirou fundo. Depois disse, a voz baixa, quase um sussurro:

"Porque eu estava gostando daquilo."

Eu e o Gordo ficamos olhando para a mulher à nossa frente. Diria, aliás, que não olhávamos, *contemplávamos* aquela mulher.

"Eu tinha medo do que pudesse acontecer se me aproximasse dele. Não sei, achava que ele poderia se assustar, fugir."

Pensei que ela fosse chorar. Marina empinou o corpo, se ajeitou na cadeira e segurou as lágrimas.

"Um dia, na Biblioteca, uma amiga me mostrou um livro. É de um escritor francês, Roland Barthes. Vocês certamente não conhecem, ele nunca escreveu um romance policial", ela falou, com um meio sorriso.

Preferi não rebater.

"Levei o livro pra casa. Era um livro de fragmentos, anotações sobre coisas relacionadas ao amor. E havia uma história muito bonita lá, a história de um mandarim que se apaixona por uma cortesã. O mandarim se declara e a cortesã diz a ele: serei sua se você me esperar cem noites sentado no meu jardim, embaixo da minha janela. Durante noventa e oito noites ele espera por ela, no jardim. Na nonagésima nona noite, quando ela está prestes a se entregar, ele vai embora e não volta nunca mais."

"Sacanagem", o Gordo disse.

"Acho que aceito uma cerveja."

"É pra já", falei, buscando duas. Dei uma ao Gordo. Eu não queria beber, não ainda.

"Copiei do livro a história do mandarim. Copiei num pedaço de papel, coloquei num envelope e numa noite, enquanto o homem me seguia, deixei o envelope cair, de propósito. E torci pra que ele tivesse visto."

"Você deixou cair o envelope como uma mulher apaixonada deixa cair um lenço", o Gordo falou, e me pareceu que não era provocação.

"Continuei caminhando, seguindo o ritual de todas as noites. Subi, esperei um pouco dentro de casa, abri a janela e o vi, na calçada, olhando pra mim, como sempre. Só que dessa vez com uma pequena diferença, um novo detalhe na cena. Ele tirou da bolsa o envelope e o mostrou, como se dissesse: está aqui, eu peguei."

Ela tomou a cerveja, lentamente. Depois colocou o copo sobre a mesa. E então disse, a voz firme:

"Foi a última vez que o vi."

Me levantei e fui até a janela. Lá fora as pessoas andavam apressadas, carros buzinavam, um operário tentava domar uma britadeira. Era pequeno, franzino, não deveriam ter dado uma britadeira para um sujeito assim, pensei comigo.

Não era a única coisa estranha na cidade. O Rio é uma cidade inusitada, cheia de surpresas, e o Centro é o retrato disso. Para começar, o Centro não fica no centro da cidade, fica numa ponta, à beira-mar. Se fosse centro mesmo ficava no meio, não na beira da praia.

"Você tem ideia de onde ele ficava te esperando, até você sair da Biblioteca?", perguntei, voltando para o meu lugar.

"Ele me esperava sempre numa mesa de calçada, no Amarelinho. Todo final de tarde, quando eu saía da Biblioteca, ele estava lá. Eu descia as escadas e caminhava, devagar, na direção de casa."

"Cada vez mais devagar."

"É verdade, cada vez mais devagar."

Ela ficou me olhando. A história que tinha para contar já tinha sido contada e Marina esperava minha reação.

Abaixei a cabeça e fiquei mexendo em alguns papéis sobre a mesa. Contas a pagar: luz, aluguel do escritório, condomínio.

"Tudo bem. Vou encontrar esse maluco pra você."

Depois que ela saiu fiquei pouco tempo no escritório. Dei alguns telefonemas, atendi um cliente e lá pelas quatro horas fechei tudo. Resolvi me concentrar no caso de Marina. Ela estava pagando bem, o Gordo deu o preço desta vez. E foi salgado.

"Nada como aliar trabalho e prazer", ele disse quando nos sentamos no Amarelinho, numa mesa na calçada, de frente para a Biblioteca Nacional.

Ele achava que devíamos começar por ali. Não que pensássemos encontrar o cara no lugar mais óbvio. Sabíamos que ele não estaria no Amarelinho. Mas o Gordo achava que, antes de tudo, deveríamos tentar entender melhor, ou supor pelo menos, como ele agia.

"Devemos nos colocar no ponto de vista dele, entendeu, André? Era daqui que ele vigiava a Marina, todos os dias. Lembre-se da lição de um mestre, o padre Brown, de Chesterton: é preciso se colocar no lugar do criminoso, é preciso pensar como ele e prever o que vai fazer em seguida."

"O cara não é um criminoso. Não é crime seguir uma mulher bonita na rua."

"Ele fez mais do que isso. O crápula partiu o coração de uma mulher. E digo mais: uma mulher belíssima. E digo mais ainda: uma mulher belíssima e casada."

"Presta atenção, Gordo, estamos no Amarelinho, como você queria, e acabamos de pedir a quarta rodada de chope. Já deu pra se colocar no lugar do sujeito ou vamos precisar tomar um porre antes?"

"Não seria má ideia. Mas não vai ser necessário, já sei por que ele ficava aqui."

"Então fala."

"O cara é um observador profissional."

"Hein?"

"Isso mesmo que você ouviu. Lembra aquele conto do Poe, 'O homem da multidão'? O cara do conto, o narrador, era metódico. Ficava sentado num café em Londres, vendo pela janela a rua apinhada de gente. E ele catalogava cada espécime: os comerciantes, os advogados, os funcionários públicos, as prostitutas, os batedores de carteira, os fidalgos e os agiotas, classificava todo mundo. Nosso homem também é assim, não é um amador. Ele tem um método. E, assim como o personagem de Poe, começa seu jogo escolhendo muito bem o ponto de observação. Um café no centro de Londres, uma mesa de bar no centro do Rio. Entendeu o paralelismo?"

"Continua."

"Daqui, talvez até nessa mesa mesmo em que nós estamos, ele poderia observar à vontade, sem dar muito na vista. Passa todo tipo de gente por essa praça, a Cinelândia é um caleidoscópio humano, se você me permite a imagem poética. Turista, mendigo, político, artista, malandro, professor, estudante, bêbados de todos os tipos e, claro, mulheres bonitas."

"Como a Marina."

"Sim. Imagina o fulano sentado aqui, bem de frente pra Biblioteca. Às seis da tarde ele vê descendo a escadaria uma jovem alta, elegante, maravilhosa, uma deusa. Ele redobra sua atenção e a segue com os olhos, atentamente. E depois pensa: amanhã vou atrás dessa mulher. No dia seguinte, nesse mesmo horário, ele começa a jogar o jogo com Marina. E o resto já sabemos como foi."

"E por que você acha que ele desistiu?"

O garçom chegou, trazendo mais chopes.

"Marina mandou um recado: não queria que ele agisse como o mandarim da história. Estava apaixonada por ele e esperava que ele um dia falasse com ela. A espera era a prova da sua paixão. O cara entendeu isso e preferiu cair fora. Sabia que, se continuasse naquele jogo, mais cedo ou mais tarde acabaria caindo na armadilha."

"Que armadilha?"

"A armadilha em que quase sempre caímos, nós, os românticos, os eternos ingênuos do amor. Aliás, você mais do que eu."

"Qual armadilha?", perguntei, caprichando na expressão de tédio.

"A mesma de sempre, desde Adão e Eva. A armadilha do compromisso."

"Você acha que Marina se precipitou."

"Claro. Ela não soube esperar o suficiente. Marina assustou o malucão e ele caiu fora. Quando copiou o trecho do livro e o deixou cair, de propósito, ela estava querendo dizer pra ele: não faça como o mandarim, não vá embora na última noite."

"E ele foi."

"Pois é. Essas coisas acontecem."

Do Amarelinho fomos até o prédio de Marina, seguindo o trajeto que ela me disse fazer todos os dias. Atravessamos a Rio Branco, pegamos a Pedro Lessa até o final, entramos na Graça Aranha, que emenda com a Calógeras, e em dez minutos de caminhada estávamos lá. Eu me lembrava bem do Pan América. O apartamento da minha ex-cliente dava de frente para a avenida Beira-Mar, com uma vista deslumbrante. O de Marina dava para a Calógeras mesmo.

"Era aqui que ele ficava, contemplando Marina", o Gordo disse, encostado ao poste.

Ficamos alguns minutos ali, procurando não sei exatamente o quê. O porteiro começou a nos olhar de um jeito desconfiado. Achei melhor ir embora.

Começamos então nosso roteiro pelos bares, preparado na mesa do Amarelinho. Naquela noite e nas duas seguintes fizemos nossa peregrinação, procurando o homem nos bares de calçada do Centro.

O Rio é uma cidade que está sempre chamando para a rua e o Centro não é diferente. Eu me encontrava com o Gordo ao final do dia e saíamos pelas dezenas de bares espalhados pela rua do Lavradio, da Lapa, das ruazinhas que desembocam na Cinelândia, na velha rua do Ouvidor e nos arredores.

Foram longas noites, devo dizer. E nada de encontrar o sujeito.

"Paciência, André, é preciso ter paciência. Estou com a intuição de que hoje vamos encontrar o cara."

"Você fala em método mas não tem nenhum, sabia?"

"Vai por mim, irmãozinho, hoje encontramos nossa raposa matreira, vai por mim."

Eram oito da noite quando entramos no Arco do Teles. Dei uma olhada para ver se nosso amigo estava em algum dos bares.

"Mudança de planos, André", o Gordo disse, segurando meu braço. "Próxima parada: Bar Brasil."

"Você acha que ele pode estar lá?"

"Não. Mas preciso urgentemente comer um *kassler* com batatas."

"Você não devia ficar comendo costeleta de porco. Engorda."

"Eu *já sou* gordo, esqueceu?"

No fundo eu sabia que meu amigo não estava querendo ir ao Bar Brasil apenas para devorar seu prato preferido. Ele estava pensando em alguma coisa e não queria me dizer ainda. O Gordo é assim, às vezes se acha um Sherlock escondendo de Watson um pensamento qualquer para valorizar sua dedução brilhante no final. Watson, no caso, era eu.

Fomos caminhando até a Mem de Sá. Eu gostava de andar à noite por aquelas ruas. O movimento infernal do dia, com pessoas correndo feito formigas, dava lugar a outra linhagem, a dos boêmios. E caminhar à noite me permitia ver com mais calma o casario antigo, as construções do tempo do Império, as marcas de outra época escritas nas ruas como um livro aberto a quem quisesse ler. Eu queria, eu gostava de ler a cidade, em especial o Centro, onde tudo está escrito.

Chegamos ao Bar Brasil e escolhemos uma mesa no fundo. O garçom não demorou a trazer os pratos. O Gordo foi de *kassler*. Pedi bolinhos de carne.

"Vai, fala de uma vez. Por que o Bar Brasil?"

Ele fingiu uma cara de espanto. Depois sorriu.

"Elementar, meu caro. Faz três dias que a gente perambula por aí. Já rodamos quase todos os bares de calçada dessa área.

Se ele não estava em nenhum é porque estávamos procurando no lugar errado, entendeu? A questão é a seguinte: o sacripanta não quer ser encontrado. Ele não sabe que a Marina colocou um detetive na cola dele, mas, por via das dúvidas, achou melhor mudar de estratégia. Nada de bares de calçada agora, nada de ficar exposto. Vou ficar num lugar mais reservado, onde eu possa contemplar as mulheres sem muita gente em volta, na minha. Foi isso o que ele pensou."

"Então por que não mudou de bairro?"

O Gordo cortou um pedaço generoso da costeleta e comeu.

"Coloca uma coisa na sua cabeça, André, o homem é metódico. Ele gosta dessa área, não quer sair daqui. É o seu território, entendeu? O cara conhece as ruas, os becos e os bares do Centro como eu e você conhecemos nosso rosto no espelho. É a casa dele. Não é apenas cenário da sua história de vida, é a própria história. E escuta o que vou te dizer, escuta bem: é da aldeia que se enxerga o universo. Aprende, meu amigo, aprende."

"Você leu isso em algum lugar."

"Não, não li."

"Leu sim."

"Tudo bem, é do Alberto Caeiro. Quer dizer, adaptei um pouquinho."

Ficamos em silêncio. O garçom trouxe mais dois chopes.

"Como é que você pode saber tanta coisa sobre um sujeito que nunca viu?"

"São apenas hipóteses. E não esqueça: 'Que canto entoaram as sereias ou que nome Aquiles adotou, quando se ocultou entre as mulheres, são perguntas que, embora intrigantes, não escapam a possíveis conjecturas.' Sir Thomas Browne."

"Acho que você está na profissão errada. Deveria ser professor de literatura."

"Se é pra morrer de fome, prefiro ser dono de sebo."

"Você não está exatamente morrendo de fome. Não mesmo."

"Modo de dizer, se é que você me entende."

"O que eu entendo é que está tudo muito bom, o chope gelado, os pratos no capricho, mas cadê o cara?"

"Acaba de chegar."

Era ele. Estatura mediana – Marina dissera: um metro e oitenta ou pouco menos –, cabelo preto, curto, pele morena. Calça jeans, camisa branca de mangas curtas, o jornal debaixo do braço. Não faltou sequer a bolsa de couro, a tiracolo. Só podia ser ele.

"Não acredito, Gordo!"

"Pra você ver. Eu disse pra confiar, era só uma questão de tempo."

O cara entrou, deu uma olhada geral, conversou qualquer coisa com o garçom e escolheu uma mesa perto da nossa. Colocou a bolsa numa cadeira e sentou-se na outra. De onde estávamos, podíamos vê-lo de lado.

Liguei para Marina.

"Encontramos seu amigo. Ele acaba de chegar ao Bar Brasil, na Mem de Sá. Conhece?"

"Conheço. Já estou indo, não deixa ele ir embora."

"Não demora, não sei se ele vai ficar muito tempo aqui."

Desliguei.

"Repara só, André, ele finge que está lendo o cardápio."

"Ele *está* lendo o cardápio."

"Não, não está. Vi quando o malucão abriu o cardápio sem olhar pra ele. Abriu por abrir. E não está virando as páginas, abriu e deixou aberto, pra disfarçar. Viu agora? Viu?"

Não estávamos longe do homem e deu para notar que ele levantou os olhos do cardápio, muito rapidamente.

"Ele está olhando naquela direção. A mesa com as mulheres."

Na mesa do outro lado, em frente à dele, três mulheres conversavam alto e riam.

"Do que será que elas riem tanto?", perguntei.

"Elas são bonitas, jovens e pelas roupas devem ter dinheiro. Precisa de mais alguma coisa pra rir à toa?"

"E qual delas o cara vai escolher pra seguir?"

"Ele não está pensando nisso ainda. Acabou de chegar, está analisando o terreno. E não vai depender só da sua escolha. Vai depender do modo como elas vão sair do bar. Podem sair juntas e entrar no carro parado aqui perto. Aí já era pro malucão. Ou pode ser que uma delas saia antes das outras, a pé, na direção do metrô, por exemplo. Seria perfeito pra ele."

"Ele fez o pedido ao garçom."

"Ótimo, significa que vai ficar um tempo no bar. Pelo menos até que a Marina chegue aqui. Ela estava onde? Em casa?"

"Não sei."

"Com o marido?"

"Sei lá, Gordo!"

"Fiquei pensando: seria engraçado se ela saísse de casa e o marido a seguisse."

"O marido seguindo a esposa que segue um desconhecido que a seguia."

"Sim, como aquelas bonecas russas, uma saindo de dentro da outra."

"Olha o que o cara pediu: *kassler* com batatas. O que mais vocês dois têm em comum?"

"Não sei, mas vou saber já já."

"Vai saber como?"

"Vou falar com ele. Aliás, nós dois vamos", o Gordo disse, já se levantando e pegando a tulipa.

"O quê? Vai assustar o sujeito!"

"Vem comigo."

Peguei meu chope e fomos até a outra mesa.

"Tudo bem, chefia? Será que podemos sentar aqui?", o Gordo perguntou.

Ele levantou a cabeça e ficou olhando para o meu amigo. Depois para mim, sem dizer nada.

"Não", respondeu, voltando a comer.

"Por que você segue mulheres?", o Gordo mandou ver, já se sentando à mesa. Sentei-me também.

Ele fez um sinal ao garçom, pedindo a conta.

"Calma, gente boa, só queremos conversar um pouco."

"Quem são vocês?"

"Uma amiguinha sua nos contratou. Somos detetives."

"Da polícia? Não fiz nada errado."

"Sabemos que não. E não somos da polícia."

"Não tenho nenhuma amiga. Vocês são loucos."

"Nós somos loucos? Você fica seguindo mulheres na rua e foge quando uma delas quer falar com você, e nós é que somos loucos!"

O garçom trouxe a conta. O Gordo a pegou.

"Deixa comigo, eu pago. E traz mais três chopes, por favor. Na pressão."

Achei que o cara fosse sair de uma vez mas ele me surpreendeu: ficou olhando para o Gordo por um instante, depois balançou a cabeça e disse:

"Essa cidade parece um hospício."

"Posso?", perguntei, apontando para o jornal.

"Claro."

Olhei a data na primeira página: era de uma semana atrás. Ele entendeu.

"Não gosto de ler jornal."

"E por que anda sempre com um debaixo do braço?"

"Pra parecer que sou normal."

Achei graça. Tive a impressão de que o malucão era um cara bacana. Noutras circunstâncias, talvez até nos tornássemos amigos.

O garçom trouxe os chopes. Bebemos devagar, em silêncio.

"Quem contratou vocês?"

"O nome dela é Marina. A mulher da avenida Calógeras, que você seguiu por noites a fio."

"Marina. Um belo nome."

"E uma bela mulher também."

"Sem dúvida. Pena que seja tão infeliz com o marido. Ela merecia coisa melhor."

"Como sabe que ela é infeliz com o marido?"

"É só uma hipótese."

O Gordo riu.

"Por que você segue as mulheres se não quer ficar com elas?", perguntou.

"Por que você acha que isso é da sua conta?"

"Eu sei que não é da minha conta, mas você poderia me dizer, não?"

"Não."

"Como você escolhe? Quais são seus critérios?"

O cara matou o chope. Bebeu rápido e entendi isso como um sinal de que poderia cair fora a qualquer momento. Foi péssima ideia aquela de sentar à mesa com ele. A curiosidade é o ponto fraco do Gordo, a gente ainda iria acabar se dando mal por causa disso.

"Sigo as mulheres que querem ser seguidas. Sinto no olhar delas, na roupa que usam, no jeito de andar na rua, sei quando desejam uma pequena aventura. Aquelas três, por exemplo, naquela mesa. Nenhuma serve."

"Por quê? Parecem bem-casadas, é isso?"

"Não. Elas têm amantes. Estão felizes demais pra serem apenas bem-casadas. É provável que amem seus maridos, tudo bem, mas têm amantes. Não precisam de mais aventura."

Eu ainda estava pensando no que ele acabara de dizer quando o cara saiu. Não deu para impedir, ele fez tudo muito rápido. Pegou a bolsa, o jornal e saiu.

Segundos depois Marina entrou no bar.

"Cadê ele?"

"Acaba de sair."

Fomos até a calçada. Ainda deu para ver o cara, seguindo pela Mem de Sá, na direção dos Arcos da Lapa. Dava para alcançá-lo, se Marina quisesse.

"Agora é com você, meu anjo."

Ela me deu um beijo no rosto. E foi atrás do malucão.

"Não gosto de histórias com final feliz", o Gordo disse, ao meu lado.

"Não sabemos como vai ser o final."

"Quer que eu te conte?"

"Não."

RIONOIS

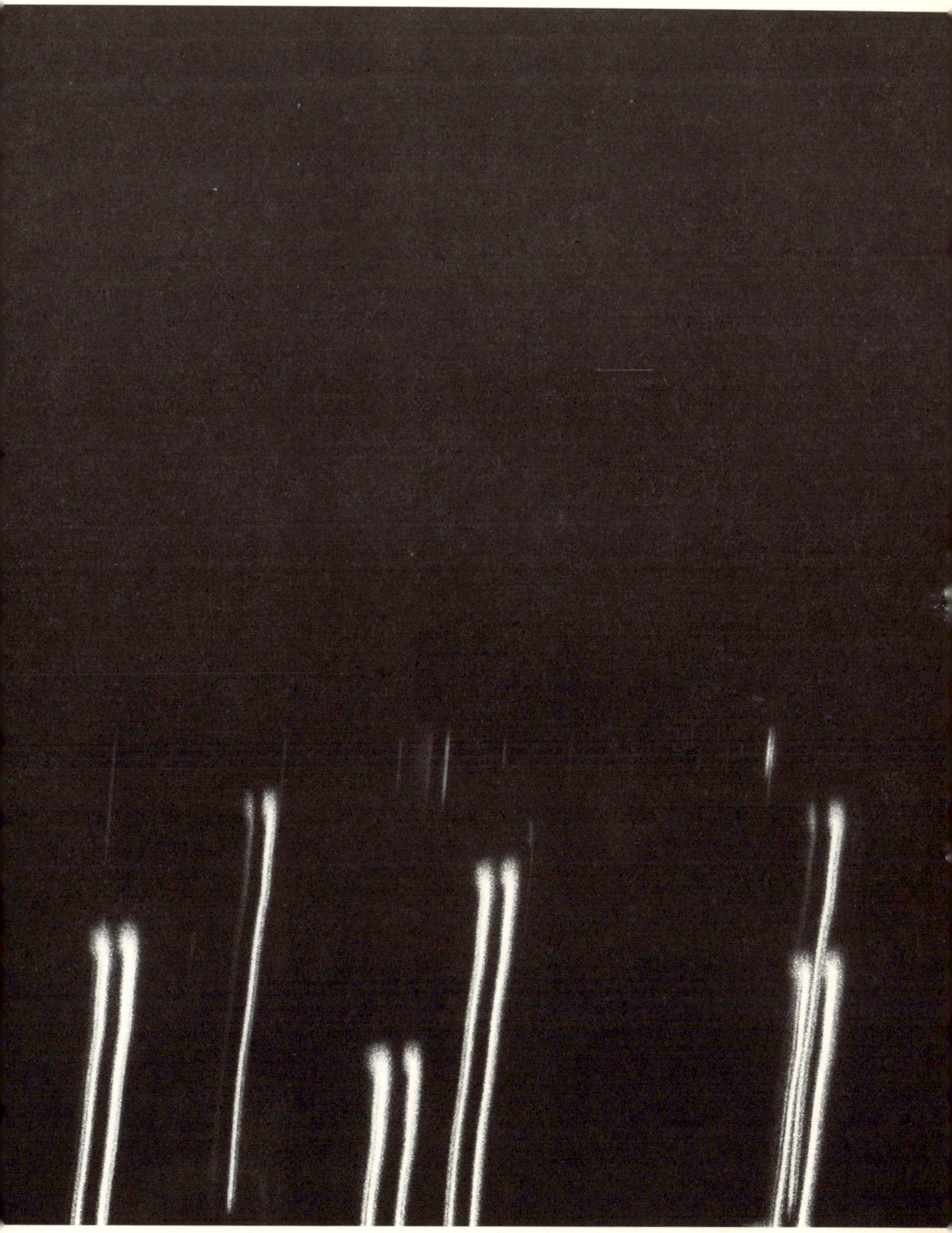

A HISTÓRIA DE GEORGES FULLAR

RAPHAEL MONTES

COPACABANA

Eu não sabia que ele morava em Copacabana. O que quero dizer é que não foi premeditado, sabe? A gente se mudou em setembro do ano retrasado, meus pais escolheram o apartamento, eu só fui junto. Não mando em muita coisa lá em casa. Por mim, a gente continuava no Méier, meus amigos são todos de lá, estudei dezenove anos na Venceslau e nunca gostei de praia – não via a menor graça de morar em Copacabana.

Nosso apartamento fica na esquina da Ministro Viveiros de Castro com a Duvivier, aqui pertinho. Minha mãe adora morar na Zona Sul, vive falando disso, que cresceu na vida, que batalhou muito pra chegar aonde chegou e que agora quer mais é ser feliz. A esquina fica perto do metrô Arcoverde e ela quase não usa o carro – odeia dirigir.

A rua é arborizada, tranquila, com uns hotéis espelhados bem bonitos que, segundo ela, dão mais segurança pra gente. E tem tudo perto (isso ela fala de boca cheia): mercado, lanchonete, floricultura, manicure, *lan house*, curso de dança, padaria e *três* academias. Até cheguei a me matricular na mais barata, mas definitivamente não tenho paciência pra musculação.

Então... Às quintas, rola uma feirinha de frutas, verduras e peixes ali na Ronald de Carvalho. Sempre tenho que ir com minha mãe. É perto, mas ela insiste que eu faça companhia e leve o carrinho. A gente chega no final, pra pegar a xepa; minha mãe se acha a maior negociante do mundo quando compra quatro limões por um real. Espera. Tô falando da feira porque foi lá a primeira vez que vi o Georges Fullar. Só aí eu soube que ele morava em Copacabana. Quando bati os olhos, fiquei sem reação – minha mãe enfiava umas uvas na minha boca preu ver se tavam doces, mas mal notei. Cara, se coloca no meu lugar: você tá numa feira de bairro e encontra seu ídolo a poucos metros. Georges Fullar de bermuda e chinelo carregando uma sacola de bananas. Dá pra acreditar?

Como? Você não conhece Georges Fullar? Simplesmente o maior escritor do país. *Lavoura Suja*, já leu? Um clássico. Ele foi cotado pra ganhar o Nobel. O Georges era filósofo, acadêmico. Isso lá pela década de 1950. Na ditadura, fugiu pra Europa e começou a escrever pra sobreviver. Fez uns livrinhos policiais sob pseudônimo gringo. Sabe aqueles de banca, com papel vagabundo? O Georges escreveu dezenas. Dificílimos de conseguir hoje em dia. Comprei uns três num sebo, escritos em francês, mas eu nem entendo francês. Tenho só pra ter mesmo.

Quando voltou da Europa, o Georges publicou *Lavoura Suja*. Foi um estouro. É um romance político, mas é também um suspense. Você não consegue parar de ler. Não é raso nem pseudointelectual, sabe? Tem uma profundidade incrível, uma força que não sei explicar. É contado da visão de um exilado político. E é o melhor romance policial que já li. *Lavoura Suja*, anota aí. Depois você procura. Bom demais.

Tive que seguir o Georges. Na feira, quero dizer. Ele era alto, ossudo e tinha uma cabeleira branca fácil de achar. Andava de um jeito meio truculento na multidão, e o mais engraçado era que ninguém reconhecia. O maior escritor brasileiro comprando meio quilo de robalo como se fosse qualquer um. Nem sei quanto tempo fiquei de olho nele. Vi quando ele terminou as compras e tomou a Ministro na direção do meu prédio. Entrou na minha portaria. Porra, além de morar em Copacabana, era meu vizinho! Eu, no quarto; ele, no segundo. Só dois andares entre mim e o cara mais foda da literatura nacional. Quase pirei.

Não te contei, não? Sou escritor também. Tenho aí uns dois romances engavetados. Nunca tentei publicar porque me acho muito novo pra isso. Escritor tem que ser velho, sabe? Ter experiência. Eu até gosto dos meus textos, mas ninguém escreve nada que preste aos vinte e poucos anos.

Mas o que eu tava dizendo é que não consegui tirar o Georges da cabeça. Comentei com a minha mãe e ela insistiu que eu interfonasse pra ele, que explicasse minha admiração e tudo mais. Fui contra, não queria ser chato. Tentei esquecer o assunto.

Copacabana é o mundo espremido num bairro. Famílias, putas, ambulantes, bêbados, velhinhas, babás, gringos, guardadores de carro, bicheiros e artistas vivem se esbarrando nas calçadas de pedras portuguesas. E aí que umas semanas depois eu tava voltando da faculdade quando vi o Georges almoçando ali no Galeto Sat's, bem no início da Barata Ribeiro. Eu não ia nem comer na rua (na verdade, minha mãe tava em casa me esperando pro almoço), mas não resisti e entrei. Sentei na mesa mais próxima, pedi galeto, batata, farofa de ovos e um chope. Comi devagar, vendo o Georges roer os ossos de frango e pensando: cara, o maior escritor brasileiro roendo ossos de frango bem na minha frente.

Ele já tinha acabado de almoçar quando puxou assunto. Você pode não acreditar, mas foi isso mesmo: *ele* puxou assunto comigo. Você é o novo morador do quarto andar, não é? Fiz que sim e respondi que ele morava no segundo. Ele sorriu, ainda que seus olhos continuassem muito duros. O Georges tinha uns olhos graves, profundos o tempo inteiro, coisa de escritor talentoso, que vive observando o mundo ao redor. Emendou a conversa com queixas sobre o prédio, morava ali há trinta anos e a nova síndica era uma vaca. Vaca. Eu não esperava que Georges Fullar chamasse alguém de vaca. Deixei que ele falasse sobre infiltrações e sobre os problemas de se ter o metrô tão próximo. Além de escritor talentoso, o Georges era velho, e, você sabe, velho adora reclamar da vida.

Logo depois, me chamou pra sentar com ele. Perguntou meu nome e ali cometi um deslize: me apresentei e confessei que sabia quem ele era, que já tinha lido *Lavoura Suja*, que era meu livro favorito. Cara, o Georges mudou de expressão na hora, não eram só os olhos que tavam duros. Mais tarde, quando ficamos amigos, entendi melhor a reação. É que ele não gostava de falar de sua obra, nem de sua vida. Morava sozinho por isso. Não tinha nem empregados, nem filhos, nem animal de estimação. Bem solitário, o Georges. Só quando bebia que conversava e se abria todo.

Literatura é como bife, me disse uma vez, quando perguntei por que ele não tinha escrito mais nada depois de *Lavoura Suja*. Você prefere comer um bife ou conversar sobre um bife? Comer um bife, respondi. O mesmo vale pra literatura, ele disse. Não tem a menor graça conversar sobre literatura.

A gente falava muito pouco disso; ele não dava espaço. Tinha umas noites que bebíamos vinho ou uísque e aí até dava pra iniciar umas conversas sobre crítica literária, métodos de escrita, padrões (o Georges odiava regras) e feiras literárias (ele também odiava feiras literárias – um encontro de pessoas pra conversar sobre bifes).

Vez ou outra, aparecia um jornalista ou um mestrando de letras querendo uma entrevista, uma opinião ou até uma foto com ele. Todos enxotados. O Georges queria ser esquecido do mundo. E, aos poucos, o mundo esqueceu dele.

Você deve estar se perguntando o que a gente conversava afinal. O Georges adorava falar de mulheres. A beleza, a doçura, a dedicação maternal. Ele ficava encantado com isso e também com o perfume delas. Era meio tarado, o Georges. Culto também, óbvio. Normalmente era às terças e quintas que a gente se encontrava. Eu descia pro apartamento dele e a gente pedia sanduíches do Cervantes. Era um dos vícios do Georges: o sanduíche de pernil com abacaxi lá do Cervantes. A gente comia e se enchia de vinho.

O cara entendia muito de vinho. E de música sacra. De cinema, gastronomia e também de artes plásticas.

A gente visitou a estátua do Drummond nessa época, lá no posto 6. Ele apontou pruns turistas que posavam do lado do Drummond. Aposto que esses filhos da puta nunca leram a porra de um poema do Carlos, disse. A vida é mesmo foda, a gente escreve e vira estátua prum bando de escroto tirar foto. Quando a gente ia embora, um babaca enrabava a estátua e gargalhava. Uma merda, né?

Lá em casa ele nunca foi. Chamei uma vez, ele disse que não e o assunto morreu. Também nunca pedi que autografasse meus livros. Porque escritor é assim: quanto mais bajulado, mais desdenha da gente. Ele gostava de mim porque eu não ficava no pé, não perguntava, não insistia. A gente se encontrou por meses sem que eu contasse que também escrevia. Olha só, não é que tenha escondido nada. Apenas não me via no direito de falar disso com ele.

Mas teve uma noite em que acabei contando. Foi numa quinta, acho. Tem tempo isso. Eu e o Georges tínhamos matado duas garrafas de vinho e uns sanduíches. Ele tava na varandinha do apartamento, sentado na cadeira de balanço, e começou a falar da época em que publicou *Lavoura Suja*. Contou do lançamento, das críticas na imprensa, dos prêmios, do glamour e completou: "Esse meio literário é mesmo uma merdinha." Falava muito palavrão, o Georges.

Naquela hora, fiquei à vontade pra falar do livro dele, do impacto que tinha exercido em mim, da violência, da honestidade que eu via na voz do personagem... Ele me interrompeu, concordou e disse que era por isso que tinha parado de escrever. Não sei mais ser honesto, confessou. Tinha vivido tudo aquilo que tava em *Lavoura Suja* e, por isso, o livro era tão autêntico e vibrante.

O escritor precisa viver o que escreve, ele disse. Vou escrever sobre o quê? Um velho decrépito que come putas e caminha no calçadão de Copacabana?

Ele tava falando de autoficção, sabe? É a última moda. Hoje em dia, pode ver, quase todo livro é protagonizado por um escritor. E assim vai: escritores escrevendo sobre escritores que não publicam, professores universitários escrevendo sobre professores universitários em crise de meia-idade, roteiristas escrevendo sobre roteiristas que trabalham muito e ganham pouco.

Ficam nessa punheta, o Georges disse. Coveiro, bombeiro, gari, marceneiro também têm que ser personagem.

Então, foi aí que eu falei que tava escrevendo um livro. Quatro amigos dividindo apartamento em Copacabana. O personagem principal era gastrônomo. E tinha uma puta chamada Cora que era um personagem feminino forte. Ele adorou a puta. E adorou a ideia. Nos encontros seguintes, a gente nem precisava beber pra falar do meu livro. Ele já chegava perguntando em que pé tava. Nunca se ofereceu pra ler uma página. Só gostava de ouvir e de dar pitaco.

Logo no início do livro tem uma cena em que o personagem contrata uma puta pro amigo virgem. Eu tava meio travado nessa parte. É que eu não entendia muito de puta. O Georges sacou logo. Na terça seguinte, quando cheguei lá, ele tava acompanhado. Essa é a Suellen, apresentou. Era uma baixinha peituda, de cabelo encaracolado cheirando a Neutrox. Mascava um chiclete rosa e vestia um short que mostrava a calcinha enfiada no rabo. Não gostei nem um pouco da Suellen. Era até gostosa, mas, sei lá, tinha um jeito que não me dava tesão nenhum.

O Georges mandou que eu fosse na cozinha preparar caipirinhas porque a Suellen só bebia caipirinha. Quando eu espremia os limões, ele chegou e disse que eu ia comer a Suellen. Fui contra, mas ele disse que já tava pago e que eu precisava comer uma puta pra escrever com propriedade a cena do livro. Eu queria ser um escritor decente ou um escritor de merda? Era incisivo, o Georges.

A verdade é que eu nunca tinha comido ninguém. Foi muito ruim, quase brochei. A Suellen era meio cavala, não tinha paciência, olhava pro meu pau com aquela cara de já-vi-maiores. Quando terminou, fiquei na cama, morto de cansado, e a Suellen se levantou, vestiu o short e saiu sem abrir a boca. Achei que nunca mais veria a Suellen – e não queria ver mesmo. O Georges não fez perguntas, foi discreto. Semanas depois, no meio de uma conversa, quis saber se eu já tinha escrito a tal cena. Eu disse sim, a foda foi foda.

Posso estar errado, mas foi bem nessa época que ele comentou comigo que tinha começado um novo romance. Porra, depois de duas décadas sem uma linha, Georges Fullar voltava a escrever. Eu fiquei louco, curiosíssimo pra saber de tudo, mas me segurei. Sabia que ele se fecharia ao primeiro sinal de invasão. Mudei de assunto, falamos de mulher e até de futebol – não entendo nada de futebol. Naquela noite, pedimos comida japonesa em vez dos sanduíches do Cervantes (eu já não aguentava mais pernil e abacaxi). Bebemos meia garrafa de saquê. Ele começou um papo qualquer sobre venenos raros, tava interessado no assunto, fazendo pesquisas, lendo livros; venenos incolores, insalubres e indolores, tá acompanhando? E nessa mesma noite ele falou pela primeira vez da tal mecicitronina. Sabia todas as propriedades do composto, todos os efeitos e características. Um veneno de sabor ácido, um pouco amargo, mas incolor e fatal, que não deixa vestígios corporais. Ele tava fascinado por isso. A mecicitronina se dissolve na corrente sanguínea e o sujeito infarta. Bizarro, né? Na hora, não entendi o motivo daquele interesse todo. Deduzi que era pro livro.

Nos encontros seguintes, ele não mencionou nenhum veneno, nem falou mais do livro. Também parei de contar do meu. Não sei explicar direito, mas acho que saber que o Georges tava fazendo um novo romance me fez mal... Eu meio que entrei em crise. Eu era um idiota escrevendo meu livreco enquanto um gênio criava uma obra-prima a dois andares abaixo de mim. A única coisa que eu conseguia pensar era no livro dele, só queria saber do livro dele. Faz sentido o que tô te falando?

Teve uma noite que não resisti. Ele tava na cozinha preparando uma massa, eu disse que ia mijar e escapei pro escritório. Queria achar qualquer coisa: um rascunho, uma página do livro, um bloco de notas. Tá bem que é uma curiosidade meio maluca. Mas quando você ler Georges Fullar, vai entender. Eu *precisava* fazer aquilo. Vi a máquina de escrever, a cadeira de mogno, a escrivaninha, livros sobre venenos, alguns papéis em branco espalhados. Nada de texto. Voltei pra sala desapontado, um pouco desconfiado. Será que o velho tava mentindo pra mim?

Não sei se ele notou que eu tinha entrado no escritório, mas me deu um gelo de uns dois ou três meses depois daquele jantar. Começou cancelando um encontro e depois outro e avisando que na semana seguinte também não iria poder, nem se dava ao trabalho de inventar desculpas. Podia dizer que tava escrevendo ou que queria ficar sozinho, sei lá, achei meio ofensivo ele sumir do nada.

Esse tempo foi foda pra mim também. Meus pais tavam se separando e aqueles encontros semanais com o Georges eram tipo minha terapia. Além disso, já disse, não conseguia mais escrever meu livro. Relia e achava tudo uma porcaria. Cheguei a ficar deprimido, não é brincadeira. Daí um dia, uma quarta até, ele me interfonou do nada e convidou pra descer no apartamento dele. Ele nunca me ligava nas quartas porque gostava de ver o jogo de futebol na tevê. Achei estranho, mas fui.

Quando abriu a porta, era outro Georges. Tinha envelhecido uns dez anos naqueles meses. Esgotado, sem nenhuma força. Conversamos umas besteiras, mas o senso de humor dele era zero. Nem falava mais palavrão. Perguntei o que tava acontecendo e ele disse que tinha chegado numa parte-chave do livro, numa parte em que... Em que o personagem matava uma mulher. Envenenada. E eu nunca matei ninguém, ele disse, angustiado. Não sei como é a sensação.

Eu falei que ele podia imaginar, que era criativo e brilhante o suficiente pra descrever as sensações de um assassino, mas ele não me ouvia, não queria me ouvir. Ficava repetindo que já tinha tentado escrever, mas que tinha ficado vazio, uma merda. A Suellen, ele disse finalmente. Você me ajudaria a matar a Suellen?

Achei que o Georges tava brincando. Mas ele manteve firme aqueles olhos duros e fez a pergunta de novo. Tirou um frasco do bolso. Mecicitronina. Garoto, você precisa me ajudar, disse. E eu precisava mesmo. Tava acabado, o Georges.

Nunca pensei em matar ninguém, sabe? Mas na hora a ideia não pareceu tão absurda. Peguei o frasco de veneno na mão. Era um pozinho branco que parecia inofensivo, tipo talco. Enxerguei a Suellen com a cara que ela tinha feito quando a gente fodeu e até achei que seria divertido ver sem vida aqueles olhos de puta, a garganta de boqueteira entupida de muco e vômito.

Topei. Quis saber onde e quando, aí que ele me contou que já tinha marcado com ela naquela noite. Prefiro não falar muitos detalhes. A Suellen chegou e ficou decepcionada quando me viu. Foi direto dar um beijinho no Georges, pra mostrar que não queria nada comigo. Ele apertou minha mão, me entregando o frasco, e mandou que eu fosse na cozinha fazer uma caipirinha pra ela. Fechei o punho com o frasco lá dentro. A Suellen era mesmo uma puta, sentou logo no colo do Georges. Na cozinha, misturei gelo, limão, açúcar, cachaça e mecicitronina. Dei a caipirinha pra Suellen. Ela bebeu e morreu uns minutos depois, enquanto falava de um seriado de tevê brasileiro sobre prostitutas. O Georges olhava pra ela muito atento, viu quando ela perdeu o controle da fala, perdeu o controle do corpo, enfim, morreu. Descemos o corpo pela porta dos fundos, coloquei a Suellen no porta-malas do meu carro e largamos num banco da praça do Lido. Era madrugada já.

Nos dias seguintes, não apareceu nada nos jornais. Morre muita gente assassinada no Rio de Janeiro. E uma puta infartada não vale notícia. O Georges disse que eu podia ligar pra ele se tivesse algum problema, se me sentisse mal ou culpado. Pra ser sincero, eu tava até bem. Não gostava da Suellen. E ainda tinha o livro do Georges pra considerar. Daí, um dia ele me ligou pra contar que tinha finalmente escrito a tal passagem do livro. Boa pra caralho, disse. Tava animado, o Georges. Óbvio que fiquei orgulhoso por ter ajudado, por fazer parte daquilo, sabe?

Nossos encontros voltaram a ser como antes. Sanduíches, vinhos, boa conversa. A Suellen não era assunto. O Georges recebia muitos livros e me dava quase todos de presente. Recomendava alguns, mas sem se alongar ou explicar por que eu deveria ler este ou aquele. Só me entregava e eu aceitava. A gente não conversava mais sobre nossos livros, eu já disse. Na verdade, ele não falava mais sobre o dele e eu acabei abandonando o meu no início do ano. Não fazia sentido continuar. Sabia que só conseguiria escrever depois de ler o novo romance do Georges, tá entendendo? Era como uma barreira invisível, a grandiosidade da criação dele.

Um dia, ele me chamou no apartamento. Abriu a porta com um sorriso que eu nunca tinha visto. Tava em êxtase, o Georges. Mandou que eu sentasse e me entregou um envelope pardo. O manuscrito completo, disse. Era fino, mas pesava nas minhas mãos, você pode imaginar, eu tava muito nervoso. Comecei a abrir o envelope pra olhar algumas páginas quando ele tomou o pacote de mim e disse que não era preu ler. Só queria comemorar. Porra, fiquei puto. Insisti que ele me deixasse ver o título pelo menos. Mas o Georges era sedutor, sabia agradar. Disse que eu tava nos agradecimentos e mudou de assunto. Abrimos um vinho e pedimos sanduíches. Por mais que ele falasse de outras coisas, eu queria ler o livro. E teve uma hora em que olhei pra ele ali na cadeira de balanço e pensei que queria ser como ele, que queria publicar um livro tão bom quanto o dele. Não seria capaz. A gente tem que ter consciência dos nossos limites. Essa coisa de talento existe, sabe?

Uma ideia leva a outra. Quando vi, eu tinha voltado ao meu apartamento sob a desculpa de tomar um remédio e tava com o frasco de mecicitronina nas mãos. Desci a tempo de abrir a garrafa de vinho com ele e pagar os sanduíches do Cervantes. A essa altura você já entendeu: o Georges não infartou. Eu matei o Georges. Coloquei o veneno no sanduíche dele e ele não sentiu o gosto amargo por causa do abacaxi. Pode chamar de loucura, de obsessão, do que você quiser, mas eu precisava ler aquele livro. Mais do que isso, eu precisava publicar aquele livro com meu nome e fazer sucesso como ele, ser foda.

O Georges tava velho, cansado da vida. Acho que fiz um bem pra ele. E pra mim também. O Georges comeu aquele último sanduíche cheio de satisfação. Engasgou, soluçou, morreu. Na cadeira de balanço. A taça se espatifou no chão. Salvei o envelope da poça de vinho tinto e nem esperei ele acabar de gemer. Peguei o manuscrito.

A história de Georges Fullar. Capítulo um. O nome dele. O meu nome. Um escritor velho que conhece um mais novo, cheio de sonhos e ambições. O velho tá cansado da vida, pensa em suicídio, mas a vitalidade do jovem faz bem a ele. Capítulo 2. Os dois conversam, ficam amigos. O veterano decide testar os limites do mais novo: vê se ele é capaz de matar uma mulher. E, claro, os dois matam a mulher. Isso acontece lá no capítulo 5 e é lindo. Poético, tenso. A amizade deles estremece, mas o velho continua interessado nos limites éticos do mais novo. O velho conta pro jovem que terminou o livro, mas nega que ele tenha acesso ao texto. O jovem não resiste e mata o velho. Mata por inveja, por piedade, pra roubar a obra. As pessoas não precisam de um motivo pra matar. Mata com uma faca, não com veneno no sanduíche do Cervantes. Nisso o Georges errou, fui mais esperto. No final, vem a carta. A carta em que o velho explica ao jovem que sabia que seria assassinado, que sabia que ele não resistiria à curiosidade, que o jovem deve fazer com o livro o que achar devido agora.

Você percebe como isso é genial? Uma mentalinguagem do caralho. Bem escrito, bem montado, nunca vou fazer algo assim. Pensei por dias. Vi levarem o corpo do Georges. Fui no enterro até, não tinha quase ninguém. Morto por infarto, disseram os jornais. Eu queria publicar o livro dele com meu nome, mas não posso fazer isso. Preciso contar tudo pra que saibam o que realmente aconteceu. É a nossa história. Ele escreveu a nossa história. A verdade, tá tudo ali. Pode me prender, delegado Aquino. E coloca o que te contei na imprensa, coloca pro mundo. Não tô fazendo isso por mim. E não tô fazendo pelo Georges também. Tô fazendo pela literatura de mistério. Esse é um puta livro. E precisa ser lido. Vai que assim o romance policial brasileiro finalmente desempaca da merda.

SIGNOS

→8

O LENHADOR

LUIS FERNANDO VERISSIMO

BANGU

O morto chamava os fins de tarde de "a hora das sombras compridas". Era este o título do manuscrito que encontrei no apartamento onde ele e a loira tinham sido assassinados. "A hora das sombras compridas." Poesias, escritas à mão, numa pilha em cima da mesa da sala. Uma das poucas coisas no apartamento que não estavam respingadas de sangue.

Não me surpreendeu que o cara fizesse poemas. Também há poetas em Bangu, por que não? Mas tudo no morto negava a poesia. Tudo nele era antipoético, do seu biótipo à sua biografia, que o delegado Friedrich me forneceu. Começando pelo nome, Tadeu. Mas ali estava o manuscrito, poemas feitos a Bic. "A hora das sombras compridas" e a assinatura dele. Numa pilha bem arrumadinha, pronta para ser encontrada. Mas o delegado Friedrich não notara a pilha. Polícia nunca nota a poesia. Eu noto. Eu até exerço. Também faço meus versos, que não mostro para ninguém. São devaneios privados. Mas isso não interessa. Não estamos aqui para falar da alma fugidia de um repórter de polícia, mas sim de um duplo assassinato.

Os mortos estavam atirados no sofá. A loira de camisola. Linda. Mesmo coberta de sangue, linda. Ele de cueca. Os dois tinham sido mortos a facadas. Cortes profundos, feitos – não sei por que me ocorreu logo isto – com faca de açougueiro. Ou facas. Tanto estrago, em dois ao mesmo tempo, só poderia ter sido feito por mais de um carniceiro.

Meu editor, o Mosquito, tinha pedido: vai dar uma olhada nessa carnificina em Bangu. Pode dar molho. Meu editor se chama Mesquita, mas é pequeno e magro e vive zumbindo nos nossos ouvidos, por isso ganhou o apelido de Mosquito, mas ele não sabe. "Pode dar molho" é a maneira de o Mosquito dizer que a história pode render mais do que apenas outro assassinato num subúrbio do Rio. Algo mais por trás da sangueira para servir aos nossos leitores.

– Procura o delegado Friedrich – me instruíra o Mosquito. – Ele me deve uns favores.

O delegado Friedrich era um alemão grande e gordo, com cara de quem já vira tudo na vida e não queria ver outra vez. Só disse "Rá" quando eu contei que trazia um abraço do Mosquito. Mas me deixou entrar no apartamento antes que retirassem os corpos e me contou tudo o que sabia sobre as vítimas. O nome-antipoético do morto, a identidade da loira, tudo. Os vizinhos tinham contado muita coisa, mas Friedrich já conhecia o casal. Contou que a loira, Cristina, nunca saía sozinha de casa, só acompanhada pelo homem. No resto do tempo ficava trancada no apartamento. Era por isto que o delegado os conhecia. Um dia, quando o homem não estava, acontecera um princípio de incêndio na cozinha do apartamento. Friedrich ajudara os bombeiros a arrombar a porta e salvar a loira. Depois recomendara ao homem não deixar a porta trancada daquele jeito, mas o homem não lhe dera atenção. Não dissera nada, só grunhira. Talvez a sua espécie nem soubesse falar.

Friedrich me convidou para tomar uma cerveja num bar ao lado da cena do crime. Perguntei se podia levar o manuscrito dos poemas comigo e ele respondeu com um gesto de pouco caso. No bar ele me contou que, depois do princípio de incêndio, tinha começado uma investigação sobre o casal. Por sua conta.

– O que levou você a investigar o homem?

– O homem não, a mulher.

– Linda, né?

– Isso que você só viu ela coberta de sangue. Imagine como era sem o sangue. Cristina...

O delegado disse o nome da mulher com reverência, como se a evocasse para sentar-se ali conosco. Ela ou um holograma dela. Eu podia estar enganado, talvez o gordo Friedrich também tivesse uma alma de poeta. Bangu podia ser um viveiro de poetas secretos e eu nem sabia...

– Descobri tudo sobre os dois. Ele já tinha ficha na polícia. Pouca coisa. Era um ninguém. Até seus crimes eram medíocres. Ela era amante do dono de uma rede de açougues na Zona Sul. O Nogueira. Riquíssimo. Morava num apartamento que o Nogueira tinha comprado pra ela, em Laranjeiras. Era onde os dois se encontravam. Todo mundo sabia da amante em Laranjeiras, inclusive a mulher do Nogueira, dona Santa, e os dois filhos. O codinome da amante na família era "Laranjeira".

– Como você descobriu tudo isso?

– É impressionante como as pessoas falam quando encaram um distintivo da polícia.

– E aí?

– Aí que um dia o Nogueira tem um AVC e fica à beira da morte. E surge a suspeita de que o velho tivesse feito um testamento deixando tudo, inclusive os açougues, ou grande parte da sua fortuna, para a Laranjeira.

– E aí?

– Aí que, a partir de agora, é tudo conjectura. É a minha tese. Que pode estar errada, mas eu acho que está certa.

Friedrich fez uma pausa dramática, pediu outra long neck e continuou:

– A tese é a seguinte: esta história é igual à da Branca de Neve.

– Da Branca de Neve?!

– Lembra da história? A rainha má tem ciúme da beleza da Branca de Neve. Pergunta pro espelho mágico quem é a mulher mais linda do mundo e o espelho, com a franqueza que caracteriza todos os espelhos, diz “não é você, é a Branca”. A rainha má então contrata alguém pra matar Branca de Neve. Um lenhador.

– Um ninguém.

– Isso. É pro lenhador levar Branca de Neve pra floresta, matá-la, depois levar seu coração pra rainha, como prova de que a matou. O lenhador leva Branca de Neve pra floresta, e o que acontece? Se apaixona por ela. Se maravilha com sua beleza. Decide que, em vez de matá-la, vai soltá-la. Ou, no caso do nosso lenhador, ficar com ela. Entende? O lenhador é um personagem secundário na história da Branca de Neve. Apenas um detalhe. Um coadjuvante. Mas sem ele e sem sua decisão de poupar Branca de Neve não haveria a história. O lenhador acaba sendo o personagem mais importante da história. Um simples lenhador.

– Como ele prova pra rainha que eliminou a Branca?

– Leva o coração de um bicho qualquer, pra mostrar como se fosse da Branca. No caso do nosso Tadeu ele poderia até comprar um coração num dos açougues do Nogueira, seria um toque irônico. Se bem que a dona Santa, que tinha ajudado o marido no açougue na época difícil, fatalmente reconheceria um coração de boi. Mas o nosso Tadeu não faz nada disso. Simplesmente desaparece com a Laranjeira. Ou com a Branca. E se esconde em Bangu.

– Segundo a sua tese, então...

– A rainha má é a dona Santa, que não tem nada de santa, Branca de Neve é Cristina. O lenhador é o Tadeu, que traz Cristina pra Bangu e a mantém trancada num apartamento, certo de que jamais serão descobertos, até serem descobertos. E executados, por ordem da rainha má. Esta será a linha da nossa investigação. Não prevejo dificuldade pra chegar ao assassino. Ou aos assassinos. Os filhos do Nogueira fazem tudo que a mãe manda. Estavam apavorados com a perspectiva de serem excluídos do testamento. E tinham acesso a facas afiadas. Em suma: pra esta história ser igual à da Branca de Neve, só faltam os anõezinhos.

– O velho Nogueira morreu, afinal?

– Ainda não. Está em coma. Ninguém sabe o que diz seu testamento. Pode ter deixado tudo para a Laranjeira. Até os açougues.

Várias long necks depois o Friedrich estava lembrando o que seu pai lhe contava sobre Bangu, na época em que ali havia uma famosa fábrica de tecidos e um time de futebol que não fazia feio nos campeonatos cariocas, onde tinham jogado Zizinho, Parada e até o grande Domingos da Guia.

– Hoje as pessoas só vêm a Bangu pra desaparecer – disse Friedrich. – Como eu, que desapareci aqui há seis anos e nunca mais fui visto.

O Mosquito tinha me avisado que, depois de algumas cervejas, o Friedrich começava a ficar lamuriento. Pensei em perguntar se ele é que tinha dedado o esconderijo do casal à dona Santa. Como uma forma de vingança, sei lá. Mas achei melhor não dizer nada.

Voltei para o jornal, carregando o manuscrito. Talvez houvesse alguma coisa ali que eu pudesse aproveitar na minha matéria. Algo sobre amores impossíveis, ou coisa parecida. Os leitores gostam de um pouco de literatura com o seu sangue. Fiquei pensando no Tadeu, no ninguém, no mero lenhador, que um dia se vê dono da mulher mais linda do mundo, que lhe deve a vida, mas que ele precisa trancar em casa. Imaginei como teria sido a invasão do apartamento pelos carniceiros. Talvez tivessem chegado num entardecer, na hora das sombras compridas. Talvez o Tadeu temesse a hora das sombras compridas de todos os dias, e o que elas poderiam trazer. Depois fiquei pensando no que diria ao Mosquito.

– Olha, deu molho. É basicamente a história da Branca de Neve. Sem os anõezinhos.

SOBRE OS AUTORES

Luiz Alfredo Garcia-Roza é carioca formado em filosofia e psicologia. Ex-professor da Universidade Federal do Rio de Janeiro (UFRJ), após publicar oito livros de filosofia e psicanálise, deixou a vida acadêmica e consagrou-se como autor de ficção policial. Deu vida ao delegado Espinosa, personagem central de quase todas as suas histórias. Seu romance de estreia, *O silêncio da chuva*, recebeu os prêmios Nestlé de Literatura e Jabuti.

Alex Pereira Barbosa, mais conhecido como **MV Bill**, é rapper, escritor e ativista brasileiro. Em 2005, lançou, em coautoria com Celso Athayde, o livro *Cabeça de porco*. No ano seguinte, publicou um livro de não ficção, *Falcão: meninos do tráfico*, que virou um documentário e se tornou conhecido nacionalmente. Como ativista social, criou, em parceria com Celso Athayde, a organização não governamental Central Única das Favelas (CUFA), presente em todos os estados do Brasil e nos EUA. Apresenta os programas *Aglomerado*, na TV Brasil, e *A voz das periferias* e *O som das ruas*, na rádio FM do Rio.

Luiz Eduardo Soares é escritor, antropólogo e cientista político. Com pós-doutorado em filosofia política, ocupou os cargos de secretário nacional de Segurança Pública (2003), o de coordenador de Segurança, Justiça e Cidadania do Estado do Rio de Janeiro

(1999-2000), entre outros. Atualmente é professor da Universidade Estadual do Rio de Janeiro (UERJ). Tem vários livros publicados, entre eles os best-sellers *Cabeça de porco*, com MV Bill e Celso Athayde, e *Elite da tropa*, que tem como coautores dois ex-membros do BOPE, André Batista e Rodrigo Pimentel. O filme *Tropa de elite* (de José Padilha) e o livro *Elite da tropa* nasceram da mesma matéria-prima.

Guilherme Fiuza é autor, entre outros livros, de *Meu nome não é Johnny* (adaptado para o cinema – maior bilheteria nacional de 2008), *Bussunda – A vida do casseta* e *3.000 dias no bunker* (história do Plano Real). É coautor da minissérie *O brado retumbante*, da TV Globo (com Euclydes Marinho, Denise Bandeira e Nelson Motta), indicada ao prêmio Emmy Internacional em 2013. É colunista da revista *Época* e do jornal *O Globo*.

Arthur Dapieve nasceu no Rio de Janeiro, em 1963. É jornalista, escritor e professor na PUC-Rio. Desde 1993 assina uma coluna semanal de cultura no jornal *O Globo*, no qual também foi editor. Trabalhou ainda no *Jornal do Brasil*, na revista *Veja Rio* e no site *NoPonto/NoMínimo*. Debate futebol regularmente no programa *Redação Sportv*. Além de livros de não ficção, a maior parte sobre música, escreveu os romances *De cada amor tu herdarás só o cinismo* e *Black music*.

Victoria Saramago nasceu em 1985 no Rio de Janeiro. Atualmente mora em São Francisco, Califórnia, onde é doutoranda em literatura latino-americana pela Universidade de Stanford. Suas publicações incluem o estudo crítico *O duplo do pai: o filho e a ficção de*

Cristovão Tezza (É Realizações, 2013), o romance *Renée esfacelada* (Multifoco, 2007) e a organização do volume de contos *Escritores escritos* (Flâneur, 2010), além de contos, artigos, resenhas e ensaios no Brasil, no México, nos Estados Unidos e na França. Em Stanford, é coordenadora do Centro de Estudos do Romance. Sua trajetória como crítica e ficcionista foi às telas no documentário *Romance de formação*, de Julia de Simone (Matizar, 2011).

Jornalista e escritor, **Arnaldo Bloch** nasceu em 1965 no Rio de Janeiro, onde vive. Fez seus estudos de jornalismo na Eco-UFRJ. Iniciou a carreira na revista *Manchete* e, desde 1993, é repórter do jornal *O Globo*, no qual tem uma coluna semanal. Publicou os romances *Amanhã a loucura* e *Talk Show* e uma biografia de Fernando Sabino pela série *Perfis do Rio*. Em 2008, pela Companhia das Letras, lançou a saga familiar *Os irmãos Karamabloch*, de grande repercussão de crítica e público. Integrou a antologia *Geração 90/Os Transgressores* e tem um livro de crônicas, *O ciclicta da madrugada*. É também melômano e músico por diletantismo.

Adriana Lisboa nasceu no Rio de Janeiro em 1970. Romancista, poeta e contista, é autora, entre outros livros, dos romances *Sinfonia em branco* (Prêmio José Saramago), *Rakushisha*, *Azul corvo* (um dos livros do ano do jornal inglês *The Independent*) e *Hanói*, e dos poemas de *Parte da paisagem*. Seus livros foram publicados em catorze países e traduzidos para dez idiomas, entre os quais inglês, alemão, francês e árabe. Graduada em música e pós-graduada em literatura, já foi cantora, flautista, professora de música e tradutora. Trabalhou com refugiados nos Estados Unidos e atualmente integra o corpo de diretores da ONG US-Brazil Connect, voltada para a educação.

Alexandre Fraga nasceu no Rio de Janeiro, em 1973, no bairro da Tijuca. Formado em Direito na UFRJ, é agente da Polícia Federal há 18 anos. É autor dos romances *Oeste – A guerra do Jogo do Bicho*; *Canibal de Copacabana* e *Quando os demônios vão ao confessionário*. É vascaíno e pai de José Artur.

Marcelo Ferroni nasceu em São Paulo, em 1974, e mora no Rio de Janeiro com a esposa e dois filhos. Desde o final de 2006, é editor do selo Alfaguara, da Editora Objetiva, responsável por títulos de literatura nacional e estrangeira. É autor dos romances *Método prático da guerrilha* (vencedor do prêmio São Paulo de Literatura, na categoria de autor estreante) e *Das paredes, meu amor, os escravos nos contemplam*.

Flávio Carneiro nasceu em Goiânia e mora em Teresópolis. É autor premiado de contos, crônicas, ensaios, ficção infantojuvenil e romances, além de dois roteiros para cinema. Escreveu a Trilogia do Rio de Janeiro, composta pelos romances *A Confissão* (2006), *O Campeonato* (2009) e *A Ilha* (2011). Tem contos e romances publicados em diversos países, como EUA, Alemanha, França, Portugal e México, entre outros. No gênero policial, sua obra mais recente é o romance *O livro roubado* (2013), que se passa em diferentes bairros do Rio.

Raphael Montes nasceu em 1990, no Rio de Janeiro. Advogado e escritor, teve contos publicados em diversas antologias de mistério, inclusive na *Playboy* e na revista americana *Ellery Queen's Mystery Magazine*. Foi considerado por Scott Turow um dos mais brilhantes ficcionistas jovens da atualidade. *Suicidas*, seu romance policial de estreia, foi finalista dos prêmios Benvirá de Literatura 2010, Machado de Assis 2012 da Biblioteca Nacional e São Paulo de Literatura 2013. *Dias Perfeitos* (Companhia das Letras), publicado em abril de 2014, teve os direitos de tradução vendidos para 10 países. Ambos os livros serão adaptados para o cinema.

Luis Fernando Verissimo nasceu em 1936, em Porto Alegre, no Rio Grande do Sul, onde mora até hoje. Colunista dos jornais *O Globo*, *O Estado de S. Paulo* e *Zero Hora*, entre outros, Verissimo é dono de uma vasta obra literária - que inclui livros infantojuvenis, de humor, quadrinhos, crônicas e romances - publicada no Brasil e no mundo. Muitas de suas obras ganharam adaptações para o cinema, a TV e o teatro. Sua obra *Diálogos impossíveis* é vencedora de 2013 do Prêmio Jabuti de Melhor Livro do Ano.

Este livro foi revisado segundo o Novo Acordo Ortográfico da Língua Portuguesa.

Copidesque
Fernanda Mello

Revisão
Juliana Souza

Projeto gráfico de capa, miolo e fotografias
Retina 78

Diagramação
Abreu's System

CIP-BRASIL. CATALOGAÇÃO-NA-FONTE
SINDICATO NACIONAL DOS EDITORES DE LIVROS, RJ

R452

Rio noir / Flávio Carneiro ... [et al.] ; coordenação Tony Bellotto. - 1. ed. - Rio de Janeiro: Casa da Palavra, 2014.
304 p. : il. ; 23 cm. (Noir ; 1)

ISBN 978-85-7734-514-4

1. História de suspense. 2. Ficção brasileira. I. Carneiro, Flávio. II. Bellotto, Tony, 1960-. III. Título. IV. Série.

14-16661 CDD: 869.93
CDU: 821.134.3(81)-3

CASA DA PALAVRA PRODUÇÃO EDITORIAL
Av. Calógeras, 6, sala 701, Centro
Rio de Janeiro RJ 20030-070
21.2222 -3167 21.2224 -7461
divulga@casadapalavra.com.br
www.casadapalavra.com.br

→8

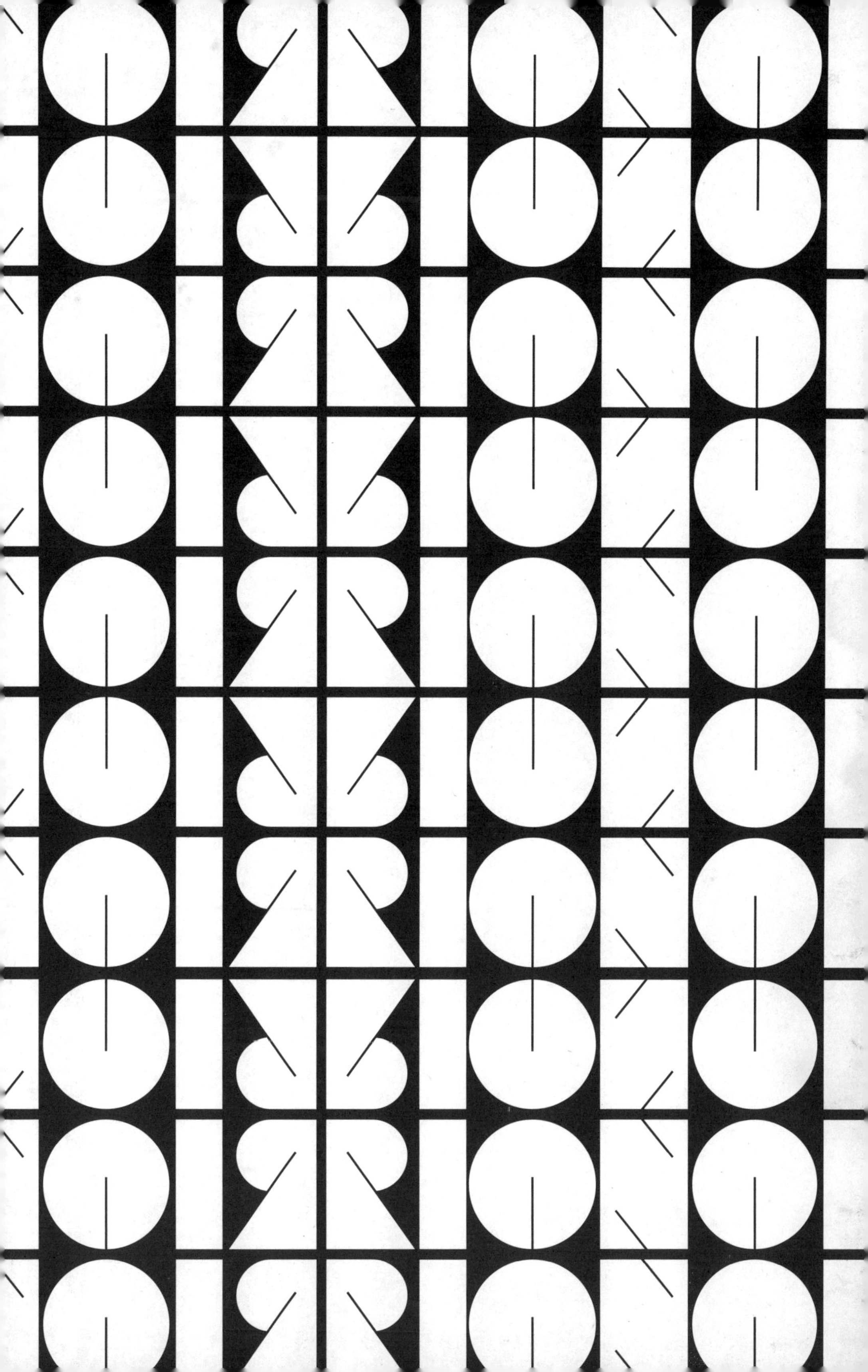

1ª edição	*Novembro de 2014*
papel de miolo	*Pólen Bold 70g/m²*
papel de capa	*Cartão Supremo 250g/m²*
tipografia	*Minion Pro*